Deutsche Erstausgabe Dezember 2022

Für die Originalausgabe:
Copyright © 2016 by Clare London
Titel der Originalausgabe:
»Sweet Summer Sweat«
Published by Arrangement with Clare London

Für die deutschsprachige Ausgabe:
© 2022 by Cursed Verlag
Inh. Julia Schwenk
Alle Rechte vorbehalten, insbesondere das der Übersetzung,
des öffentlichen Vortrags, sowie der Übertragung
durch Rundfunk und Fernsehen, auch einzelner Teile,
Nachdruck, auch auszugsweise, nur mit
Genehmigung des Verlages.

Bildrechte Umschlagillustration
vermittelt durch Shutterstock LLC; iStock; AdobeStock
Satz & Layout: Cursed Verlag
Covergestaltung: Hannelore Nistor
Druckerei: Print Group Sp.z.o.o. Szczecin (Stettin)
Lektorat: Katherina Ushachov

ISBN-13: 978-3-95823-390-4

Besuchen Sie uns im Internet:
www.cursed-verlag.de

Aus dem Englischen
von Anne Sommerfeld

Kapitel 1

Die Temperatur hatte einen neuen Rekord erreicht. In dem kleinen, schäbigen Auto war die Sommerhitze unerträglich. Die Klimaanlage röchelte und keuchte, konnte aber nur wenig Linderung verschaffen. Regelmäßig wurden Fahrer und Beifahrer von einer Wolke heißer Motorluft eingehüllt.

Scot Salvatore kauerte sich auf dem abgewetzten Beifahrersitz zusammen, atmete tief ein und versuchte, seine Verärgerung im Zaum zu halten.

Natürlich hatten sie sich diesen Mietwagen nicht ausgesucht – ihnen war angeboten worden, was im Showroom in der Seitenstraße übrig gewesen war. Scheiß drauf, für mehr hatte ihr Geld nicht gereicht. Und offensichtlich war dieses Auto eine kleine Extraüberraschung für sie: zwei Idioten, die dachten, es wäre nicht nur als Hühnerstall zu gebrauchen. Es rumpelte über die unebenen Straßen der Wüste Nevadas, spuckte Gift aus dem Auspuff und drohte alle 15 Minuten, den Geist aufzugeben und sie stranden zu lassen. Es war nicht schwer, sich vorzustellen, dass es ein lebendes, bösartiges Wesen war.

»Hier ist meilenweit kein Schild«, murmelte er und drehte die schmuddelige Karte in den Händen. »Wir haben die letzte Raststätte vor Stunden verlassen und das hier sollte der direkte Weg nach Las Vegas sein. Wo hätten wir noch mal links abbiegen müssen?«

»Woher soll ich das wissen«, fauchte Jerry Harrison. Schweiß tropfe unter seinem langen, kastanienbraunen Pony hervor, der ihm von der Hitze an der Stirn klebte. »Wir müssen bald anhalten, ich bin am Ende. Diese verdammte Straße ist so holprig, als würde man durch Sirup fahren. Mein Kopf ist bleischwer und ich kann mich nicht konzentrieren, weil die Sonne so blendet.«

Scot biss sich auf die Lippe und versuchte, nicht ebenfalls wütend zu werden. »Wir können jetzt nicht aufgeben, Jerry. Die Sonne geht bald unter und dann sinken auch die Temperaturen. Und wir suchen uns ein Motel oder so was für die Nacht. Dafür haben wir doch noch genug Geld, oder?«

Jerry schüttelte den Kopf und schnalzte frustriert mit der Zunge. Winzige Stückchen des billigen Vinyl-Lenkrads waren abgeblättert und klebten an seinen Händen. »Es ist so verdammt heiß.«

Scot blickte in die trübe Ferne, um einen Orientierungspunkt oder etwas Ähnliches zu entdecken. Der Horizont hüpfte auf und ab, während sie über den unebenen Boden polterten. »Haben wir uns verfahren?«

Jerry antwortete ihm nicht.

Scot seufzte innerlich. Natürlich hatten sie sich verfahren. Keiner von ihnen war je so weit außerhalb ihrer Heimatstadt gewesen; sie hätten sich nicht einmal vorstellen können, dass dieser Teil des Wüsten-Highways überhaupt existierte. Im letzten Ort, den sie durchquert hatten, hatte es nichts weiter als ein paar kleine, mit Buden gesäumte Straßen und definitiv keinen Schlafplatz für die Nacht gegeben. Seitdem – nichts mehr.

Wenn alles nach Plan gelaufen wäre, hätten sie jetzt auf dem Weg nach Las Vegas sein müssen: Die Straße in ihre Zukunft. Eine reiche Stadt, eine Unterkunft, ein Job für sie beide. Ein Leben für sie beide. An diese Reise waren viele große Erwartungen gebunden: Dinge, die sie sich selbst versprochen hatten, Dinge, auf die sie gehofft, auf die sie gesetzt hatten... Aber diese Dinge würden so schnell nicht Wirklichkeit werden, wenn Scot das beurteilen sollte. Er war enttäuscht. Nein, mehr als das. Desillusioniert, erschöpft und er befürchtete inzwischen, dass das alles ein schrecklicher Fehler war.

Allerdings konnte er das nicht laut aussprechen. Jerry hatte einen Ausweg aus der Hölle gefunden, in der sie beide gelebt hatten, und angeboten, ihn mit Scot zu teilen. Es wäre undankbar gewesen, abzulehnen, oder nicht? Jerry wusste, was er tat. Scot sollte nicht an ihm zweifeln.

»Jerry?«

»Halt einfach weiter nach dieser Abbiegung Ausschau«, knurrte Jerry.

Scot sah wieder nach vorn, aber das Luftflimmern verschleierte ihm die Sicht und er musste heftig blinzeln, um klar zu sehen. Seine Konzentration war eine vernünftige Ausrede für sein Schweigen und er schämte sich, dass er froh darüber war. Ob es Jerry genauso ging?

Die nächsten 30 Kilometer waren ermüdend. Es war heiß, sie schwitzten und die ganze Zeit herrschte diese schwierige, unausgesprochene Anspannung. Das Licht am goldenen Himmel wurde langsam dunkelorange, als sich der Tag dem Ende neigte. Trockener Wind schlug gegen die Fenster, während das Auto weiterratterte. Die Temperatur sank, aber nur ein oder zwei Grad. Im Inneren war davon kaum etwas zu spüren.

Scot wischte sich etwas Schweiß aus den Augen und gähnte laut.

Jerry blickte schnell zu ihm und rutschte auf seinem Sitz herum. »Scot...«

»Sieh mal! Ist da vorn etwas?« Scot beugte sich nach vorn. Die Scheinwerfer waren eine weitere Enttäuschung, nur zwei dünne, blasse Strahlen, die zusammen mit ihnen auf und ab hüpften und in der nahenden Dunkelheit nur wenig Licht spendeten. Als wäre das Auto ebenso neugierig wie er, ruckte es besonders heftig, sodass Scot nach vorn geschleudert wurde und sich an der Windschutzscheibe beinahe die Stirn einschlug. »Hey, vorsichtig!«

»Als hätte ich irgendeine Kontrolle über dieses verdammte Auto.« Jerry spähte ebenfalls nach vorn. »Ist das ein Schuppen oder so was?«

»Halt an!«, schrie Scot beinahe. »Orientieren wir uns. Ich glaube, das ist mehr als ein Schuppen. Vielleicht ein Motel oder so was. Der Weg zweigt ab, also muss schon mal jemand hier langgefahren sein.« Auf der Karte gab es keinen Hinweis darauf, zumindest nicht auf dieser Straße. Vielleicht hatte er sie falsch gelesen. Vielleicht war das alles erst gebaut worden. Ach, wen interessierte das schon?

»Dieser Schrotthaufen springt vielleicht nie wieder an«, warnte Jerry. »Wir sollten es nicht riskieren.«

»Egal.« Scot schüttelte ungeduldig den Kopf. »Du hast ihn schon ein paar Mal wieder in Gang bekommen, oder nicht? Du hast wirklich ein Händchen für Motoren.«

»Ich weiß nicht, das war nur Glück.« Jerry sah ihm nicht in die Augen. »Wir können es uns nicht leisten, hier festzusitzen. Hast du ein Schild gesehen? Du hast gesagt, dass du gut navigieren kannst.«

Scot war so erschöpft, dass er nicht auf die Kritik einging. »Ich denke, dass wir von hier aus laufen können, Jerry. Sieht für mich nach einem Motel aus.«

Erneut beugten sich beide nach vorn und betrachteten die Formen vor sich am Horizont. Jerry verspannte sich und seine Knöchel traten am Lenkrad weiß hervor. »Scheiße«, flüsterte er. »Da ist auf jeden Fall irgendwas.«

Scot verspürte eine Mischung aus Aufregung und Erleichterung. »Es ist nicht groß, aber sie können uns sicher bis morgen unterbringen. Gott, ich will einfach was anderes als Kartoffelchips essen, ein kühles Getränk haben, duschen…«

»Und schlafen«, unterbrach Jerry ihn begeistert. »Schlafen, bitte. Stundenlang.«

»Denkst du ans Bett?«, fragte Scot verschmitzt. »Ich meine, wir teilen uns doch ein Zimmer, oder? Du kannst mir in der Dusche den Rücken waschen.«

Jerrys Gesicht errötete stärker als vor Hitze. »Nur Schlaf«, erwiderte er grob.

Scot hatte das Gefühl, als wäre er geschlagen worden.

Das Auto kam ruckelnd zum Stehen. Der Lärm um sie herum verstummte, bis nur noch das Zischen des überhitzten Motors und das Flüstern des Sands und der Steine auf der Straße zu hören waren.

Jerry fluchte leise. »Scot. Ich hab es nicht so gemeint.«

»Kein Problem.« Scot wusste, dass er nicht aufrichtig klang.

Jerry umfasste sein Handgelenk. »Mir ist einfach so verdammt heiß und ich bin müde, aber ich sollte es nicht an dir auslassen. Ich weiß, dass du nervös bist, den ersten Schritt zu machen...«

»Alles gut. Wirklich, wenn ich es doch sage.« Scot fühlte sich immer unwohler. Jerrys Handfläche war feucht, aber die Berührung jagte Scot trotzdem eine Gänsehaut über den Rücken.

»Alles wird gut«, fuhr Jerry mit lauterer Stimme fort. »Ich sorge dafür, schon vergessen? Es liegt nur an diesem verfluchten Auto, und der Hitze, und dass mein Kopf so sehr wehtut, dass es sich anfühlt, als würden Kugellager aus meiner Stirn schießen und das schon, bevor wir irgendwo...«

»Dann lass uns einfach dorthin fahren. Ist das okay für dich?«

Jerry seufzte tief und gequält. Scot hatte diesen Laut schon oft gehört, seit sie weggelaufen waren. Er wandte sich ab und starrte aus dem Fenster.

Jerry drehte ruckartig den Schlüssel im Zündschloss und das Auto erwachte glucksend zum Leben. »Wahnsinn.« Er zuckte mit den Schultern und lachte angespannt. »Du hattest wohl recht, ich hab ein Händchen für Motoren.«

Scot brummte und krümmte sich tiefer in seinen Sitz. Das Auto hopste weiter über die unebene Straße, während es röchelnd auf den niedrigen Schatten vor ihnen zuhielt. Je näher sie kamen, desto sichtbarer wurde das Gebäude, als würde es auf sie zukommen und sie begrüßen. Es war ebenerdig, lag einige Meter hinter der Straße und war stockfinster. Der Vorgarten war kahl und das Gelände mit einem niedrigen Holzzaun eingefasst. Ein zerschlissenes Schild hing schief an einem Pfahl in einer Ecke des Zauns. Einige der Halterungen waren kaputt. Unter dem Staub und Dreck waren nur wenige Buchstaben zu erkennen: *M, A* und *WELL'S*, zusammen mit der halb verblassten Cartoonzeichnung eines Betts und eines Bestecksets.

Scot betrachtete es neugierig. Der Rest war offensichtlich über die Zeit verblasst. So viel zu seiner Theorie eines Neubaus. Ein überdachter Weg führte zur Seite des Hauptgebäudes, was auf

Motelzimmer im hinteren Bereich deutete. Im Dunkeln und durch das dürftige Licht ihres Autos tanzten die Schatten über das Gebäude.

»Himmel.« Scot lachte schwach.

Jerry rümpfte missbilligend die Nase. »Sieht eher aus wie der letzte Ort, würde ich sagen.«

»Wie in all diesen Horrorfilmen.« Scot drückte das Gesicht ans Fenster, um mehr zu erkennen. »Fangen die nicht alle in Wüstenmotels an?« Er lachte erneut, klang dieses Mal aber nervös.

Jerry drückte gewaltsam den Fuß durch und entlockte dem Motor noch einmal etwas Energie, um durch die Lücke im Zaun in den Vorgarten zu fahren. Als er bremste, stob eine Staubwolke um die Räder auf. Das Auto gluckste erneut und nach einem letzten Giftausstoß kam es abrupt und schweigend zum Stehen.

Es waren keine anderen Autos zu sehen und im Motel war alles ruhig. Die Haustür schien offen zu sein, aber im Inneren war kein Licht zu erkennen. Scot schälte sich aus dem Auto. Seine Klamotten klebten an ihm und seine nackten Waden waren wund, weil sie sich an dem abgewetzten Sitz gerieben hatten. Er blieb mit dem Ärmel an einem abstehenden Metallstück an der Tür hängen und zerriss den Stoff.

»Verfluchtes Auto!«

Jerry zuckte zusammen. »Reiß dich zusammen. Wir sind doch hier, oder nicht?«

Scot runzelte die Stirn. Durfte Jerry als Einziger wütend auf das Auto werden? Verärgerung breitete sich in seiner Magengrube aus. Immerhin hatte er, Scot, diesen Ort entdeckt.

Er lehnte sich an die Tür und atmete tief ein. Es war gut, wieder draußen zu sein. Die Luft war durch die Hitze dick, aber ohne diese erdrückende Anspannung, die im Auto geherrscht hatte. Die Wärme strich sanft über seine Haut und vermischte sich mit der Ankündigung eines kühleren Abends.

Auf der anderen Seite des Autos bewegte Jerry die Finger und dehnte den Nacken. Anschließend drehte er sich um, stützte die Arme aufs Autodach und sah Scot an. »Hi, Hübscher.«

»Sei nicht albern.« Aber Scot erkannte Jerrys versöhnlichen Tonfall. Schweiß- und Schmutzspuren zogen sich über Jerrys Gesicht und die Haare fielen ihm schlaff in die Stirn, aber Scot fand ihn trotzdem faszinierend. Vielleicht lag es nur an dem, was sie gemeinsam erlebt hatten – sich im Werkzeugschuppen von Jerrys Familie aneinander zu klammern und Lust und Aufregung miteinander zu teilen.

Scot hatte dies noch nie zuvor mit jemandem geteilt. Sein Blick glitt über Jerrys dunkle Augen mit den schweren Lidern und über seinen vollen Mund, den er gerade zu einem reumütigen Lächeln verzogen hatte. Schweiß glänzte unter Jerrys Nase und Lippe und auf seinem Kiefer waren leichte Bartstoppeln zu erkennen. Ja, er hatte diesen Kiefer gestreichelt, Jerrys Mund berührt, seine Finger zwischen Jerrys Lippen geschoben...

Scots Stimmung wurde sanfter. Jerry war der Mann, von dem er geträumt hatte, oder nicht? Der Mann, bei dem sein Herz schneller schlug und es in seinem Schritt zog. Er lachte innerlich über seine lüsternen Gedanken. Es gab eine Zeit und einen Ort für sie, aber der war ganz sicher nicht hier.

Jerry grinste ihn an. »Aber du siehst wirklich gut aus, das weißt du, oder?«

Scot wandte den Kopf ab, wusste aber, dass er rot wurde. Er war solche Worte nicht gewohnt. »Du meinst, Schweiß steht mir gut?«

Aus dem Augenwinkel sah er, dass Jerry ihn beobachtete. Scot betrachtete sich nur selten im Spiegel – er sah keinen Sinn darin, weil er nun mal war, wie er war –, aber er wusste, was Jerry jetzt sah und er verstand nicht, wie das als gut aussehend bezeichnet werden könnte. Dichte, schwarze, ungebändigte Locken klebten ihm an der Stirn. Ein großer Schweißfleck hatte sich auf seinem dünnen Unterhemd ausgebreitet und seine Oberarmmuskeln glänzten. Mehr noch, *er wusste*, dass Jerry fast genauso aussah.

Unter einem plötzlichen, eindringlichen Gefühlsrausch erinnerte sich Scot an den Tag, an dem sie sich das erste Mal getroffen und miteinander geredet hatten – die Aufregung ihrer ersten intimen

Berührung. Er erinnerte sich daran, warum sie hier und überhaupt unterwegs waren und sein Körper zitterte instinktiv vor Freude.

Ja. Zeit und Ort für Lust würden zurückkommen.

»Scot.« Jerry stieß seine schlanke Gestalt vom Auto ab und ging um das Auto herum zu ihm. Er legte eine Hand auf seine Schulter und strich über die feuchte Haut. »Du fühlst dich auch gut an.«

Scot sah auf. Selbst seine Wimpern waren schweißnass. Er schob sich die Haare aus der Stirn, wusste aber, dass sie sofort wieder herunterfallen würden. Ein paar Tropfen rannen ihm vom Handgelenk zum Ellbogen.

Jerry atmete scharf ein.

Er war ein paar Zentimeter größer als Scot. Wenn er ihn ansah, schien er immer hinunterzusehen. Oft war es mit einem zärtlichen Ausdruck, aber manchmal fühlte es sich an, als wären ihre Positionen nicht nur körperlich. Jerry hatte immer das Sagen. Er hatte diesen Trip organisiert, ihre *Flucht*, wie er es nannte. Wann sie aufbrechen sollten, in welche Richtung sie fuhren, wie sie ihre Spuren verwischen mussten, was sie mitnahmen. Ja, Jerry hatte alles in die Hand genommen.

Aber Scot hatte das immer akzeptiert, oder nicht? Er hätte nie den Mut gehabt, sich selbst zu befreien. Und Jerry war… unwiderstehlich. Scot spürte das Verlangen in seinem Schritt, das sich träge in der Hitze rührte. »Und du riechst *heiß*.« Er lachte leise, um zu zeigen, dass er beide Arten meinte.

»Ja, klar.« Jerrys Lachen ertönte voll in der leisen, feuchten Luft. »Vielleicht rieche ich besser nach der Dusche, die du angeboten hast.« Sein Blick ruhte auf Scots Mund und er strich sanft über Scots Hüfte.

»Jerry…«

»Mhm?«

Scot schüttelte ungeduldig den Kopf, weil ihm die Worte fehlten. »Ich… ich will, dass es gut wird, genau wie du. Es wird doch gut, oder?«

»Ja«, versicherte Jerry ihm schnell. »Wie oft habe ich dir das schon gesagt, seit wir dieses verdammte Kaff hinter uns gelassen haben?«

Er lehnte sich sanft an Scot, sodass sich das feuchte Shirt an seine Muskeln schmiegte und senkte den Kopf, um ihn zu küssen.

Im Augenwinkel sah Scot eine Bewegung. Hastig wandte er den Kopf ab, sodass Jerrys Lippen stattdessen sein Ohr streiften. »Nicht hier. Fass mich nicht hier draußen an.«

Jerry erstarrte, ehe er sich langsam aufrichtete. »Warum nicht? Es ist fast dunkel, niemand kann uns sehen.« Sein Atem stockte und seine nächsten Worte waren angespannt und ein Hauch von Wut schwang in seiner Stimme mit. »Ist das nicht der Grund, warum wir überhaupt weggelaufen sind? Hast du jetzt Zweifel oder was?«

»Nein, natürlich nicht«, fauchte Scot. Es war untypisch, dass er so heftig antwortete. »Das meinte ich nicht. Ich bin nur…«

»Okay. Ganz ruhig.« Jerry schüttelte den Kopf, als würde er glauben, Scot wäre schreckhaft. »Wir gehen es langsam an, richtig? Nur ein Kuss, mehr nicht. Verdiene ich das nicht, weil ich unsere furchtlose Reise durch die Wüstensandstürme gemeistert habe?«

Scot musste lächeln. Über diesen übertriebenen Witz und Jerrys wehleidiges Bitten. Bei dem Gedanken an den schlanken, glatten Körper, der heute Nacht hoffentlich neben ihm liegen würde. Es wäre das erste Mal für sie – eine gemeinsame Nacht, ein gemeinsames Bett. Behaglichkeit anstelle von Angst und drängender Verzweiflung. Scot hatte keine anderen Erfahrungen, an denen er es messen konnte, aber war es nicht das, was er verdiente?

Er seufzte innerlich. Natürlich würde alles gut werden. Das letzte Stück der Fahrt hatte ihm zu viel Zeit zum Grübeln gegeben. Über das harte, unerfüllte Leben, das er vor Jerry geführt hatte, über die Ungewissheit dessen, was vor ihnen lag, darüber, was er wirklich für Jerry empfand und was ihr Verlangen in ihnen beiden hervorbrachte.

»Scot?«

Scot legte eine Hand in Jerrys Nacken und schob die Finger in seine feuchten Locken. »Furchtlose Reise, hm? Na komm her.«

Jerry legte die Hände an seine Taille und zog ihn näher. Scot entspannte sich langsam und ließ Jerrys Zunge in seinen Mund eindringen. Jerrys Atem schmeckte nach der muffigen Luft im Auto und dem faden Essen, das sie in den letzten Tagen zu sich genommen hatten, aber es war ihm egal.

Der Kuss war langsam und innig, heiß durch die Temperatur und ihrer beider körperlicher Reaktion. Er begann als zögernde Berührung, allerdings spürte Scot unter der Oberfläche das lodernde Verlangen. Sein Schwanz pochte vorfreudig, als Jerry sein Knie lockend gegen sein Bein drückte. Jerry wusste mittlerweile, wie er ihn berühren konnte – genug, um ihn aufzudrehen, aber nicht zu viel, um ihn nervös zu machen. Scot lehnte sich an das warme, harte Metall der Autotür und genoss die Gefühlsmischung.

»Alles wird gut«, murmelte Jerry ihm ins Ohr, als sie sich voneinander lösten. Scots Lippen waren nach dem Kuss taub. Sein Mund schmeckte nun nach Staub und Sonne und dem klebrigen Speichel einer anderen Person. »Das wird unsere Chance auf Freiheit, Scot. Unser neues Leben. Vertrau mir.«

Scot zog sich sanft zurück. Die Sonne hatte ihre Haut in der letzten Woche dunkler werden lassen. Im trüben Licht funkelten Jerrys Augen noch heller und er lächelte verschlagen. Manchmal hatte Scot Schwierigkeiten, mit Jerrys Stimmungswechseln mitzuhalten. Erst war er dunkel, dann strahlte er vor Begeisterung. Aber es ging immer vorbei, verschwand glücklicherweise so schnell wie ein Steppenroller.

»Nun, ich werde keine weitere Nacht meines Lebens in einem Auto verbringen«, sagte er. »Können wir reingehen?«

Jerry nickte, den Blick noch immer auf Scots Mund gerichtet. »Klar. Ich habe ein gutes Gefühl, was diesen Ort angeht.«

Scot spähte zu dem dunklen, offensichtlich leeren Eingang. »Wir wissen nicht mal, ob jemand da ist.«

Jerry schüttelte den Kopf und ging zum Kofferraum. »Ich weiß, dass es okay ist. Wir kommen hier schon klar.«

»Sie müssen mindestens ein paar Zimmer haben.«

»Oder nur eins«, murmelte Jerry.

Scot sah das plötzliche Aufblitzen von Begeisterung in Jerrys Augen, die Versicherung, dass er ihm seine harschen Worte von vorhin verziehen hatte. Scot unterdrückte ein weiteres Seufzen. Jerry hatte recht, er scheute sich vor vielen Dingen, lernte aber schnell. Jerry sollte wissen, dass Scot sich einfach Zeit lassen musste. Obwohl Jerry die Kontrolle über ihre Beziehung hatte, wusste Scot, dass er normalerweise der Balsam für seine Launen war. Der Gedanke daran, wie er das tat – wie er es tun wollte –, weckte eine Sehnsucht in seinem Schritt, die erfolglos gegen seine feuchte, klebrige Hose ankämpfte.

»Lass uns nachsehen.« Er drehte sich unbeholfen um, seine Beine waren nach dem langen Sitzen ganz steif, und stolperte gegen das Auto. Die zerbeulte Autotür quietsche und schwang hinter ihm wieder auf. Die Platte war unter der Angel lose und eine scharfe Metallkante schnippte wie ein Messer hervor direkt auf Scots Bein zu.

»Pass auf!«, rief Jerry.

Scot drehte sich erschrocken ein Stück um, war aber zu langsam, um aus dem Weg zu gehen. Seine Augen weiteten sich und sein Herz machte einen Satz. Doch bevor die Platte ihn erreichte, erzitterte die Tür plötzlich, schwang in die andere Richtung und fiel wieder zu.

Sie beide starrten die Tür an. Das alles ging so schnell, dass Scot nicht ganz sicher war, was passiert war. »Danke«, sagte er bebend.

»Ich…« Jerry stand noch immer ein paar Meter entfernt am Kofferraum. Auch seine Augen waren aufgerissen. »Ich hab nichts gemacht.«

»Doch, hast du. Du hast die Tür zurückgezogen. Die Kante hätte mich geschnitten, aber du hast sie rechtzeitig aufgehalten.«

Jerry schüttelte den Kopf. »Ich weiß, ich hab's gesehen. Aber ich konnte sie von hier aus nicht erreichen. Es ist… einfach passiert.«

Scot wusste nicht, was er sagen sollte. Ein Windhauch flüsterte im Staub an ihren Füßen.

»Wir hatten einfach Glück.« Jerry klang ein wenig schwach.

»Ja.« Scot riss sich zusammen und ging zum Eingang. Hinter sich hörte er, wie Jerry das Gepäck aus dem Kofferraum zerrte und dabei angestrengt schnaufte. Die Eingangstür war ein großer Schatten in dem schwindenden Licht, aber der Weg war frei. Ein paar abgetretene, flache Stufen führten hinauf. Er blieb plötzlich stehen.

»Was ist?«, rief Jerry.

Scot antwortete nicht. Ein Lichtschimmer huschte über den dunklen Eingang, sanft und hastig wie eine Motte und doch intensiver und heller als ein Glühwürmchen. Scots Herz schlug schneller. Warum hatte er nicht darüber nachgedacht, wie verwundbar sie hier draußen waren? Kilometerweit gab es keine anderen Menschen oder eine bewohnte Siedlung und sie hatten keine Ahnung, wer oder was hier lebte. Und er und sein Begleiter marschierten geradewegs mit ihren Lebensträumen und Habseligkeiten hinein in der Erwartung, begrüßt zu werden und Zivilisation und den Service des 21. Jahrhunderts vorzufinden...

Er streckte eine Hand nach hinten, um Jerry zu warnen.

Ein leises Geräusch vibrierte in der Luft, das sanfte Klingen eines Windspiels über der Tür. Scot hatte es vorher nicht gesehen. Als Jerry hinter ihm eine Tasche abstellte, zuckte er zusammen.

»Scot? Hast du mich nicht gehört? Was ist denn?«

Die Dunkelheit vor ihm hatte nun eine andere Struktur. Sie veränderte sich und wurde langsam zur Silhouette einer Person. Scheinbar ein junger Mann. Ein junger Mann, der mit einer Kerze in einer altmodischen Handlampe auf sie zukam. Scots Puls beschleunigte sich noch weiter.

»Hey, Idiot«, murmelte Jerry ihm ins Ohr. Sein zärtlicher Tonfall milderte die Worte ab. »Wir sind nicht in einem Film, schon vergessen? Er ist ein Typ wie wir und arbeitet wahrscheinlich im Sommer hier.« Er hievte sich eine der Taschen über die Schulter und ging an Scot vorbei. »Hi. Habt ihr offen? Gibt es ein Zimmer für uns? Nur für eine Nacht.«

Scot hörte Jerrys Worte, als würde er hinter Milchglas oder einem dicken Stoff sprechen. *Gedämpft*. Und trotzdem war der Rest seines Gehörs klarer als jemals zuvor. Er hörte die Schritte des jungen Mannes auf der knarzenden Treppe und das Knistern der Kerzenflamme. Natürlich musste ihm seine Fantasie einen Streich spielen. Er nahm einen intensiven Zitrusgeruch wahr, als würde jemand frischen Saft machen, und spürte Blicke auf sich– nicht nur von ihrem Gastgeber. Er erschauerte.

Dann trat der Mann in sein Sichtfeld und der Zauber löste sich, denn natürlich war er nur ein Mensch. Scot atmete erneut ein und schämte sich für seine Überreaktion. Verdammt, er hätte sich nicht von seiner Fantasie mitreißen lassen sollen. Das war zu Hause ein Teil des Problems gewesen, nicht wahr? Er warf schnell einen Blick auf Jerry, ehe er den Neuankömmling wieder interessiert musterte.

Er sah jünger aus als Scot und Jerry. Wahrscheinlich hatte er gerade erst das College abgeschlossen. Blond, kurze, lockige Haare und strahlend blaue Augen. Er war auf eine künstliche Art hübsch, als wäre er gerade erst einem Softporn-Kalender entstiegen und würde noch immer posieren. Er war kleiner als sie und trug nur ein dünnes, lässiges Jeanshemd, das lediglich am Saum zugeknöpft war, sodass seine haarlose Brust entblößt war. Schmale Worte waren auf seine Brustmuskeln tätowiert, aber Scot konnte sie im Dämmerlicht nicht lesen. Dazu trug der Mann eine passende, kurze Jeanshose, die tief auf seiner Hüfte saß und deren Säume ausgefranst waren. Darunter waren schlanke, muskulöse Beine zu erkennen. Seine Füße waren nackt, aber er lief selbstbewusst über den schmutzigen Boden.

Himmel. Diese skurrile Kleiderwahl ließ Scot erröten. Auf ihn wirkte es, als würde der Typ am liebsten gar nichts tragen und hätte sich nur schnell etwas übergeworfen, um zur Tür zu gehen. Vielleicht hatte er geschlafen. In seinem Hinterkopf blitzte eine Fantasie auf, wie sich der junge, nackte Körper auf dem Bett rekelte, einen Arm über den Kopf gelegt, sich seine Brust unter flachen

Atemzügen hob und senkte und sich die Tattoos unter der Bewegung spannten. Scot erschauerte und versuchte, das verstörend erotische Bild loszuwerden.

»Hi.« Der Mann begrüßte Jerry und schwang beim Gehen leicht die Hüften. Seine Bewegungen waren lässig und doch anmutig. Er warf einen Blick auf ihr Gepäck. »Ja, natürlich ist ein Zimmer für euch bereit. Tut mir leid, dass wir heute Abend nicht besonders einladend wirken. Der Wind hat letzte Woche ein Stromkabel beschädigt und wir versuchen immer noch, den Notfallgenerator in Gang zu bringen. Der macht nämlich sein eigenes Ding. Wir haben Kerzen aufgestellt, bis Vincent das Ding wieder zum Laufen bringt. Ich wette, ihr dachtet, dass wir ein Geisterhaus sind, hm?« Mit einer Hand strich er sich scheinbar ziellos über die Brust und schob die Hand unter eine Seite seines offenen Hemdes. Sein Lachen war geschmeidig und sanft wie das Windspiel. Er klang älter, als er aussah.

Scot runzelte die Stirn. Dieser Typ war viel zu eindeutig und Scot fühlte sich mit dieser provokativen sexuellen Offenheit nicht wohl. Noch viel überraschender war jedoch, dass Jerry breit lächelte. Bei Fremden war er nur selten sofort umgänglich.

Beruhige dich! Seine Anspannung war nur der Erschöpfung geschuldet. Wahrscheinlich würde es viele Veränderungen geben, nachdem sie ihr Zuhause und die Gewohnheiten hinter sich gelassen hatten. In der großen, freien Welt gab es viel zu lernen.

»Kommt rein.« Der junge Mann lächelte sie beide an, doch sein Blick ruhte allein auf Scot.

Scot unterdrückte ein Keuchen. Plötzlich nahm ihm etwas die Sicht, Wände schoben sich vor seinen Augen zusammen, raubten ihm jegliche Energie und zogen ihn in einen dunklen, erstickenden Tunnel. Jemand rief nach ihm, flüsterte ihm etwas zu und trotzdem war die Stimme unbekannt. Die Worte erklangen nur in seinem Kopf.

~ Komm schnell zu mir! ~

Angst wallte in ihm auf und schnürte ihm die Kehle zu. *Ich höre nichts, das ist nicht real!* Seine Beine gaben nach und der staubige Boden kam schnell näher.

»Scot!« Jerry ließ ihr Gepäck fallen und stürzte zu ihm, als er fiel, aber seltsamerweise fing der blonde Mann Scot auf und hielt ihn aufrecht.

Besorgt sah er ihn aus seinem jungenhaften Gesicht an. »Du musst sofort aus der Hitze raus. Manchmal steigt sie den Leuten zu Kopf. Du bist erschöpft und siehst sehr hungrig aus. Das Abendessen ist fertig.«

»Er hat seit ein paar Tagen nicht viel gegessen«, erklärte Jerry besorgt hinter ihnen. »Was auch immer ihr heute Abend gekocht habt, riecht köstlich. Ist das Gulasch? Mit Koriander, denke ich.«

Scot hörte die Unterhaltung mit schmerzenden Ohren und das Blut rauschte immer noch durch seinen Kopf. Der Griff des jungen Mannes war trügerisch stark und Scot entspannte sich unwillentlich, dankbar für die zeitweilige Stütze. Aber wovon redete Jerry? Er konnte kein Essen riechen. Der einzige Geruch in seiner Nase war die schmutzige Hitze des Staubs um sie herum und der beißende Schweiß von schmerzenden Muskeln. Angenehm war nur dieser Zitrusduft von vorhin: das blumige, fruchtige Aroma, das nun stärker zu werden schien.

Diesen Geruch hatte er immer geliebt.

~ Ich weiß ~

Um ihn herum passierte etwas, aber er konnte sich nicht vollständig darauf konzentrieren. Noch nicht. Ihm wurde schwindlig. Wie benebelt sah er, dass Jerry dem jungen Mann die Kerze abnahm, dieser sich Scots Arm um die Schultern legte und sein Gewicht stützte. Er lächelte Jerry über Scots Kopf hinweg an. »Wie ich sehe, isst du gern«, hörte Scot ihn sagen. »Und du hast ein Näschen fürs Kochen. Du hast recht, was das Gericht angeht.«

»Es ist mein Lieblingsessen«, erwiderte Jerry. Er sah beschämt aus und auch diesen Ausdruck hatte Scot noch nie auf seinem Gesicht gesehen.

»Natürlich. Ich weiß.« Die Augen des jungen Mannes blitzten, gleich hellen Spiegelungen in der Dunkelheit. Er drehte sich um, um Scot ins Haus zu führen.

»Moment mal.« Jerry blieb in der Nähe.

Scot fühlte die Haare des Mannes an seinem Nacken und den glatten, nackten Oberschenkel, der an Scots schmutziger Jeans rieb. Jerrys Worte ließen ihn nicht innehalten, er half Scot einfach weiter die Stufen hinauf zu dem dunklen Eingang.

»Was meinst du?« Jerry klang unsicher und seine Schritte waren zögernd. »Woher weißt du, was ich mag?«

Der Blonde blieb endlich stehen. »Ihr seid beide erschöpft.« Seine Worte waren sanft, aber Scot erkannte eine gewisse Schärfe in seinem Tonfall. »Und ihr braucht einen Ort, an dem ihr euch heute Nacht ausruhen könnt, nicht wahr?«

Jerrys Gesicht tauchte verschwommen in seinem Blickfeld auf. Er hielt immer noch die Kerze. »Natürlich. An dieser Straße gibt es nichts anderes, oder?«

»Nein.« Der junge Mann drehte sich zu ihm. »Und ihr wollt reinkommen, nicht wahr?«

Jerry schwieg einen Augenblick. Scot versuchte, den Kopf zu heben, um zwischen den beiden hin und her zu sehen, aber seine Sicht war immer noch unklar.

»Ja«, erwiderte Jerry schließlich. Er klang ziemlich ruhig, als wären alle Sorgen verschwunden.

Der Griff um Scots Arm wurde fester. »Lasst uns reingehen.«

»Scot?«

Vielleicht hatte Jerry ihn nach seiner Meinung fragen wollen, aber Scot glaubte nicht, dass er zusammenhängend antworten konnte. Stattdessen lehnte er sich stärker an den jungen Mann und unbeholfen betraten sie zu dritt den Flur.

Kapitel 2

Scot ließ sich schwer auf eine Bank im Eingangsbereich fallen und sah sich kurz um. Auch hier war es dunkel, aber der junge Mann ging an den Wänden entlang und entzündete weitere Lampen, die langsam das Zimmer erhellten. Der Fußboden bestand aus unlackierten Bohlen und an den Fenstern gab es nur Läden, aber keine Vorhänge. Alles schien nur mit dem Nötigsten möbliert zu sein. Neben der Bank gab es noch einen Holzstuhl und eine Kiste, in der sich ein einziger Regenschirm befand. Das einzige andere Möbelstück war ein großer, altmodischer Tresen, der eine Seite der Lobby dominierte, und das Sortierfach an der Wand dahinter. Auf dem Tresen lag ein geschlossenes Buch.

Scot bemerkte eine Tür an der hinteren Wand, die wahrscheinlich zu den Gästezimmern führte, und daneben eine angelehnte Tür. Er spähte hindurch – seine Sicht war immer noch etwas verschwommen – und entdeckte nicht zusammenpassende Tische mit verblassten weißen Tischdecken und ebenso wahllos ausgewählten Stühlen. Vermutlich war das der Speiseraum. Es gab keine Hinweise darauf, dass einer der Tische zum Essen gedeckt war, und auch keine anderen Gäste.

Er glaubte, hinter dem Speiseraum Geräusche zu hören, die aus der Küche kommen mussten. Aber es gab kein Anzeichen, dass etwas gekocht wurde, nicht mal einen Geruch. Nur der anhaltende Duft von Früchten und dieses schwere, blumige Aroma. Wo die Blumen wohl waren? In der Vergangenheit hatte er gern gegärtnert. Er hatte es als Ausrede genutzt, um von seinen Eltern weg, und in den kleinen Garten zu kommen, aber diesen Geruch kannte er nicht.

Laute in der Küche... die wütenden Streitereien seiner Eltern. *Stimmen in seinem Kopf, immer da.* Er ließ den Kopf in die Hände sinken.

Jerry hockte sich neben ihn und hob sein Kinn an. »Scot? Scheiße, du bist leichenblass.«

»Mir geht's gut. Ich muss mich nur… nur ausruhen. Nehme ich an.«

Der blonde junge Mann tauchte neben Jerry auf. Er legte Scot eine Hand auf die Schulter und reichte ihm ein Glas Wasser. Scot sah zu ihm auf und bedankte sich automatisch. Die Hüften des Mannes waren auf Augenhöhe und die kurze Hose bedeckte kaum seinen Hintern. Scot sah direkt wieder nach unten und nippte dankbar an seinem Wasser. Der Mann nahm die Hand nicht von seiner Schulter. Scot wollte ihn abschütteln – er wollte stattdessen Jerrys Hand spüren. Aber Jerry kniete weiter ein Stück vor ihm und sah ihn mit besorgter Miene an.

Unerklärliche Wut stieg in Scot auf. Irgendetwas machte Jerry falsch – oder einfach nicht richtig. Aber wie konnte das sein, wenn Scot nicht mal selbst wusste, was es war? Sein Magen schmerzte und seine Beine fühlten sich wackelig an.

Der Blick des jungen Mannes lag auf ihm: intensiv und beinahe erbittert. »Du musst sofort etwas essen. Du brauchst Nahrung. Und dann eine Nacht im Bett.«

»Ich brauche Schlaf«, erwiderte Scot. Er trank erneut einen Schluck. Nach der langen, ermüdenden Reise war das Wasser unglaublich erfrischend.

»Eine Nacht im Bett«, wiederholte der Mann entschlossener. Scot fragte sich, warum es wie ein Streit und nicht wie eine Zustimmung klang.

»Er ist so blass.« Das war Jerrys Stimme. Ihre Gesichter verschwanden immer wieder aus seinem Fokus und tanzten am Rand seines Blickfelds.

»Er kommt wieder in Ordnung«, erwiderte der Mann ebenso fest. »Wie ich schon sagte, er braucht etwas zu essen, Trost und eine gute Nacht.« Das Gesicht ihres Gastgebers war plötzlich sehr nah, seine Augen groß und übertrieben hell und Scot blinzelte heftig, um seinen Blick abzuwehren.

»Bleib weg«, verlangte er rau.

Der provokative junge Mann lachte leise. »Ich verstehe. Du kannst dich allerdings nicht ewig zurückhalten. Aber alles wird gut.« Es war nur ein Murmeln an Scots Wange, als er sich zurückzog. Sein Atem war warm und verlockend. Da war es! Wieder dieses heftige, stechende Aroma von Zitrus, als würde der Mann es förmlich ausströmen. Scot hatte noch nie eine Seife gekannt, die so intensiv roch.

~ *Du brauchst eine gute Nacht.* ~

Als der Blonde lachte, klang es erneut weich und melodisch wie das Windspiel. Er richtete sich auf und zog Scot mit Jerrys Hilfe auf die Füße. »Folg mir jetzt«, sagte er sanft.

In Scots Ohren klang es eher wie ein Befehl als eine Bitte.

***

Nach dem Essen fühlte sich Scot viel besser, obwohl er weitaus weniger gegessen hatte als Jerry. Der wischte immer noch mit einer Scheibe frischem Brot die Reste der Rinder-Tomatensoße auf und seine Augen funkelten genüsslich. Soßentropfen hingen an seinen Lippen und Scot beobachtete, wie er sie ableckte. Jerry hatte einen gesunden Appetit, auch wenn er trotzdem spindeldürr blieb.

Es täuscht. Da er groß, dürr und blass war, hatten seine Eltern geglaubt, ihr junger Sohn wäre zerbrechlich und müsste beschützt werden. Jerry hatte sich bei Scot oft beschwert, dass ihre Art von Schutz erdrückend war. Es hatte sich immer mehr nach Isolation und Einsperrung angefühlt. Für ihn war eine Flucht nur eine Frage der Zeit gewesen. Er musste frei sein!

Scot hatte Jerry in vielerlei Hinsicht immer als stärker angesehen. Scot fügte sich ihm oft, weil er glaubte, dass Jerry so viel mehr über die Welt wusste. Erst kürzlich hatte er angefangen, sich zu fragen, wie viel es wirklich war.

Während des Essens hatten sie sich leise unterhalten und erst eine cremige Suppe und dann das exzellente Gulasch genossen, während sie viel kühles Wasser tranken. Es war kein Eis zu sehen, aber jeder frische Krug war genauso gekühlt wie der letzte. Auch der Speiseraum war mit Kerzenlicht erhellt, obwohl hin und wieder das Deckenlicht flackerte. Vielleicht sprang langsam der Generator wieder an. Im Verlauf des Abends wurde die Luft im Raum kühler, auch wenn sie weiterhin drückend war. Der Schweiß in ihrer Kleidung trocknete klamm.

Der junge Mann stellte sich als Oliver vor und schien Kellner und Rezeptionist zu sein. Er hatte sich nicht nach ihren Namen erkundigt, kümmerte sich aber gut um sie. Zwar trug er noch die kurze Hose, hatte sein Hemd aber vollständig zugeknöpft.

»Bist du auch der Koch?«, fragte Jerry, als Oliver erneut an den Tisch kam.

»Nein, nicht heute.« Kurz wandte er Jerry den Rücken zu, um die Teller des letzten Ganges einzusammeln. Wie ein Magnet heftete sich sein Blick wieder auf Scots Gesicht. In seinem Ausdruck war mehr als nur ein Hauch von Schalk zu erkennen. »Ich bin auf andere Arten im Dienst. Für andere *Gelüste*.« Seine Stimme senkte sich zu einem sehr leisen Murmeln, sodass Scot nicht sicher war, ob er ihn richtig verstanden hatte. Er glaubte nicht, dass Jerry ihn überhaupt gehört hatte.

Plötzlich wurde Scot sich peinlich berührt bewusst, dass er eine Erektion hatte. Gott sei Dank war sein Schoß unter dem Tisch nicht zu sehen. Wahrscheinlich reagierte sein Körper nur so seltsam, weil er sehr müde war. Nach der Reise und der klebrigen Hitze war ihm immer noch so schwindlig. Er betete inständig, dass das Essen vorbei war und sie auf ihr Zimmer gehen konnten.

Dann drehte sich Oliver wieder um und sprach mit Jerry. »Vincent ist heute Abend unser Koch. Ihr werdet ihn bald kennenlernen.«

»Ich sollte ihm für das großartige Essen danken«, sagte Jerry. Scot sah die untypische Röte auf seinen Wangen. Vielleicht war das Essen zu scharf für ihn gewesen.

»Tu das«, erwiderte Oliver. »Geh in die Küche und bedank dich.« Mit den Tellern in der Hand wandte er Scot den Rücken zu und schien sich nicht bewusst zu sein, dass sein Hintern direkt über Scots Bein schwebte. Scot betrachtete unwillkürlich die glatten, straffen Oberschenkel, die unter der kurz geschnittenen Hose hervorschauten. In seiner Kniekehle schimmerte Feuchtigkeit, nur ein oder zwei kleine Schweißtropfen. »Vincent weiß persönliche Aufmerksamkeit zu schätzen. Er wird wissen wollen, dass er dich zufriedengestellt hat.«

Jerry wurde noch röter. Olivers Tonfall war immer von Natur aus provokativ, obwohl seine Worte ganz einfach waren. Was dachte sich sein Freund nur dabei, sich so schwülstig zu unterhalten?

»Na ja, vielleicht morgen Früh, bevor wir gehen.« Jerry klang angestrengt. Schließlich schob er seinen Teller weg. »Ich glaube, wir legen uns besser hin. Wir sind schon seit Tagen ununterbrochen unterwegs.«

Oliver nickte. »Natürlich. Eure Reise war lang, aber ihr werdet feststellen, dass sie sich gelohnt hat.«

»Hm?« Jerry wirkte verwirrt. Scot beobachtete, wie Oliver ohne Eile ihre leeren Gläser stapelte und dabei leicht lächelte. Seine Lippen waren voll und hatten die Farbe einer blutroten Orange, was einen seltsamen Kontrast zu seinem sonst eher zarten, jungen Aussehen bildete.

Jerrys Augen strahlten immer noch hell, doch er verzog das Gesicht. Scot fragte sich, warum Jerry so lange gebraucht hatte, um festzustellen, wie befremdlich Oliver war. Aber er konnte keine Zeit mit Gedanken daran verschwenden. Er hörte ihrer Unterhaltung ohnehin nicht richtig zu. Sein Herz schlug sehr schnell und er hatte die Hand auf dem Tisch zur Faust geballt. Dabei wusste er nicht mal, warum. Oliver schwankte ein wenig und hatte Scot während seines Gesprächs mit Jerry immer noch den Rücken zugewandt.

Durch einen Geistesblitz wurden Scot mehrere Dinge klar. Er begriff, dass Oliver unter seiner Shorts keine Unterwäsche trug. Der junge Mann hatte sie, wie Scot vorhin vermutet hatte, einfach übergezogen, um sie zu begrüßen. Scot konnte beinahe die Unterseite seiner Pobacken sehen und die blasse Haut schimmerte im Kontrast zu den Schatten, die das Kerzenlicht nicht erreichte. Auch das Hemd hatte er sich nur hastig übergeworfen. Oliver war kurz vor ihrer Ankunft nackt gewesen. Und seine Haut war sehr warm.

Wieso bin ich mir bei all dem so sicher?, wunderte sich Scot. Eine Welle aus Empfindungen erfasste ihn, die sowohl wärmend als auch alarmierend war. Warum war eine so einfache Beobachtung so lebhaft sinnlich?

Und was das anging, was hatte ein Wesen wie Oliver überhaupt hier verloren? Er war klassisch schön wie ein junger griechischer Gott aus einem uralten Mythos, wirkte sorglos, wenn auch nicht unbeholfen, und verhielt sich sehr feenhaft. Seine Bewegungen waren träge und geschmeidig, seine Gesten ungehemmt. Im Vorbeigehen berührte er beinahe ziellos verschiedene Dinge. Sein Blick war niemals ruhig und doch schien er jedes Mal auf ihm zu liegen, wenn Scot ihn wieder ansah. Das Flackern der Kerzen spiegelte sich in seinen hellen blassblauen Augen. Oliver passte überhaupt nicht zu diesem seltsamen, heruntergekommenen Ort. Auf einer Bühne, einem Laufsteg oder in einem Club hätte er nicht fehl am Platz gewirkt. Dort hätte er bewundert und begehrt werden können.

Ich kann ihn durch ein Fenster sehen. Durch ein Guckloch. Er sitzt in einem Käfig, der hoch über der Bühne befestigt ist. Seine Knöchel sind angekettet, sein nackter Körper mit Lederriemen übersät. Er wartet auf meine Ankunft und wird mich anflehen, ihn zu befreien. Seine Augen sind geweitet und voller Tränen, seine Lippen feucht. Dann beobachte ich, wie er vor mir seinen Schwanz streichelt, mich anlächelt und mich zu sich lockt: um ihn vor sich selbst zu retten...

Scot unterdrückte ein Keuchen, entsetzt über die ungebetenen fantastischen Gedanken, die ihn plötzlich vereinnahmten. Er drückte sich eine Hand fest auf den Schritt, damit seine Erregung nicht noch schlimmer wurde. Noch nie in seinem Leben hatte er solche Gedanken gehabt, zumindest nicht seit seiner frühen Jugend. Und dann war er von Schuldgefühlen und Kummer geplagt worden, weil sein Verlangen junge Männer und nicht Frauen betraf.

Während seiner Kindheit hatte sich Scot die lauten und voreingenommenen Meinungen seiner Eltern angehört und gesehen, wie sie von anderen erwarteten, dass ihr Verhalten in ihre eigene engstirnige, billige, aggressive Welt passte. Sie schafften es weder, einen Job noch ein dauerhaftes Zuhause zu halten und er war sein Leben lang als Abschaum abgestempelt worden. Aber er hatte schon sehr früh gelernt, nicht mit ihnen zu diskutieren, weil die Hand seines Vaters schnell und brutal war. Scot hatte noch immer Striemen auf dem Rücken.

Mit ihnen über seine aufkommende Sexualität zu sprechen – vor allem, in welche Richtung sie tendierte –, stand außer Frage. Seine pubertären Qualen versteckte er nachts unter seiner Decke, seinen Schwanz fest in der Hand. Heiße, schnelle, erschaudernde Qualen mit Träumen von maskulinen, behaarten Gliedmaßen. Breiten, muskulösen Schultern. Die Berührung eines warmen, dicken Schwanzes am Bein.

Die Schule war einige Jahre ein Albtraum gewesen – er war abgelenkt gewesen und hatte gestört. Nichtsdestotrotz war er auf der Higschool gut gewesen und hätte gern versucht, in der Stadt Jura zu studieren. Aber seine Eltern wollten es nicht in Betracht ziehen. Jeden Cent, den er dafür verdiente, nahmen sie an sich. Er wusste, dass er den Mut hätte haben müssen, sich gegen sie aufzulehnen, wusste aber nicht, wohin er sich wenden sollte. Also begnügte er sich einfach mit einem Job im Ort und anderen Wegen, um zu überleben. Seine Eltern nahmen sein Geld immer noch für Alkohol und Drogen, aber er fand bessere Verstecke dafür. Und auch für seine Sexualität.

Dann hatte er Jerry kennengelernt. Das hatte sein Leben vollständig verändert. Nach sehr kurzer Zeit wurde ihm mit Sicherheit klar, dass er anders war, es aber der richtige Weg für ihn war.

Mehr noch, es gab andere junge Männer wie ihn, die er treffen konnte, wovon er vorher nie zu träumen gewagt hatte. Einerseits war es eine große Erleichterung gewesen. Aber er hatte auch schnell erkannt, wie inakzeptabel dieser Unterschied in ihrer kleinen, rückständigen, homophoben Stadt war und immer sein würde. Jerry wusste es auch, aber letztendlich hatte er ihre Beziehung nicht länger geheim halten wollen.

Und deshalb waren sie geflohen.

Plötzlich lachte Jerry zu laut und riss Scot aus seinen Erinnerungen. Oliver streifte seinen Arm, scheinbar, um einen Teller abzuräumen. Überrascht zog Scot seinen Arm zurück, aber der Blonde wirkte nicht beleidigt. Er richtete sich auf und lächelte dabei immer noch träge und verführerisch.

Erneut wallten Emotionen in Scot auf, fast so wie bei seinem Beinahezusammenbruch vor dem Haus. Es war verwirrend. Er wollte Oliver das Lächeln aus dem Gesicht schlagen und gleichzeitig mit ihm lachen. Er wollte diese vollen Lippen berühren, seine Finger in Olivers Mund schieben, bis sie feucht vom Speichel waren, ihn fest küssen, seinen jungenhaften Mund einnehmen…

Jerry sah ihn stirnrunzelnd an. »Alles okay?«

Die Anspannung zwischen ihnen war beinahe greifbar und Scot versuchte, seine Desorientierung abzuschütteln. »Natürlich.«

»Gehört dir das Motel? Führst du es?« Jerry fragte Oliver wieder aus. »Wenn ich fragen darf.«

Plötzlich war Scot wieder wütend auf ihn. Vielleicht war Jerry höflich, aber er schien einfach nicht widerstehen zu können, die Stille zu unterbrechen. Verdammt, scheinbar war keiner von ihnen der Meinung, dass dieser junge Mann die Fähigkeit oder die Einstellung hatte, um ein Motel zu leiten.

Oliver zuckte anmutig und sorglos mit den Schultern. »Natürlich nicht. Ich arbeite nur hier. Das ist das *Maxwell's*.«

Scot runzelte die Stirn. »Was?«

»Es ist der Name des Motels.«

Scot widerstand dem Drang, die Augen zu verdrehen. »Das ist mir klar. Aber wer oder was ist Maxwell?«

Oliver hielt seinen Blick fest. »Alles. Alles... und jeder. Das alles gehört zum *Maxwell's*.«

Sein bizarres Verhalten war unhöflich. *Nein, nicht unhöflich.* Scots Kopf pochte wieder. Das Wort, das bei jedem Herzschlag in seinen Schläfen pulsierte, war ein anderes.

~ *Gefährlich* ~

»Du siehst schon wieder blass aus«, ertönte Olivers gelassene Stimme aus der Ferne. »Du musst dich jetzt ausruhen. Vincent wird sich für euch um das Gepäck kümmern.«

***

Auf dem Weg zurück zur Lobby stützte Jerry seinen Ellbogen. Als Oliver hinter den Tresen trat, hielt sich Scot zurück. Sie hatten ein paar Mal falsche Namen benutzt, seit sie die Stadt verlassen hatten. Jerry hatte ihnen das erste Busticket gekauft und dann etwas Schmuck und eine Kamera verkauft, die er aus seinem Haus gestohlen hatte, und unter falschem Namen das Auto gemietet. Seitdem hatten sie entweder im Auto oder in öffentlichen Parks geschlafen. Vielleicht war Jerry paranoid, weil Scot nicht glaubte, dass ihre Eltern sie als vermisst melden würden. In seinem Fall war er ziemlich sicher, dass sie froh über sein Verschwinden waren. Ein Maul weniger zu stopfen, und dazu auch noch ein aggressives.

Jerry stammte aus dem besseren Teil der Stadt. Scot war immer davon ausgegangen, dass mehr Geld und ein gebildeterer Hintergrund auch mehr Toleranz bedeutete. Jerry hatte ihm schnell das Gegenteil bewiesen.

Er hatte ihm nie die ganze Geschichte davon erzählt, was passiert war, als er seine Beziehung mit einem anderen Mann verkündet hatte, aber es schien hässlich gewesen zu sein. Um ehrlich zu sein, vermutete Scot, dass Jerry seine Familie damit getrietzt hatte. Es gab Zeiten, in denen ihm Jerrys Verbitterung Angst machte.

Selbst als er Scot gesagt hatte, dass er ausziehen musste – und zwar bald –, waren seine Worte voller Rachsucht gewesen. Er hatte nur angedeutet, wie unangenehm seine Eltern seine Kindheit gemacht hatten. Er hatte kalten Hass beschrieben; Stunden, die er in dunklen Räumen eingesperrt gewesen war. Nur andeutungsweise hatte er erzählt, wie grausam sie versucht hatten, ihn vom Erwachsenwerden abzuhalten. Jerry war auf der Schule sehr lernbegierig und angepasst gewesen. Trotzdem schien seine Rebellion in den letzten Jahren im Vergleich zu Scots wesentlich wilder.

Am Tresen hustete Oliver nicht gerade diskret.

Scot warf einen Blick auf Jerry. Bis jetzt hatte sie noch niemand gebeten, sich offiziell zu registrieren. Vielleicht konnten sie es ganz verhindern, indem sie bar zahlten. Er schielte über den Tresen, konnte aber keine Papiere erkennen. Kein Stift, kein Telefon, keine Karten. Auf dem Buch lag eine dünne Staubschicht. Wann hatten sie das letzte Mal einen Gast eingecheckt? Wie finanzierte sich dieser Ort überhaupt?

Am anderen Ende des Eingangsbereichs kam ein weiterer Mann durch die Tür zu den Gästezimmern und ließ sie wieder hinter sich zufallen. Er war größer und viel kräftiger als Oliver. Im Gegensatz zu Oliver wirkte er ganz und gar nicht sorglos und bewegte sich mit einer schnellen, starken, animalischen Anmut.

Scot starrte den Neuankömmling an. Sie hatten den Speiseraum gerade erst verlassen, ohne den Koch oder andere Mitarbeiter zu sehen. Wenn das derselbe Mann war, musste er aus der anderen Richtung um das Gebäude gekommen sein.

»Das ist Vincent«, sagte Oliver leise. »Natürlich.« Sein Blick huschte zwischen ihnen hin und her und hielt dann bei Jerry inne. Er grinste und der Schalk trat wieder in seinen Gesichtsausdruck. »Du wolltest ihn für seine Fähigkeiten loben, nicht wahr? Seine kulinarischen Fähigkeiten?«

Jerry wurde rot, als wüsste er, dass er aufgezogen und vielleicht getestet wurde. Scot half ihm nicht, weil er kurzzeitig sprachlos den Mann vor ihnen anstarrte.

Er war spektakulär! Während Oliver hübsch und jung wirkte, war Vincent auf jeden Fall ein *Mann*: dunkle Haare und grobe, gut aussehende Gesichtszüge. Er sah wie ein amerikanischer Ureinwohner aus, mit langem Gesicht und hohen Wangenknochen, gerader Nase und strahlenden, dunklen Augen. Seine Schultern und sein Oberkörper waren breit, seine Haut dunkel und er hatte seine langen Haare im Nacken zusammengebunden.

Sie schimmerten schwarz und in seinen Augen spiegelte sich dieselbe Intensität. Er trug eine dünne, helle Tunika und eine lockere Hose, aber darunter konnte Scot die festen Muskeln seiner Schultern und seine definierte Brust erkennen. Um diesen Körperbau zu bekommen, musste man angestrengt trainieren. Er stand entspannt, die Beine leicht gespreizt und ließ die Hände an den Seiten hängen. Auch seine Füße waren nackt.

Scot hatte sich nie wirklich zu diesem athletischen Körperbau hingezogen gefühlt, doch die Lust regte sich instinktiv in seiner Magengrube. Jerry neben ihm seufzte leise und packte Scots Arm fester. Scot widerstand dem Drang, seinen Arm wegzuziehen. Er wusste sofort, ohne den Grund dafür zu kennen, dass Jerry von diesem Mann heftig erregt war.

Oliver hustete erneut und durchbrach die Stille. Eine der Kerzen hinter dem Tresen flackerte und erlosch, was den Rezeptionsbereich in mehr Dunkelheit hüllte. Er schob den Kerzenhalter aus dem Weg und setzte sich auf den Tresen, sodass seine schlanken, kaum gebräunten Beine gegen das Holz baumelten. Er starrte Vincent an, der den Blick ruhig erwiderte. »Würdest du die Taschen für Mr. Harrison bitte in die Nummer 6 bringen, Vincent?«

Jerry runzelte die Stirn. »Ich hab dir meinen Namen noch nicht gesagt, oder?«

Oliver zuckte mit den Schultern. Seine Augen funkelten immer noch sinnlich. Er beugte sich vor und legte die Hände auf seine Oberschenkel. »Ich kann mich nicht erinnern. Vielleicht hat es dein... Begleiter getan. Aber das ist doch nicht wichtig, oder?«

Scot betrachtete Jerry. Er wirkte verwirrt und schien nicht diskutieren zu wollen. Vincent trat vor sie, bückte sich leicht und hob die Taschen an, als wären sie federleicht. Sein Duft kitzelte Scot in der Nase. Haut und Schweiß, natürlich, wie er es bei dieser Hitze erwartet hatte, und die Erinnerung an das grandiose Essen – doch darunter lag auch ein Hauch von Moschus. Ihm wurde schon wieder ganz schwindlig.

Jerry musste es auch gerochen haben, denn der unterdrückte Laut, den er von sich gab, klang eher nach einem Stöhnen. »Arbeitest du auch für *Maxwell's*, Vincent?«, fragte er schwach. »Seid du und Oliver...?«

Scot wurde vor Scham ganz heiß. Er stach Jerry in die Rippen und sein Freund hielt sofort den Mund. Scot wurde klar, dass sie nichts über diese Männer wussten Sie hatten keine Ahnung, was für Leute sie waren, was sie in dieses Motel verschlagen hatte, wo sie vorher gelebt hatten oder wie ihr Sinn für Humor war. Ganz zu schweigen von ihrer Beziehung zueinander. Worauf zum Teufel wollte Jerry hinaus?

Vincent schien Jerrys Neugier jedoch nicht zu stören. »Ich arbeite auch hier«, erwiderte er und nickte. »Für *Maxwell's*. Natürlich.« Seine Stimme war tiefer als Olivers und seine langsame Sprachmelodie schien zum Rhythmus seiner Atmung zu passen. Sie war schleppend und sehr verführerisch. Scot spürte, wie Jerry neben ihm erschauerte und fragte sich, ob Vincent bewusst war, welche Wirkung er auf sie beide hatte.

»Ich wollte nicht neugierig sein.«

»Kein Problem. Oliver und ich sind Kollegen.« Belustigung blitzte in seinen Augen auf. »Wir arbeiten zusammen.«

Er trat hinter den Tresen, blieb hinter Oliver stehen und stellte eine der Taschen auf das Holz. Scot folgte ihnen mit dem Blick und war unwillkürlich fasziniert. Er sah Vincents Gesicht über Olivers Schulter – dank des Größenunterschieds der beiden war das möglich – und beobachtete, wie Vincent sanft die linke Hand auf Olivers Hüfte legte. Neckend schob er die Finger unter den

Stoff und zog ihn von seiner Haut weg. Die Knöpfe öffneten sich, als hätten sie ihre Aufgabe satt und das Hemd klaffte wieder auf. Sanftes, ungleichmäßiges Licht tanzte auf Olivers nackter Brust. Vincents rechte Hand war nicht zu sehen, da sie hinter Olivers Rücken verborgen war.

Oliver legte den Kopf leicht zur Seite und entblößte seinen Hals. Vincent senkte Kopf und drückte seine Lippen auf Olivers Haut – und knabberte unter seinem Ohr.

Oliver wimmerte. Es war ein leiser, atemloser Laut, wie von einem gefangenen Tier. Scot betrachtete diese unverhohlene, sexuelle Liebkosung schockiert. Jerry gab erneut ein Geräusch von sich, das nun deutlich zu hören war.

Eine weitere Kerze an der Wand zischte und die Flamme wurde heller, sodass sie lange, dunkle Schatten in den Raum warf. Sie betonte Vincents Gesicht und Olivers blasse Oberschenkel schimmerten im Kontrast zur Dunkelheit noch heller.

Scot starrte Oliver ins Gesicht und ihre Blicke trafen sich. Er wirkte ruhig und gelassen, doch seine Pupillen waren geweitet. Und während Scot zusah, nahm er eine leichte Bewegung an Olivers Hosenbund war, als würde jemand die Rückseite nach unten ziehen: als würde etwas hineingeschoben werden. Wahrscheinlich war es Vincents andere Hand. Nun konnte er mehr von Olivers nackter Hüfte erkennen – und auch mehr von seiner blassen, jungen Haut.

Oliver atmete scharf ein, ließ Scots Blick jedoch nicht los. Erneut umspielte ein schmales Lächeln seine Lippen. Plötzlich schob er die Zungenspitze vor, leckte sich über die Lippen und zog sie wieder zurück. Sein Kopf sackte ein Stück nach hinten und wippte leicht, als würde er an unsichtbaren Fäden hängen.

»Verdammt«, keuchte Jerry mit rauer Stimme und nahm die Hand von Scots Arm. Es war nicht zu übersehen, dass Jerry sich über den Körper strich und Scot bewunderte, dass er sich vor anderen berührte. Sein eigener Schwanz drückte sich schmerzhaft gegen seine Jeans, aber er wagte es nicht, ihn auch nur zu richten.

Oliver hatte offensichtlich keine Hemmungen. Als die Bewegungen in seiner Hose deutlicher wurden, legte er eine Hand in seinem Schoß auf die Beule, die nun jeder unter dem Jeansstoff erkennen konnte. Erneut seufzte er leise und biss sich auf die Unterlippe, als würde etwas an ihm nagen. Und dann, vor zwei Zuschauern, fing er an, seine Erregung zu reiben, während er auf dem Tresen saß und Vincents Hand offensichtlich seinen Hintern bearbeitete.

Scot erwischte es eiskalt. Was zur Hölle war hier los? Als er den Kopf drehte, um Jerry Hilfe suchend anzusehen, stellte er fest, dass dieser nach vorn starrte, fasziniert von der erotischen Show. Und als er wieder zurücksah, erkannte er, dass Vincent Jerry genauso fixierte.

Die Anziehung beruhte offensichtlich auf Gegenseitigkeit.

Scot gab einen winzigen, unfreiwilligen Protestlaut von sich. Ihm war klar, dass er nicht länger Oliver beim Masturbieren betrachtete, sondern den Mann hinter ihm: Den Mann, der die Aufmerksamkeit und das Verlangen von Scots Liebhaber geweckt hatte. Scot wusste, dass der große, stille und scheinbar ruhige Vincent, auch wenn sich seine Schulter sanft und rhythmisch bewegte und sich die Muskeln in seinem Oberarm anspannten, Oliver zweifellos fingerte.

Was zum Teufel?

Mittlerweile keuchte Oliver leise, aber schnell. Sein Blick war unstet. Er öffnete die Knöpfe seiner Hose und schob eine Hand hinein, um seinen harten Schwanz zu umfassen, der den Stoff ausdehnte. Scot sah, wie sein Schaft durch Olivers Faust rutschte und die Eichel von Lusttropfen feucht glänzte. Oliver streichelte sich grob und leckte über seine bereits feuchten Lippen.

Dann lehnte er sich wieder nach vorn, sodass Vincent hinter ihm mehr Platz hatte. Er stieß mit den Hüften, um Vincents Hand entgegenzukommen, der nun ganz offensichtlich diese besondere Stelle in Oliver suchte. Scot beobachtete, wie sich sein benebelter Blick auf Jerry richtete und er ihn anlächelte. Als sein Blick wieder zu Scot glitt, öffnete er seinen weichen, vollen Mund, als würde er etwas sagen wollen.

Und dann ertönte eine Glocke.

Es war ein kurzes, abruptes Geräusch. Laut, schrill und unerwartet. Wie ein Alarm. Oder ein Summer, mit dem man Aufmerksamkeit erregte.

Gleichzeitig flackerten die Lichter an der Decke und schienen dann grell. Der Flur wurde in Licht getaucht, wie ein Scheinwerfer, der sich auf die Akteure richtete.

Sie alle erstarrten.

Vincent bewegte sich zuerst. Das Rascheln von Kleidung war zu hören, als er seine Hand aus Olivers Shorts zog und hinter dem Tresen hervortrat. »Das ist Maxwell. Er braucht uns woanders. Ich bringe die Taschen nach unten und dann gehen wir zu ihm.«

Oliver räusperte sich. Sein Gesichtsausdruck wirkte immer noch ein wenig schmollend, aber das verblasste schnell. Er nickte zustimmend und nachdem er sich wieder eingepackt und seine Hose geschlossen hatte, hüpfte er vom Tresen. Die beiden blickten erwartungsvoll zum Speiseraum.

Scot folgte ihrem Blick, konnte aber nichts erkennen. Niemand war zu sehen. Nur die Tische und Stühle und Tischdecken, die in dem nun wieder funktionierenden elektrischen Licht noch schäbiger wirkten. Seine Nase nahm wieder diesen Zitrusduft wahr, der sich nun mit einem schweren, süßlichen Geruch von Kräutern vermischte. Neben ihm atmete Jerry tief und lange ein, als hätte er eine Ewigkeit die Luft angehalten.

Scot schwirrte der Kopf. War er der Einzige, der die Form von Olivers Lippen bemerkt hatte, als er ihn angesehen hatte – das Wort erkannt hatte, das er hatte aussprechen wollen?

»*Scot*«, hatte er mit den Lippen geformt.

Das kann nicht stimmen! Er kennt auch meinen Namen nicht.

Scot hörte seine Stimme in dieser neuen Atmosphäre hallen und sie klang rau und fremd. »Oliver, was meintest du damit, dass unser Zimmer bereit ist?«

Vincent öffnete bereits wieder die Tür, die zu dem überdachten Gang führte, wobei er ihnen den Rücken zugewandt hatte. Oliver war ebenfalls abgelenkt und schob sich eine blonde Locke aus der Stirn. »Ihr könnt jetzt durchgehen.«

»Nein.« Scot schüttelte ungeduldig den Kopf, weil Oliver ihn bewusst missverstanden hatte. »Als wir ankamen. Im Vorgarten. Du hast *unser Zimmer* gesagt. Als wäre es uns bereits zugewiesen worden, als wüsstest du, dass wir kommen. Aber das hast du nicht.«

»Nein«, erwiderte Oliver. Seine Stimme war leise, aber sehr klar. »Natürlich nicht. Ich glaube, dass dir immer noch etwas schwindlig ist, Scot. Es war nur eine Redewendung.« Hastig ging er zur Seite und Vincent drehte sich zu ihnen um, während er an der Tür auf sie wartete.

»Komm schon, Scot.« Jerrys verzogenes Gesicht verriet ihm, dass seine Kopfschmerzen zurück waren, wahrscheinlich verstärkt durch die Zurschaustellung, die sie gerade gesehen hatten. Scot konnte nicht anders – er sah an Jerrys Körper hinab und entdeckte die vielsagende Beule in seinem Schritt. *Ja, ich hatte recht.* Jerry war sehr erregt gewesen. Die Tatsache störte Scot überraschenderweise nicht so sehr, obwohl er vorhin schockiert gewesen war. Was hatte das alles zu bedeuten? Offensichtlich hatte er den Schlaf dringender nötig, als er gedacht hatte.

Wie kleine Lämmer folgten sie Vincent aus dem Eingangsbereich. Aber Scot war immer noch wütend und ein wenig verängstigt. Oliver hatte eben seinen Namen gesagt. Er kannte seinen Namen.

Das war keine verdammte Redewendung.

Scot konnte sich keinen Reim darauf machen.

Kapitel 3

Vincent führte sie über einen mit Steinplatten ausgelegten Weg. Auf einer Seite befand sich eine schulterhohe Mauer aus unebenen Steinen und alten Backsteinen. Scot konnte nicht erkennen, was sich dahinter befand, aber an einer Stelle passierten sie ein verschlossenes Tor, das scheinbar hindurchführte. Die andere Seite des Weges öffnete sich zu einem Hof, der zurück nach vorn zum Parkplatz führte.

Über ihren Köpfen hing ein Dach aus Wellblechen, das mit Holz- und Stahlpfosten gestützt wurde. Es bildete einen leicht gruseligen, spärlich beleuchteten Tunnel und nur das graue Abendlicht, das in den Hof schien, wies ihnen den Weg. Vincent hatte keine Schwierigkeiten, sich zurechtzufinden, aber Scot hing zurück und Jerry stolperte ein wenig. Vielleicht wollte er genauso wie Scot nicht zugeben, wie viel Angst ihm die zerfetzten Schatten machten, die durch die Löcher im Dach geworfen wurden.

Der Weg endete an dem flachen Gebäude, das sie vom Auto aus gesehen hatten. Eine Reihe aus verschlossenen Türen führte wahrscheinlich zu den Zimmern des Motels. Über den Türen gab es keine Lampen und in den Zimmern war kein Licht zu erkennen. Es war auch nichts zu hören und es gab keine anderen Autos. Alles wirkte vollkommen verlassen. Ihre Schritte hallten dumpf auf den Steinen, als sie zum letzten Zimmer in der Reihe gingen. Niemand sagte etwas.

An der Tür hielten sie alle inne, während Vincent aufschloss.

»Geht's dir gut?«, flüsterte Jerry ihm zu.

»Alles in Ordnung, reg dich nicht auf. Ich bin nur müde.«

Jerry wirkte nicht überzeugt. »Du bist seit dem Essen komisch. Sag mir, was los ist.«

Scot schüttelte den Kopf. *Lass mich in Ruhe.* »Nichts.«

»Vertraust du mir nicht?« Jerrys Sorge verwandelte sich schnell in Ärger. »Mich mit Schweigen zu strafen, wird schnell langweilig, weißt du. Wenn du sauer auf mich bist, musst du...«

»Da wären wir«, unterbrach Vincent ihren Streit, obwohl er keinen Hinweis darauf gab, ob er zugehört hatte. An der Zimmertür hing eine große 6, andererseits hatte Scot das System der Nummerierung nicht durchschaut. Sie waren schon an der 4 und 12 vorbeigekommen, ohne dass etwas dazwischen lag. Vincent brachte ihr Gepäck ins Zimmer und verschwand. Das Letzte, was Scot von ihm sah, waren seine dunklen Augen, die ihn im Halbdunkel anfunkelten.

Sie waren wieder allein.

Jerry warf sich aufs Bett, als würde er gleich einschlafen. Scot beobachtete ihn eine Weile, leicht überrascht, als Jerry anfing, leise zu schnarchen. Aber immerhin hatte er nicht vor, ihren Streit fortzuführen. Scot atmete langsam und erleichtert auf, ehe er vorsichtig neben Jerry auf die Decke kroch. Das Bett war überraschend weich und die Kissen wirkten sauber und füllig.

Er wollte sich nur ausruhen, spürte aber sofort nach dem Hinlegen, wie seine Augen schwer wurden. Eine Kombination aus der ermüdenden Reise, dem schweren, üppigen Essen, nachdem er in den letzten Tagen kaum etwas zu sich genommen hatte, und den seltsamen Ereignissen in der Lobby...

Alles forderte nun seinen Tribut.

***

Scot erwachte ruckartig und mit dröhnendem Schädel. Ein paar panische Sekunden wusste er nicht, wo er war, bis er sich wieder erinnerte. Sie waren zusammen weggelaufen, hatten sich dann aber verfahren. Jerry und er waren im Motel. In den ersten Momenten des Wachwerdens fühlte es sich an, als wäre das vor einer Ewigkeit gewesen.

Er erstarrte, als ihm plötzlich klar wurde, dass er allein im Bett war. *Wie lange habe ich geschlafen?* Das Mondlicht, das durch die ausgeblichenen Stellen der Vorhänge fiel, wirkte nun intensiver. Er konnte draußen den Umriss des überdachten Gangs und den blassen Schatten der Motelrezeption in der Ferne erkennen. In einigen der Fenster war nun Licht zu sehen.

Kurzzeitig war er verwirrt. Natürlich: Der Strom hatte wieder funktioniert, kurz bevor sie in ihr Zimmer gebracht wurden. Auf einem Stuhl neben dem Bett fand er eine kleine Lampe. Er drückte auf den Schalter, aber nichts passierte. Vielleicht war die Birne kaputt, oder Jerry hatte den Stecker gezogen, damit Scot schlafen konnte. Wie spät es wohl war? Da seinem Handy vor langer Zeit der Saft ausgegangen war und er keine Armbanduhr besaß, würde er das wohl nie erfahren.

Stöhnend richtete er sich auf einem Arm auf. Im Zimmer war es warm. Er erinnerte sich, auf dem Weg ins Zimmer die Abendluft gespürt zu haben, die trotz der Abkühlung noch heiß war. Und das Zimmer selbst war bedrückend. Es war kaum größer als das Doppelbett, auf dem er lag, obwohl er gut darin geschlafen hatte, mit nichts weiter als einem Laken und einer Tagesdecke unter sich.

Vorsichtiger sah er sich um. Es gab wenig zu entdecken, nur den Stuhl und eine Kommode, die an der hinteren Wand stand. Der Raum zwischen der Kommode und dem Bett war gerade breit genug, dass ein Mann darin stehen konnte. Beide Möbelstücke waren aus Holz, dem das Alter deutlich anzusehen war. Auf der Kommode standen zwei Kerzenhalter mit halb geschmolzenen Kerzen darin und daneben lag ein Stapel Handtücher.

An der Decke war ein Ventilator befestigt, der nach einem Tag harter Arbeit träge surrte. Die Rotorblätter waren in den alten, fleckigen Spiegelfliesen darüber zu sehen, summten unregelmäßig und verteilten kaum eine Brise im Raum. Der Saum der Vorhänge hob sich und legte sich dann schlaff wieder. Alles war ziemlich einfach. Ein typisches, heruntergekommenes Motel.

Aber das Kissen war angenehm füllig und die Decke roch wie frisch gewaschen. Auch die Handtücher auf der Kommode wirkten weich und flauschig. Der Kontrast zwischen der Dürftigkeit und diesem Luxus verwirrte Scot. Die Luft im Zimmer legte sich um seinen Leib und seine Haut prickelte von der Mattigkeit, die einen nach dem Schlafen überkam. Er rieb sich mit der Hand über die Brust und genoss das Gefühl. Er streichelte sich erneut. Immer noch gut...

Mit Sicherheit hatte er geträumt, obwohl er sich nicht gut daran erinnern konnte. Es war ein erstickender, verwirrender Traum gewesen: Er spürte noch immer das Beben in seinen Gliedmaßen und das Pochen seines Herzens. Ein feuchter Traum?

~ *Du warst glücklich. Du hast gelacht* ~

Die Einzelheiten entglitten ihm wie Rauch, obwohl sein Kopf klarer wurde. Aber er erinnerte sich an einen großen Fremden, der sich mit einem hypnotisierenden Lächeln über ihn beugte und ihn entzückt ansah. Der Mann hatte einladend gewirkt, ihn beruhigt und gestreichelt. Da war diese tröstende, sinnliche Präsenz neben ihm, in ihm, die mit ihm sprach...

~ *Ich habe auf dich gewartet* ~

Scot schüttelte den Kopf, um diesen Unsinn loszuwerden. *Eine Präsenz? Was für ein skurriles Wort ist das denn?* Jerry und er hatten sich viele Filme über Vampire, Sukkuben und andere Monster angesehen, obwohl sie die meiste Zeit im dunklen Kino rumgemacht hatten. Schlich sich nun eine dieser Spezialeffekte-Kreaturen in seine Träume? Aber er hatte schon lange keinen solchen Film mehr gesehen. Sie verängstigten ihn nicht so, wie sie sollten, und außerdem kannte er den Unterschied zwischen Filmen und Realität sehr gut.

Er streckte sich träge. Das greifbare Gefühl blieb. Es fühlte sich weich und intensiv an, trieb wie eine zähe Flüssigkeit, streichelte ihn wie Federn, voller Wärme und Farbe und einem wirklich köstlichen Duft.

~ *Rede mit dir* ~

Es wollte ihn. Es glitt in seine Kleidung und zwischen seine Beine, um Einlass in seinen Körper zu finden.

~ *Will dich* ~

Erschrocken schoss Scot nach oben. Sein Herz klopfte viel schneller als sonst. Ihm fiel jetzt erst auf, dass er nur seine Boxershorts trug, er konnte sich aber nicht erinnern, sich ausgezogen zu haben. Und er hatte eine pochende Erektion. Sie beulte den Stoff aus und es bildete sich ein feuchter Fleck. Das war heftiger als seine übliche Morgenlatte und schien keine Anstalten zu machen, zu verschwinden.

Scheiße. Noch nie hatte er einen so seltsamen, erotischen Traum gehabt. Nicht einmal von Jerry!

Unruhig und erregt rutschte er auf dem Bett herum, sodass das Laken unter ihm knitterte. Hatte Jerry ihn ausgezogen? Sicher war es niemand anderes gewesen. Die Erektion rief sich hartnäckig und eindringlich in Erinnerung. Er spielte mit der Idee, seine Hand etwas tiefer wandern zu lassen und ihr zu geben, was sie brauchte...

Eine Tür am anderen Ende des Raumes öffnete sich, sodass eine Wolke aus duftender, feuchter Luft herausdrang. Offensichtlich aus dem Badezimmer.

»Scot? Du bist also wach.« Es war Jerry und auch seine Stimme klang sanft und verschlafen. Der harte Unterton ihrer letzten Unterhaltung war verschwunden und durch den zärtlichen Tonfall ersetzt worden, den Jerry oft beim Rummachen benutzte.

»Wo warst du?«, grummelte Scot. »Komm näher.«

Jerry kam zum Bett und trocknete sich die Haare ab. Bis auf das Handtuch, das um seine schlanke Taille gewickelt war, war er nackt. Trübes Mondlicht fiel auf seine nackte Brust und betonte einen seiner harten Nippel.

Scot verspürte tief in sich eine Sehnsucht und wunderte sich über die Emotionen, die ihn so sehr aufwühlten. Er sehnte sich nach Jerry, natürlich tat er das, aber dieses Verlangen war etwas anderes. *Verdammte Träume.* »Wie spät ist es? Hast du geduscht? Ich dachte, das Licht funktioniert wieder.«

»Tut es.« Jerrys Lächeln wirkte entspannter. »Aber mir hat das Kerzenlicht im Speiseraum gefallen, also dachte ich, dass wir auch hier welches haben können. Es ist erst zehn Uhr abends oder so. Meine Kopfschmerzen haben nachgelassen, also hab ich dich schlafen lassen und bin duschen gegangen. Das Badezimmer ist sehr klein, wir werden uns also abwechseln müssen.« Sein Blick glitt über Scots ausgestreckte Beine und seinen harten Schwanz unter dem Laken. »Ich dachte, du könntest den Schlaf gebrauchen.«

»Danke.« Scot seufzte und wackelte auf dem Bett mit den Hüften. »Aber jetzt brauch ich was anderes.«

Jerry lachte und zündete eine der Kerzen auf der Kommode an. Als er sich wieder zu ihm umdrehte, ließ ihn der Helldunkel-Effekt abwechselnd sinnlich und unheimlich wirken. Der leichte Schwefelgeruch des Streichholzes hing in der ruhigen Luft.

Scot seufzte zufrieden und ließ sich aufs Bett fallen. »Hab ich nicht gesagt, dass du näher kommen sollst?«

Ein seltsamer Ausdruck huschte über Jerrys Gesicht, aber er grinste gelassen und kletterte neben Scot aufs Bett. »Ja, Boss.«

Scot lachte leise, ehe ihm der Atem stockte. Jerrys Körper neben ihm war ganz anders als sein Traum. Er war *real*. »Wir sind ganz allein, oder?«

»Ja, zum Glück. Das ist unser Neuanfang. Für uns, Scot – zusammen. Sie werden uns nicht mehr jagen und niemand kann uns trennen. Niemand schreibt uns vor, mit wem wir zusammen sein dürfen und mit wem nicht.«

Das klang ziemlich melodramatisch, entsprach aber trotzdem der Wahrheit. »Niemand verflucht uns und spuckt uns an?«

Jerry nickte. Er legte eine Hand in Scots Nacken. »Ich weiß, wie schlimm es war…«

»Nein, weißt du nicht.« Scot versuchte, sich seinen Schmerz und die Wut nicht anhören zu lassen, aber manchmal fragte er sich, ob ihm das jemals gelingen würde. Schon seit er sich erinnern konnte, hatte Scot mit dem Leben zu kämpfen. Erst hatte er versucht, wegen seiner miserablen Situation zu Hause nicht aufzufallen, und dann musste er die wahre Natur seiner Freundschaft mit Jerry verheimlichen. Einmal hatte er Jerry erzählt, dass er seine Familie und Kollegen so oft angelogen hatte, dass er sich nicht immer daran erinnern konnte, was die Wahrheit und was die Deckgeschichte war. Er war gezwungen gewesen, all das zu tun, weil er sich zu einem Mann hingezogen fühlte. Sie hatten einander gewollt.

War das so falsch? Er wusste nicht, was schmerzhafter war – die Verfolgung und Misshandlungen, die er ertragen hatte, oder die feige Art, auf die er mit all dem umgegangen war.

»Hey, es ist okay. Dieser Mist wird nicht wieder passieren«, flüsterte Jerry. Er rollte sich auf dem Bett herum und schmiegte sich an Scot. »Du bist so verdammt heiß.« Er zuckte zusammen, als er seinen Schwanz unter dem Handtuch richtete. »Du machst mich so unglaublich geil.«

Lächelnd drückte Scot ihm einen Kuss auf die Schulter. Sein Herz schlug wieder schnell, dieses Mal aber aus einem anderen Grund. »Kein Herumschleichen und Rummachen in der Ecke mehr. In Autos oder Gassen.«

Jerry grinste. »Aber das war nicht immer schlecht, oder? Manchmal sorgt die Gefahr für Nervenkitzel.«

Scot unterdrückte ein Zittern. »Aber jetzt haben wir eine Wahl, Jerry. Die Wahl, wann und wo. Keine gestohlenen 30 Minuten beim Mittagessen oder nach Einbruch der Dunkelheit mehr, oder wenn sich meine Eltern in irgendeiner Bar volllaufen lassen.«

Jerry nickte. »Klar, was auch immer.« Er streichelte sanft über Scots Brust und legte eine Hand auf seinen Bauch.

Scots Muskeln spannten sich an. Vielleicht war ihr Leben im Verborgenen für ihn also viel aufreibender gewesen als für Jerry. Und es war aufregend gewesen, auf seine ganz eigene Art. Vor allem Jerry schien das Risiko genossen zu haben. Es war immer verzweifelt und unbeholfen gewesen, wenn sie rumgemacht hatten, aber Jerry hatte nie gezögert, eine Möglichkeit zum Ficken zu ergreifen. Scot hatte sich ebenfalls vom Verlangen hinreißen lassen, aber er bereute die Tatsache, dass sie nie viel Zeit gehabt hatten, den Körper des anderen zu erkunden. Alles war hektisch gewesen, die Gefühle beklommen, das Lieben ungeschickt. Scot hatte das Gefühl, dass er noch immer Jahre voller Frustration und Unterdrückung freisetzen musste.

»Jerry...«

»Hmm?«

»Jetzt kann ich wählen, Jerry. Ich will dich hier – und jetzt.«

»Klar doch.« Jerry lächelte ihn an. Er schien nicht besonders aufmerksam zugehört zu haben, denn sein Blick wirkte unstet und seine Atmung war flach. Scot spürte, wie Jerrys Schwanz unter dem Handtuch härter wurde. Er riss das Handtuch weg und umfasste den Ständer.

»Fuck!« Jerrys Aufschrei war eine Mischung aus Stöhnen und Keuchen.

Als sie sich kennengelernt hatten, hatte Jerry ihm erzählt, dass er schon oft Sex gehabt hatte, aber Scot war nicht sicher, ob er ihm glaubte. Und Jerry hatte zugegeben, dass er einen anderen Mann noch nie wirklich in den Hintern gefickt hatte. Aber all das war irrelevant, weil Scot eine absolute Jungfrau gewesen war. Er hatte nie ein Mädchen gewollt, selbst wenn sie ihn in der Schule angemacht hatten, und es war leicht gewesen, sie abzuwimmeln, vor allem, wenn sie sahen, wo er wohnte, oder von seiner betrunkenen Mom weggejagt wurden. Und er hatte es nie gewagt, einen Jungen anzumachen. Ihm war nicht mal in den Sinn gekommen, dass das eine Möglichkeit war.

Er hatte Jerry in dem Laden kennengelernt, in dem er ab und zu ein paar Stunden arbeitete und Scot auf dem Heimweg nach Feierabend das Bier für seinen Dad besorgte. Dadurch hatten sie auch immer öfter Zeit bei örtlichen Spielen oder hin und wieder im Kino miteinander verbracht – meistens zahlte Jerry für sie beide – und waren angeln gegangen. Sie waren Freunde, aber Scot wusste, dass er mehr von Jerry wollte, selbst während er sich bei dem Gedanken nachts schuldbewusst einen runtergeholt hatte.

Als sie schließlich während eines Angelausflugs von einem Gewitter überrascht worden waren, hatten sie in einem alten Bootshaus Unterschlupf gesucht. Anfangs war es verschlossen gewesen, dessen war sich Scot sicher, aber als sie hastig hingerannt waren, hatte sich die Tür schon beim kleinsten Schubser geöffnet. Lachend und zitternd stolperten sie hinein und schälten sich aus der nassen Kleidung. Scot konnte den Blick nicht von Jerrys Oberkörper abwenden.

Jerry stolperte plötzlich, als er versuchte, sich den Stiefel auszuziehen, und packte Scots nackte Schulter, um sich zu stützen. Wenige Augenblicke später küssten sie sich, unbeholfen, aber gierig, und konnten die Finger nicht voneinander lassen. Sie ließen sich auf dem rauen Holzboden auf die Knie sinken, um einander zu berühren und zu streicheln. Jerry zog an Scots Jeans, um sie loszuwerden und Scot ließ wagemutig eine Hand in Jerrys Unterwäsche schlüpfen, um seinen heißen, dicken Schwanz zu packen. Ihr verzweifelter, gegenseitiger Handjob war hastig und grob, aber Scot würde sich auf ewig an die rauen Schreie erinnern, mit denen sie gekommen waren. Die Befriedigung war unglaublich gewesen, verblüffend und – süchtig machend.

Sie experimentierten sooft sie konnten, während sie ihre neu gefundene Intimität vor allen anderen geheim hielten. In ihrer kleinen Gemeinschaft wäre es nie akzeptiert worden und das hatten sie beide von Anfang an gewusst. Aber sie konnten nicht aufhören.

»Warum sollten wir?«, fragte Jerry heiß, obwohl er immer der Erste war, der die geheimen Orte für ihre Treffen vorschlug. Sie trafen sich morgens vor der Arbeit oder spät abends, wenn ihre Familien bereits schliefen. Sie borgten sich Autos und logen ihre Freunde an, dass sie jemand anderen trafen. Ecken und Keller und Kämmerchen wurde ihre Verstecke. Jeder Ort, der verfügbar war, nur damit sie sich berühren konnten. Keiner von ihnen hatte Zugang zu Sexspielzeugen oder richtigem Gleitgel, also mussten sie auf die Vaseline zurückgreifen, die es im örtlichen Laden zu kaufen gab. Aber ihre Begeisterung erwachte jedes Mal von Neuem.

Bis sie nachlässig wurden und die Gerüchte begannen. Schwuchteln. Perverse. Die Engstirnig- und Feindseligkeit hatten sich schnell in der Stadt verbreitet, wie Wasser, das sich einen Weg durch die kleinsten Lücken in der Wand sucht. Jerry wollte sich noch dringender treffen, aber Scot wusste, dass ihnen langsam die Zeit ausging.

Das war einer der Gründe, warum er bereit gewesen war, bei Jerrys Fluchtplan mitzumachen. Er wusste, dass Jerry ihm wichtig war. Er wusste, dass er sich nach ihm sehnte. Aber er hätte nicht sagen können, was noch zwischen ihnen war. Immerhin konnte er es mit nichts anderem vergleichen. Er wollte es nicht genauer analysieren und auch nicht über die Zukunft nachdenken. Aber er hatte entfliehen wollen.

Jerry organisierte alles. Das war das Muster in ihrer Beziehung. Beim Rummachen hatte Scot nie etwas Sexuelles initiiert. Natürlich war er immer enthusiastisch gewesen und hatte gierig alles akzeptiert, was Jerry vorgeschlagen hatte. Er hatte Jerrys Schwanz und Hoden gestreichelt und ihm einen runtergeholt, wann immer er die Chance dazu hatte. Nachdem sie einander ihre Gefühle gestanden hatten und das Bedürfnis, die Lust des anderen zu befriedigen, gewachsen war, hatte er Jerry sogar ein paar Mal in seinen Hintern eindringen lassen. Jerry klaute die Kondome unter dem Tresen aus dem Laden und für sie beide schien es der richtige Weg zu sein, dass Jerry Scot nahm. Es war immer schnell und häufig schmerzhaft gewesen. Anschließend hatte Scot jedes Mal gemischte Gefühle, irgendwo zwischen Frustration und Nervenkitzel. Sie wollten verzweifelt mehr tun, hatten aber nur wenige Möglichkeiten.

Nie hatte etwas darauf hingedeutet, dass Scot sich etwas einfach nur schnappen musste.

Aber nun waren sie allein, in einem Schlafzimmer, und hatten die Nacht für sich. Eine Nacht, die durch die Erinnerungen an die Hitze aufgeladen war, die seit dem Beginn ihrer Reise an ihnen beiden nagte. Er blickte hinauf zur Decke und sah Jerrys blasse

Haut und seine feuchten Haare in den Spiegelfliesen neben seinem eigenen dunkleren Gesicht. Das verzerrte Spiegelbild blitzte zwischen den Bewegungen des Deckenventilators auf wie eine altmodische Diashow.

Er drehte sich um, sodass sein Oberkörper auf Jerrys lag und sich ihre Haut aneinander rieb. »Fick mich.«

Jerry verspannte sich unter ihm. »Scot?«

Scot antwortete nicht. Seine Gliedmaßen fühlten sich durch den Schlaf – durch seine Träume – immer noch träge an und der Geruch und die Berührung von Jerrys Haut war mehr als stimulierend. Eine außergewöhnliche Mischung aus seiner üblichen Geilheit und einem tieferen, weitaus entspannteren Verlangen erfasste ihn.

~ *Rede mit mir* ~

Sein Schritt war heiß im Vergleich zu Jerrys Bein. Es war Tage her, seit sie mehr als einen Kuss und eine hastige Handbewegung miteinander geteilt hatten. Er leckte über Jerrys Brust und knabberte sanft an der Haut um seine Nippel.

~ *Ungeduldig!* ~

»Jerry, riechst du das Parfüm?« Scot fragte sich, ob es in dem Shampoo war, das Jerry benutzt hatte. Es war plötzlich sehr lebhaft. »Wie Zitrus. Es ist fantastisch.«

»Was?« Jerry klang verärgert, weil er abgelenkt war. »Scheiße, Scot, das wird wahrscheinlich was im Badezimmer sein. Ich rieche nichts außer dir.«

Scot biss in Jerrys Nippel und er erschauerte und wand sich unter ihm. Er packte die feste Haut an Jerrys Hüften und hielt ihn fest. In seinem Schritt zog die vertraute Begeisterung. »Fick mich, Jerry.«

»Mach ich, ich…«

»Nein, hör mir zu!« Scot überraschte sich selbst mit seiner tiefen und harschen Stimme und dem Befehlston, den er noch nie zuvor angeschlagen hatte. »Du wirst mich heute Nacht ficken, du wirst deinen Schwanz tief und hart in mir vergraben. Und wenn du mich kommen lässt, will ich hören, wie ich flehe und deinen Namen schreie.«

Jerry wirkte verblüfft, aber begeistert. Vor Vorfreude keuchend beobachtete er fasziniert, wie Scot nach unten rutschte und sich zwischen Jerrys Beine legte. Jerry sog scharf die Luft ein und spreizte die Beine.

Scot legte die Hände auf die Innenseiten seiner Oberschenkel und spürte, wie sich die Muskeln verspannten. Er drückte seine Finger hinein und war fasziniert, wie sich daraufhin Jerrys Hoden zusammenzogen. Sein Herzschlag beschleunigte sich. Er beugte sich hinab, leckte über den Hodensack und stieß mit der Nase gegen Jerrys Schwanz, der mittlerweile vor Verlangen steinhart war und zwischen seinen Beinen hervorragte. »Ich will dich schmecken, Jerry.«

Jerry stöhnte. »Du hast noch nie…«

Seine Worte wurden von einem lüsternen Aufschrei unterbrochen, als Scot die Lippen um seine Eichel schloss. Jerry hatte Scot schon in der Vergangenheit einen geblasen. Es hatte ihnen beiden gefallen. Aber Scot hatte den Gefallen nie erwidern wollen und brachte Jerry lieber mit seinen starken, geschickten Fingern zum Höhepunkt.

Bis heute.

Der Geschmack war unglaublich, ebenso wie die weiche Haut, die Jerrys harte Erektion umschloss. Scot nahm ihn so weit er konnte auf, ehe er würgen und ihn ein Stück hinausgleiten lassen musste. Er saugte an der Spitze, ehe er seine Lippen langsam an dem Schaft hinuntergleiten ließ. Sicher war er ungeschickt, aber nicht nervös. Er streichelte die Basis und leckte überraschend gierig über die Länge. Er hatte immer gesagt, dass er gut lernte, nicht wahr? Heute Nacht wollte er es so sehr, dass es geradezu ein körperliches Verlangen war.

Unter ihm stöhnte Jerry laut. »Scot… Gott! Dein Mund… so verdammt gut.«

~ Das ist er, nicht wahr? ~

Scot konzentrierte sich auf die neue Erfahrung. Er seufzte an Jerrys Hoden und knabberte mutig verspielt an der Haut seiner Schwanzwurzel. Der Schwanz wippte gierig an seiner Nase, was ihm beinahe ein Lachen entlockte.

~ *So, so gut* ~

»Scot – gleich! Ich komme gleich...«

Scot nahm Jerrys Schwanz wieder in den Mund und leckte darüber. Mit den Fingerspitzen strich er neckend über die Haut unterhalb von Jerrys Hoden. Er knetete die Haut und schob sie hin und her, um seinen Liebhaber mit einer plötzlichen, aufregenden Dreistigkeit zu reizen, die er vorher nicht gekannt hatte. Jerry legte eine Hand auf seinen Kopf, schob die Finger in seine Haare, packte heftig zu und lenkte Scot an seinen Schwanz. Scot schmeckte die salzigen Tropfen, hörte Jerrys lautes Keuchen...

Und etwas anderes.

»Hörst du den Lärm draußen?«

»Hm?«, brummte Jerry verzweifelt.

»Da müssen andere Gäste sein.« Scot wusste, dass seine Stimme gedämpft war, da er seinen Mund an Jerrys Schritt presste. »Ich höre die Stimmen. Jemand lacht... und Leute rufen.«

Jerry schüttelte den Kopf. Sein benommener Gesichtsausdruck verriet, dass er bis auf das Rauschen des Bluts in seinem Kopf nichts hören konnte. »Nichts... ich höre nichts. Lass mich nicht so hängen, Scot. So kurz davor!«

~ *So nah dran* ~

Scot seufzte. Langsam löst er sich von Jerrys Schwanz und ließ ihn von seiner Zunge gleiten, sodass er gegen Jerrys Bauch wippte. Sein Speichel glänzte auf der Haut, Silber und Blutrot in einem. Langsam rollte er sich auf die Knie und stützte sich auf den Armen ab, um Jerry seinen Hintern zu präsentieren. Nachdenklich und bewundernd sah er über die Schulter und fragte sich, warum er sich so anbot. Seine Haut war glatt, wirkte im Mondschein noch blasser und das flackernde Licht der Kerze strich darüber. Als er wieder nach unten sah, waren die Schatten zwischen seinen

Schenkeln dunkel. Er konnte sich vorstellen, dass die Spalte zwischen seinen Pobacken noch dunkler war und eine enge, feuchte Zuflucht versprach und ihrer beider Lust spielerisch herausforderte. »Fick mich«, flüsterte er eindringlich. »Jetzt, Jerry. Ich will dich in mir. Ich will es jetzt.«

Jerry stöhne. Er kämpfte sich neben ihm auf die Knie. »Ich... ja, natürlich. Ich... Gleitgel?« Er wirkte verwirrt und schien sich erinnern zu wollen, ob er so etwas mitgebracht hatte. Sie waren in den frühen Morgenstunden aufgebrochen und hatten nichts bis auf etwas Wechselkleidung und jeden Cent mitgenommen, den sie finden konnten. Scot wusste, dass Jerry seine mangelnde Voraussicht verfluchen und wütend werden würde, wie er es oft tat...

»Auf der Kommode«, erwiderte er hastig. »Da steht ein kleines Körbchen. Hast du es aus dem Badezimmer mitgebracht?«

Jerry schüttelte verblüfft den Kopf. »Nein. Nein, hab ich nicht.«

Scot zuckte mit den Schultern. Vielleicht hatte er es vorhin einfach nicht gesehen. »Na ja, sieht aus, als wäre da alles drin. Öle, Cremes... und ist das eine Schachtel mit Kondomen?«

»Warum sollte das alles in einem so schäbigen Motel sein?« Jetzt klang Jerry noch verwirrter.

Scot sah seinen Freund an. Jerrys Schwanz war steinhart, sein Körper bebte und dennoch wartete das Versprechen auf Befriedigung neben ihm auf dem Bett auf seinen nächsten Schritt. »Wir können darüber reden«, erwiderte Scot mit rauer Stimme. »Oder wir ficken.«

Jerry rutschte hastig zur Bettkante. Der kleine Raum erlaubte es ihm, die Kommode von dort aus zu erreichen. Er rollte sich ein Kondom über, öffnete ungeschickt eine Dose mit Gleitgel und schmierte seine Finger ein. Anschließend benetzte er auch seinen Schwanz, schnell, aber unbeholfen. »Ich... Scheiße.« Seine Stimme war noch rauer als Scots. »Es ist eine Weile her, seit wir es getan haben.«

»Tu es!« Die Anspannung in Scots Bauch war beinahe unerträglich. Erneut bildete sich Schweiß auf seiner Haut. Der Ventilator schien kaum noch zu wirken, seit sie angefangen hatten, sich zu bewegen. Die Nacht drohte, ebenso heiß und klebrig zu werden wie der Tag. Jerry strich mit seiner feuchten Hand über Scots Hüfte, packte aber fester zu, als er mit einem Finger der anderen Hand in Scot eindrang. Er versuchte, ihn so vorsichtig wie möglich zu dehnen. Scot kannte die Bewegungen. Zu schade, dass sie oft ungeschickt waren. Scot versuchte wirklich, bei dem hin und wieder auftretenden Schmerz nicht zusammenzuzucken.

»Das reicht«, stöhnte er und ließ den Kopf sinken. »Schmier meine Finger ein. Ich helfe.«

Jerry verspannte sich hinter ihm. »Du wirst... was? Dich selbst dehnen?« Seine Stimme stocke ehrfürchtig. »Das tust du?«

Was weißt du wirklich über mich? Scot verspürte eine seltsame Qual. Aber woher sollte Jerry wissen, was Scot im Geheimen in seinem Zimmer zu Hause getan hatte, als er noch ein neugieriger, notgeiler Teenager gewesen war? Bevor Jerry ihn gekannt oder auch nur berührt hatte?

~ Berühr dich für mich ~

Bei der Vorstellung, sich vor Jerry zu fingern, zog sich Scots Brust lustvoll zusammen. Sein Schwanz schwoll an und hing schwer zwischen seinen Beinen.

Jerrys Hand zitterte, als er das Gleitgel auf Scots Hand gab. »Kann ich zusehen?«

Scot machte sich nicht die Mühe, ihm zu antworten. Er griff nach hinten zwischen seine Pobacken und schob einen Finger hinein, langsamer, aber tiefer als Jerry. Er fing sanft an, verstärkte aber den Druck und schob den Finger hinein und zog ihn hinaus. Anschließend führte er einen zweiten Finger ein und wölbte den Rücken, um einen besseren Winkel zu bekommen. Seine Muskeln entspannten sich und Vorfreude breitete sich in seinem Schritt aus.

Jerry stöhnte leise und tief.

»Fick mich jetzt«, murmelte Scot, zog seine Hand zurück und

stützte sich wieder auf dem Bett ab. »Mach schon!«

Jerry rutschte wieder hinter ihn und schob seine Eichel mit einem tiefen, gutturalen Laut in ihn. Dann drängte er sich hart weiter und die Enge entlockte ihm ein Keuchen.

Scot stöhnte ebenfalls und die Wucht der Penetration raubte ihm den Atem. Aber er knirschte mit den Zähnen, entschlossen, sich nicht zurückzuziehen. Es war kein nervöses, zögerndes Voranschieben wie früher. Die Angst vor Schmerz, das hektische Verlangen, das mit der unangenehmen Erfahrung kollidierte. Nein, Jerry hatte seinen Befehl befolgt und die Forderung weckte gleichzeitig Scots Begeisterung. Sein Schwanz wippte unter seinem Bauch und Lusttropfen rannen daran hinab. Jerrys Schwanz pulsierte in ihm, während er sich weniger schmerzhaft um ihn herum entspannte. Seine Beine zitterten unter der Anstrengung, sich aufrecht zu halten.

Dann stieß Jerry ernsthaft zu.

Scots Körper wurde vor und zurück gezogen und das Laken knüllte unter seinen Knien. »Fuck.« Jerry stöhnte laut und das Bett knarrte, aber Scot scherte sich nicht um den Lärm, den sie veranstalteten. Es tat immer noch etwas weh, aber es war gut. Definitiv besser als vorher, definitiv anders als vorher. Himmel, es war überhaupt nicht wie vorher! Jerry und er waren nun andere Männer, nicht wahr? Sie waren neue Liebhaber, sie waren in einer anderen Welt.

Und diese Welt war in ihnen.

~ Nicht wie zuvor ~

Kurz fragte sich Scot, was zum Teufel mit ihm passierte. Hörte er wirklich Stimmen, die nicht da waren? Woher kam diese plötzliche, heftige Verzweiflung? Er hatte sich seit ihrer Ankunft nicht richtig bei sich gefühlt, aber genau in diesem Moment begrüßte er die Veränderung. Er freute sich darüber! Er hatte sich in seinem ganzen Leben noch nie so gut und leidenschaftlich gefühlt. Schon als Kind hatte er nur wenig körperliche Zuneigung erfahren, da er keine Geschwister oder enge Freunde hatte und vor Jerry auch nur wenige romantische Abenteuer.

Aber jetzt fickte Jerry ihn – er fickte ihn wirklich, mit all seiner Leidenschaft und seinem Verlangen – und dieses unglaubliche Gefühl in ihm vereinnahmte ihn.

~ Genieß es. Hinterfrag es nicht ~

Keuchend ließ er sich auf einen Arm sinken, um seinen eigenen Schwanz zu umfassen. Er flehte Jerry an, weiterzumachen – ihn härter zu ficken und mit ihm zu kommen. *Wie in einem dieser dämlichen Pornos, die Jerry aus dem hinteren Teil des Ladens geschmuggelt hat!* Natürlich war das nur Hetero-Sex gewesen, aber es hatte gereicht, um sie weiter zu erregen. Aber heute Abend würde er sich nicht von Scham zurückhalten lassen.

Er schrie auf, er fluchte und gab eine Flut von anzüglichen Worten von sich, die er noch nie zuvor benutzt hatte. Er wusste, dass Jerry es hassen würde – er mochte es nicht, wenn Scot die Kontrolle verlor –, aber irgendwie wusste er auch, dass er gleichzeitig davon begeistert wäre. Mit einem letzten, innigen Stöhnen spürte er, wie sich der Höhepunkt in ihm aufbaute und seine Eichel schmerzhaft anschwoll. Er drückte seinen Schwanz, als Jerry am heftigsten zustieß.

Und dann fühlte er es.

Etwas bewegte sich, als er sich bewegte – zuckte, als er nach vorn zuckte. Es war in ihm, zog sich in seinem Schritt zusammen und streckte sich über die Venen seines Schwanzes in seine Faust. Und es verlangte von ihm, zu folgen. Es verlangte seine eigene Befriedigung. Es lachte über ihn und seine Bereitwilligkeit, sich von ihm einnehmen zu lassen! Aber gleichzeitig versprach es eine wunderbare Belohnung...

Was zum Teufel passierte hier?

Seine Sicht verschwand und er kam explosionsartig, schrie Jerrys Namen und spritzte dickflüssiges Sperma auf seine Hand und das Laken.

»Jaaa!« Jerrys Bewegungen wurden schneller. Er hatte seine Hüften in Scots Rhythmus bewegt, aber jetzt wurde er wilder, obwohl Scots Hoch nachließ. Er packte Scot an der Mitte, hielt sie beide oben und drückte sich gegen Scots Rücken, während er immer wieder und immer flacher zustieß.

Scot brummte, als Jerry die Finger schmerzhaft in seine Haut grub.

»Scot!«, stöhnte Jerry laut. »So verdammt gut.«

Schließlich kam er, erschauerte an Scots Rücken und brachte raue, befriedigte Schreie heraus. Sein Atem klang laut an Scots Ohr.

Scot streckte den Rücken, seine Haut war schweißnass und Jerrys Gliedmaßen hatten sich mit seinen verhakt. Er konnte seine eigenen tiefen, rasselnden Atemzüge voller Schock und Anstrengung hören.

~ Eine wunderbare Belohnung ~

Jerry war noch immer in ihm, als sie auf dem Bett zusammenbrachen. Scot lag still, vollkommen erschöpft und keuchend. Wund, begeistert. Verdammt, es war wunderbar gewesen! Es war berauschender gewesen als je zuvor. Noch nie hatte er so geflucht – noch nie war er so laut gewesen. Wie sollte er auch? Ihr Werben hatte aus Flüstern und Stöhnen und Zurückhaltung bestanden, damit niemand hörte, wie sie über die Hand des anderen, in Handtücher und das kühle Gras an einem dunklen Abend kamen.

Scot wusste, dass er nie so hatte schreien *wollen*. Er hatte noch nie dieses Verlangen gespürt, das durch ihn hindurchraste, als würde man ein Streichholz an eine Zündschnur halten. Aber jetzt? Jetzt bebten seine Gliedmaßen darunter. Schweiß glitt in schmalen Rinnsalen über seine Seite und die Haut in seinen Kniekehlen und der Kuhle an seinem Hals war feucht. Das Laken hatte sich in seinen Beinen verhakt und Jerrys schlaffer Arm lag besitzergreifend über seinem Bauch. Er wand sich ein wenig, und Jerrys weicher Schwanz rutschte aus ihm.

Jerry seufzte leise und müde.

Scot warf einen Blick zum Fenster und fragte sich, ob es heute Nacht eine Brise gegeben hatte. Er versuchte, die Energie aufzubringen, ein Handtuch zu holen, um sie zu säubern. Und sich zu entscheiden, ob er wirklich einen blonden Schopf am Fenster aufblitzen sehen hatte, als er sich aufs Bett gekniet und Jerry angefleht hatte, ihn zu nehmen.

Was für ein Ort war das nur?

***

Der Traum war tief und trotzdem seltsam trügerisch. Scot regte sich rastlos im Schlaf, sich halb bewusst, dass er immer noch in dem Motelzimmer war, doch er war zu matt, um aufzuwachen. In seiner Vorstellung sah er Olivers Gesicht und hörte die Stimme des jungen Mannes, aber die Worte passten nicht zu den sanften, lächelnden Bewegungen seines Mundes. Und da war noch eine männliche Stimme. Tiefer, langsamer. Neu und doch... vertraut. Die Worte waren leise, aber klar, verwoben mit dem gleichmäßigen Summen des Deckenventilators über ihm.

~ *Fühlst du mich?* ~

Scot spürte eine unvertraute Regung in seinem Körper. Eine grobe, gierige Verdrehung seiner Emotionen.

~ *Greif nach mir, fass mich auch an!* ~

»Sie sind umwerfend, nicht wahr? Wir haben Glück, dass wir sie gefunden haben.« Das war Olivers Stimme und Scot konnte ihn ziemlich deutlich *sehen*. Oliver saß im Schneidersitz auf dem überdachten Pfad und lehnte seinen blonden Schopf an die Wand neben dem verschlossenen Tor. Er trug die lockere kurze Hose, hatte aber weder Hemd noch Schuhe an und seine Nippel hatten sich in der kühleren Nachtluft zusammengezogen. Sein Tattoo war immer noch unleserlich. Scot war nicht mal sicher, ob es noch an derselben Stelle wie am Anfang war.

Oliver hatte den Kopf zur Seite geneigt, als würde er lauschen. Sein Gesicht war gerötet und sein Körper bebte vor Vorfreude. Eine Hand ruhte auf seiner Schulter, doch an dieser Stelle verschwamm Scots Sicht. War es Vincent? Irgendwie wusste Scot, dass es nicht so war, trotzdem konnte er nicht genau sehen, wer dort stand.

»Also, was liest du in ihnen, wie interpretierst du sie?«, fragte Oliver in seinem sanften Singsang.

»Es ist zu früh, es zu sagen.« Die neue Stimme hatte eine volle Klangfarbe, die sehr angenehm war. Sie war verführerisch und ablenkend. Die Hand auf Olivers Schulter glitt zu seinem Nacken und spielte dort mit den feinen Härchen.

In seinem Traum betrachtete Scot die Szene und versuchte, in den Schatten eine Form zu erkennen.

Wer bist du?

Olivers Lächeln wurde süßer und verzog sich gleichzeitig zu einer Grimasse. Dieser Gegensatz war verstörend. »Du beobachtest sie«, murmelte er. »Du bist von ihnen fasziniert.« Olivers Tonfall verwirrte ihn, weil es weder nach einer Aussage noch anklagend klang.

»Natürlich bin ich es. Von dem Wütenden.« Die andere Stimme seufzte. »Er hat Dunkelheit in sich. Verlangen.«

Oliver nickte. Sein Blick war noch immer nach vorn gerichtet, aber er schien sich auf nichts Spezielles zu konzentrieren. »Darauf können wir eingehen, ich weiß. Aber der andere...«

»Er ist der Süße.«

Scot spürte die Emotion in diesen Worten – eine Hoffnung, Freude. Er wusste nicht, über wen oder was die Stimme sprach, aber er neigte sich der Wirkung unbewusst entgegen.

Oliver zischte und lenkte Scots Aufmerksamkeit ab. Er schob eine Hand in seine Hose und umfasste seinen Schwanz. Langsam und doch fest streichelte er sich unter dem sich ausbeulenden Stoff. Er öffnete den Mund etwas weiter und leckte sich ausgiebig die Lippen.

Die Hand in Olivers Nacken packte die blonden Locken fester und zog daran. »Hilf mir«, flüsterte die neue Stimme. »Hilf mir, ihn zu sehen.«

Oliver schob den Stoff von seinem Reißverschluss und streichelte sich in einem heftigeren Rhythmus.

Im Schlaf spürte Scot aufkommende Erregung: eine plötzliche Verbindung zu Olivers Lust. Er schob eine Hand zwischen seine Beine und umfasste seine warmen Hoden.

Er hörte ein scharfes Einatmen.

~ *Spür es. Sieh mich* ~

Augen wie die eines wilden Tieres leuchteten in der Dunkelheit, aber Scot wusste, dass sie menschlich waren. Er wusste, dass sie *ihn* beobachteten.

Oliver schob sich die Hose nach unten, kniete sich hin und spreizte die Beine auf dem nackten Boden. Eine Hand schob er unter seinen Schritt und mit einer gelassenen Vertrautheit zwischen seine Beine. Leise ausatmend dreht er den Arm, um die Finger in seinen Hintern zu schieben. Scot konnte weder Olivers Eingang sehen noch wie viele Finger es waren, aber er wusste, dass es passierte. Oliver bewegte die Finger im Takt seines Streichelns. Sein Schwanz, den er fest umschlossen hielt, schlug gegen seinen Unterbauch. Er stöhnte leise.

Scot legte die Finger um seinen eigenen Schwanz. Er spürte einen sanften Druck, als würde ihn die Hand eines anderen lenken. *Schlafe ich noch?* In seinem Inneren stieg ein wachsender, erotischer Nebel auf, aus dem er den flüsternden Atem eines anderen Mannes hören konnte, der sich in den Schatten verbarg. Sie bewegten sich gemeinsam... genossen es gemeinsam.

~ *So umwerfend* ~

Oliver schrie hoch und leidenschaftlich auf. Sein Höhepunkt kam schnell und plötzlich und sein Körper erbebte, während er auf seine Schenkel und den Boden unter seinen gespreizten Beinen spritzte.

Scot war verwundert. Sein Blick ruhte auf Oliver, aber sein Verlangen konzentrierte sich auf seine eigene Leidenschaft, die schneller als erwartet durch ihn hindurchschoss. Er drückte sich fest.

~ *Für mich!* ~

In einem Winkel seines Kopfes hörte er das zufriedene Seufzen des verborgenen Mannes. Er hörte es, als hätte er es laut herausgeschrien. Es erfüllte ihn mit Begeisterung und Freude, die intensiver waren als nur körperliche Lust.

Was passiert mit mir?

Dieses pure, beruhigende Vergnügen wollte er nicht hinterfragen. Stattdessen entspannte er sich und ließ sich von den Wellen aus gierigem Verlangen und Befriedigung erfassen. Diese Wellen kamen weder von ihm noch von Olivers Zurschaustellung, sondern von dem geheimen Beobachter. Er wölbte sich von den verschwitzten Laken, keuchte und kam heftig und unkontrolliert. Seine Muskeln verspannten sich und sein Verstand war irgendwo zwischen einem Traum und dem Wachzustand verloren.

~ Wach auf ~

Die Stimme lachte leise.

~ Du bist zu mir gekommen ~

Scot stöhnte laut und langsam sickerte die Realität in seine Verwirrung. Seine Finger waren klebrig vom Sperma. Sein Kopf pochte, weil sein Schlaf so rüde unterbrochen wurde. Das Surren des Deckenventilators wurde mehr als nur ein Hintergrundgeräusch.

Also doch nur ein Traum.

Aber bevor er vollständig erwachte und sich die Traumstimmen zurückzogen, wurde er sich zweier Dinge bewusst.

Das Erste war ein Verlustgefühl, als ihn die sanfte, lachende Stimme verließ.

Das andere war der Ausdruck purer Wut in Olivers Augen, mit der er Scot anstarrte, während sein Gesicht verblasste.

Kapitel 4

Der Tag begann mit grellem, stechendem Sonnenlicht und versprach, genauso heiß wie gestern zu werden. In Zimmer 6 des Motels lag Scot träge neben Jerry im Bett. Beide waren noch nackt und nur ein dünnes Laken bedeckte ihre untere Hälfte. Jerry schlief noch halb und hatte sich wie ein Baby zusammengerollt, wobei er sich ein Kissen an die Brust drückte.

Scot drehte sich auf den Rücken und hörte einen dumpfen Schlag, als die halb leere Gleitgeldose von der Matratze auf den Boden fiel. Er hob sie nicht auf, sondern blieb einfach liegen und starrte an die Decke. Er hätte nie gedacht, dass ein so einfacher und sinnloser Zeitvertreib so einnehmend sein konnte. Ein Wüstenvogel flog kreischend über das Motel und draußen im Flur sprang die Klimaanlage leise polternd an. Das Geräusch klang müde, als wäre sie dieser Aufgabe in einer solchen Hitze nicht gewachsen.

Scots Gedanken richteten sich jedoch nach innen und seine Sinne waren abgelenkt. *Verdammte Hitze.* Aber vielleicht nicht nur das. Traumfetzen hingen in seinem Kopf: der wagemutige, sexy Oliver; eine unbekannte Stimme und eine Berührung, die etwas tief in ihm bewegt hatte.

Noch nie hatte er jemanden wirklich nah an sich herangelassen, nicht einmal Jerry, nicht einmal beim Sex. Er hatte schon früh gelernt, sich selbst zu verstecken, sowohl körperlich als auch emotional.

Diese Hitze, verdammt. Was macht sie mit mir?

Er schob die Füße aus dem Bett und streckte seine Muskeln, die nach der ungewohnten Belastung schmerzten. Das lag vermutlich daran, dass er mehrere Tage in dem zerbeulten Auto gehockt hatte. Dann spürte er warmen, gleichmäßigen Atem an seiner Hüfte und sah zu dem Mann, der neben ihm schlief. *Hah.* Vielleicht war auch die zusätzliche sexuelle Aktivität daran schuld.

Jerry regte sich und gähnte.

Scot betrachtete ihn einen Augenblick lang schweigend. Es war faszinierend, Jerry beim Schlafen zuzusehen und wie er das Kissen umarmte. Scot hatte noch nie die ganze Nacht neben ihm geschlafen, zumindest nicht angenehm. Selbst als sie weggelaufen waren, waren die Nächte im Auto nicht erholsam gewesen. Sie waren früh aufgestanden, um wieder unterwegs zu sein, bevor sie jemand überprüfte oder schlimmer noch, zu ihnen aufholte. Sein Schwanz zuckte mit träger, aber doch gieriger Morgenlust. Letzte Nacht hatte seine Lust Jerry offenbar verblüfft. Ihn selbst übrigens auch. Noch nie war er so schockierend willig gewesen.

Anfangs hatte es das erste, wilde Mal gegeben. Dann war das Streicheln hinzugekommen. Mehr Stimulation. Weitere Penetration seines Hinterns, der nun ganz entspannt war und an dem die seidigen Überreste von Jerrys Sperma klebten. Mehr Keuchen und erstaunliche Orgasmen. Und dann noch *mehr*... Sein Gesicht wurde bei den Erinnerungen heiß und er musste seinen halb harten Schwanz gegen seinen Schenkel drücken, um ihn zu beruhigen.

Die dünnen Vorhänge hingen reglos vor dem Fenster. Wie der Tag wohl werden würde? Definitiv wieder heiß, obwohl die Hitze vielleicht nie wirklich verschwand, sondern einfach tagelang anhielt. Die Wärme schlich sich auf seine Haut und das lag nicht nur an der Sonne. Blut pochte in seinen Adern, als könnte er spüren, wie es weitergetragen wurde. Es verteilte sich in seinen trägen Gliedmaßen. Sein Schwanz war mittlerweile fast vollständig hart. Er spielte leicht damit und war hin- und hergerissen, ob er ihn beruhigen oder dem Fordern nachgeben sollte. An der Wurzel befand sich noch ein vergessener, getrockneter Spermafleck und er zupfte ein verklebtes Haar von seiner Leiste.

Dann knurrte sein Magen.

»Scot?« Jerry gähnte und schob sein Trostkissen weg. Er trat sich das Laken von den Füßen und streckte die Hand aus, um über Scots Seite zu streichen.

Scot lächelte, hielt sich aber von der versprochenen Berührung zurück. Er konnte nicht genau sagen warum, wo er Jerry in der dunklen, heißen Nacht doch alles gegeben hatte. »Ich suche mal was zum Frühstück«, sagte er.

Jerry brummte. »Wir sollten auch nach dem Auto sehen. Ob es noch anspringt.« Sein Tonfall deutete darauf hin, dass er kaum Lust darauf hatte. Er streckte sich und gähnte erneut. Scot beobachtete, wie sein Schwanz auf die glatte, trockene Haut seines Schenkels rutschte.

Jerry bemerkte Scots Blick und räusperte sich. »Frühstück klingt gut.«

Scot grinste. Jerry liebte Essen. »Kommst du mit?«

»Ja. Aber ich muss mich erst waschen.« Jerry setzte sich auf. »Das Essen gestern Abend war super, oder? Ich frage mich, was sie wohl heute in der Küche haben.«

»Vielleicht sollten wir erst nach dem Auto sehen«, erinnerte Scot ihn. »Wir sollten bald aufbrechen, oder nicht?«

Jerry kletterte aus dem Bett und stolperte in Richtung Badezimmer. Sein Hintern war von der Wärme und dem Druck der Matratze gerötet und seine Haare standen nach dem Schlafen in alle Richtungen ab. »Ja«, murmelte er, ehe er die Tür hinter sich schloss. »Bald.«

Scot nahm seine Kleidung. Er würde Jerry ins Bad folgen und sich dann anziehen.

***

Im Vorgarten schälte sich Jerry aus dem Auto und schlug die Tür zu. Die Scharniere quietschten protestierend und Jerry riss die Hand zurück.

»Hast du dich verbrannt?« Selbst aus einigen Metern Entfernung konnte Scot das glänzende Metall unter der aufsteigenden Sonne sehen. »Springt er an?«

Jerry antwortete auf keine der Fragen. Er sah sowohl fuchsteufelswild als auch frustriert aus. Er marschierte zur Motorhaube, fummelte daran herum und hob sie schließlich an.

Scot trat ein paar Schritte näher, denn er wusste instinktiv, dass er Abstand halten musste. Jerry starrte den Motor an, als würde er von einem fremden Planeten stammen. Scot warf einen Blick auf das Schild des Motels. Im Morgenlicht sah es anders aus und nun war das *MAXWELL's* deutlich zu lesen. *Seltsam*. Letzte Nacht war es ein kaum entzifferbares Durcheinander gewesen, oder? Aber es gab keinen Hinweis darauf, dass jemand das Schild gereinigt hatte: keine Fußspuren im Staub und auch keine Tropfen von Reinigungsmittel oder frischer Farbe.

Jerry fluchte laut und zog Scots Aufmerksamkeit wieder auf das Auto. Jerry stupste einige mit Dreck verkrustete Mechanismen unter der Motorhaube an. Oder in dem Fall eher nicht funktionierende Mechanismen.

»Du hast ihn schon vorher repariert«, sagte Scot und versuchte, aufbauend zu klingen. »So schwer kann es nicht sein.«

»Und du weißt alles über Autos, hm?«

»Hast du dir je die Mühe gemacht, mich zu fragen?«

Jerry sah ihn finster an. Seine Hände waren schmutzig vom Motor und er hatte etwas Öl auf der Wange. Er sah aufgebracht aus.

Verdammt. Scot war auch wütend. Und es stimmte, oder nicht? Jerry bemerkte keine von Scots Fähigkeiten und teilte nie seine Pläne oder Probleme mit ihm. Okay, Scot wusste nichts über Autos – seine Eltern hatten ein Auto nie lange behalten können, bevor sie es gegen Alkohol eingetauscht hatten –, aber ständig wurde von ihm erwartet, dass er sich auf Jerry und sein scheinbar überlegenes Wissen...

Jemand räusperte sich hinter ihnen und Scot wirbelte erschrocken herum. Vincent stand an der Eingangstür des Motels und lehnte sich an den Türrahmen. Er trug eine ärmellose Tunika und eine lockere Baumwollhose wie die, die er gestern Abend anhatte. In der Hand hielt er ein paar Packungen mit Eiern, die er wahrscheinlich in die Küche bringen wollte. Scot hatte ihn nicht kommen sehen, aber er war auch zu sehr auf seine Frustration über das Auto und Jerry konzentriert gewesen.

»Probleme?«

»Das verfluchte Auto springt nicht an«, fauchte Jerry. »Als wir gestern angekommen sind, hat es schon auf dem letzten Loch gepfiffen und jetzt hat es vollkommen den Geist aufgegeben. Nichts zu hören. Der Schlüssel lässt sich nicht mal drehen.«

»Ich seh mir das an«, verkündete Vincent mit ruhiger und autoritärer Stimme. Er stellte die Eierkartons auf die Stufe und ging an Scot vorbei, um sich neben Jerry zu stellen. Er verströmte einen angenehmen Morgenduft, als hätte er sich gerade erst gewaschen. Als hätte er vor Kurzem ein dezentes Parfüm aufgetragen. *Da ist er wieder, dieser Zitrusduft.* Er reizte Scots Sinne.

Vincent beugte sich über den Motor, griff entschlossen nach einer Halterung und drehte sie. Als sie sich nicht bewegte, schnalzte er mit der Zunge. Er richtete sich auf, sah mit verengten Augen zur Sonne, die am Himmel immer höher stieg, und senkte den Blick dann schnell auf Jerrys Gesicht.

Jerry lief hochrot an.

Scot runzelte die Stirn. *Jerry wird schon wieder rot?* War es ihm peinlich, dass er das Auto nicht in Gang setzen konnte? Scot haderte, neugierig, ruhelos und fragte sich, ob er zu den beiden Männern ans Auto treten sollte. Letztendlich hielt er sich zurück. Und sah einfach nur zu.

Vincent lächelte, ohne den Blick von Jerry zu nehmen. Wortlos zog er sich die Tunika über den Kopf. Da er nun halb nackt war, konnte man sehen, wie sich sein Bizeps anspannte, als er die Arme streckte und seine Brustmuskeln zuckten.

Plötzlich breitete sich aufgeladene Stille aus. *Er ist wirklich durchtrainiert.* Scot spürte, wie sich instinktiv Vorfreude in seinem Schritt regte. Er sah zwischen Vincent und Jerry hin und her, aber keiner der beiden erwiderte den Blick. Jerry schien nicht aufhören zu können, Vincent anzustarren.

Über allem breitete sich der strahlend blaue Himmel aus, der im Licht der frühen Morgensonne blass schimmerte. Vincents Haut war dunkler als Olivers und glich eher Scots Teint. Der Schweiß an seinem Hals reflektierte das Sonnenlicht wie eine Kette und die

Muskeln an seinem Oberkörper spannten sich an, als er die Arme wieder senkte. Scot bemerkte, wie ungewöhnlich dunkel und auffällig seine Nippel waren. Wie es aussah, waren sie auch Jerry aufgefallen, denn sein Blick glitt hungrig über Vincents Körper. *Was zum Teufel ist hier los?* Vielleicht verstand er Jerrys Faszination falsch. Eine Nacht voller Sex und schon schien er davon besessen zu sein.

»Ähm.« Jerry räusperte sich und löste die Anspannung. »Ist schon okay, ich kann einen Mechaniker rufen.«

Vincent schüttelte langsam den Kopf. »Lass mich mal sehen.«

Scot war fasziniert von der Körpersprache der beiden. Vincents Hüfte drückte sich an Jerrys. Jerry hielt sich am Rand der offenen Motorhaube fest, als bräuchte er eine Stütze. Er sah fiebrig aus, aber Scot wusste nicht, ob das an Aufregung oder Unwohlsein lag.

Vincent beugte sich wieder nach unten und tippte einen Teil des Motors an. Für Scot sah es aus, als würde er sich mit Autos auskennen und seine Vermutung wurde bestätigt, als Jerry ihn einfach machen ließ. Während Scot weiter fasziniert zusah, rutschte Vincents Hose ein paar Zentimeter nach unten und entblößte eine Vertiefung an seinem Steiß. Es war eines der attraktivsten Dinge, die Scot je gesehen hatte.

Jerry gab ein leises Knurren von sich.

Ja. Scheinbar stimmte Jerry zu. Scot wischte sich über die Stirn und fragte sich, wie es möglich war, dass ihm noch heißer wurde.

»Ist es der Verteiler?« Jerry verengte die Augen.

»Meinst du?« Vincent unterbrach seine Betrachtung und seine Stimme war ein sanftes Brummen, wie das Streicheln der warmen Luft.

»Ja.« Jerrys Stimme wurde fester. »Das denke ich.«

Vincent nickte. Er hatte Öl an den Händen und seine Arme waren schmutzig. Er schien es nicht zu bemerken und legte seine Hand an den Rand der Motorhaube neben Jerrys. Die beiden waren zu weit weg, als dass Scot es mit Sicherheit hätte sagen können, aber Jerry versteifte sich, als hätte Vincent ihn fest gepackt. *Ihn zurückgehalten.*

»Du bist der Fachmann«, sagte Vincent.

»Hm?«

Vincent lächelte ihn an. »Was das Auto angeht. Du kannst es wieder zum Laufen bringen, wenn du willst.«

»Das glaube ich nicht.« Jerrys sprach leise, aber fest. »Wie ich schon sagte, es ist der Verteiler.«

Vincent zuckte sanft mit den Schultern. Keiner der beiden bewegte sich.

Scot lief ein Schauer über den Rücken, als würden die beiden eine andere, geheime Unterhaltung führen, von der er ausgeschlossen war. Er trat einen Schritt nach vorn. »Also, was heißt das?«

Jerry drehte sich mit unstetem Blick zu ihm, als hätte er vergessen, dass Scot überhaupt da war. »Das Teil ist hin.«

Vincent richtete seinen Blick auf Scot. In seinem Ausdruck lag Belustigung, aber auch Abschätzung. »Ohne Funken funktioniert es nicht. Es wird ohne Reparatur und einen neuen Verteiler nicht laufen.« Er streckte sich und drehte die Schultern, als würde er seine Muskeln wieder lockern wollen. Er überragte Jerry um gut zehn Zentimeter. »Ohne Funken läuft gar nichts«, murmelt er mit voller, geschmeidiger Stimme. Das Geräusch klang aus seinem Mund beinahe sinnlich und ein Lächeln umspielte seine Lippen. Er sah wieder zu Jerry. »Und nur wenige Menschen können dafür sorgen.«

Keuchend trat Jerry einen Schritt zurück und legte sich eine Hand auf die Brust.

»Jerry? Geht's dir gut?« Scot war auch überrascht, aber Jerry antwortete ihm nicht.

Vincent trat leise lachend vom Auto zurück. »Du bist genau wie ich mit Öl verschmiert. Wir machen uns in der Küche sauber.«

»Ähh... nein.« Jerry sah zu Scot und wandte dann den Blick ab, ehe er seine schmutzigen Hände zu Fäusten ballte. »Ich gehe zurück ins Zimmer.«

»In die Küche«, wiederholte Vincent. Er blickte Jerry fordernd mit seinen dunklen Augen an, die wie zwei unendlich tiefe Seen schimmerten. »Komm mit mir.«

~ Komm zu mir ~
Plötzlich schoss stechender Schmerz durch Scots Schläfen. Angst ballte sich in seinem Bauch zusammen und Verlangen breitete sich in seinen Hoden aus. Auf einmal war er irrational verängstigt. Verängstigt, dass etwas in ihm war, das er nicht kontrollieren konnte, und seine Knie gaben nach.
»Scheiße!«
»Scot?«, rief Jerry.
Der Schmerz verebbte so schnell, wie er gekommen war, aber Scot schnappte nach Luft und sein gesamter Körper zitterte. Seine Sicht war immer noch verschwommen und er konnte nicht sprechen.
Vincent hielt seinen Ellbogen und half ihm, das Gleichgewicht wiederzufinden. »Komm rein und aus der Hitze raus. In der Küche ist es kühler. Und du hast noch nichts gegessen.«
Jerry tauchte hinter Vincent auf und nickte. »Komm mit uns, Scot. Vincent wird uns helfen.« Er hatte immer noch das Öl auf der Wange und ein Streifen zog sich über sein T-Shirt, als hätte jemand mit der Hand über seine Brust gestrichen. Der beißende Geruch von Motoröl war plötzlich sehr eindringlich.
Scot ließ sich von ihnen wieder hineinführen. Unwillkürlich bemerkte er, dass Jerry neben Vincent stand und sie sich ungezwungen zusammen bewegten, die Vordertür öffneten und ihn durch den Flur zur Küche führten.
Als wäre Scot plötzlich der einzige Neuankömmling hier.

***

In der Küche war es ruhig und definitiv kühler als auf dem Hof, obwohl der Ofen, der kürzlich benutzt worden war, noch Wärme ausstrahlte. Scot roch das verlockende Aroma von salzigem Speck und Kräutern, die für vorherige Mahlzeiten benutzt worden waren. Er setzte sich auf einen Stuhl an der offenen Tür und sah sich um. Zwei Seiten des Raumes waren mit Arbeitsplatten bedeckt. Ofen und Kochplatte befanden sich links, das Waschbecken war an der hinteren Wand angebracht. Der Boden war gefliest. Es schien niemand sonst hier zu arbeiten, obwohl man zur Frühstückszeit die höchste Aktivität der Gäste erwarten konnte. Er sah zu, wie Vincent heißes Wasser in das große Emaillewaschbecken laufen ließ und dann Spülmittel hinzugab. Jerry zog sich das Shirt aus und stellte sich neben ihn, während sie sich die Hände und Arme wuschen.

Hin und wieder stießen ihre Schultern aneinander. Scot bemerkte, wie Jerry zu Vincent aufsah und lächelte.

Ein warmer und doch aufwühlender Schauer lief über Scots Rücken.

Als er zurück zum Herd blickte, stellte er fest, dass Vincent mit dem Essen angefangen hatte, bevor er rausgekommen war, um ihnen mit dem Auto zu helfen. Scot konnte den Qualm sehen, der noch immer aus einer der Pfannen aufstieg. Auf der Arbeitsplatte lagen verschiedene Fleisch- und Gemüsesorten und weitere Eier wie die, die Vincent von draußen mitgebracht hatte. Bei dem Gedanken ans Essen lief ihm das Wasser im Mund zusammen.

Vincent warf Jerry ein Handtuch zu und ging zurück zum Herd. Jerry trocknete sich die Arme ab, ehe er zurück zu Vincent schlenderte und sich offensichtlich die Zutaten ansah. Anscheinend hatte er vergessen, sein Shirt wieder anzuziehen.

War das Absicht? Sein plötzlicher Zynismus überraschte Scot.

»Frühstück sieht gut aus.« Jerrys Stimme war leise. »Wie viele Gäste sind noch hier?«

Vincent lächelte ihn träge an. Auch er war noch oben ohne. Seine dunklere Haut und der muskulösere Körperbau wirkten im Gegensatz zu Jerrys blassem, schlankem Körper eindrucksvoll. »Das ist alles für dich. Heute ist niemand sonst hier.«

»Niemand?«

Vincent zuckte mit den Schultern. »Andere sind vorbeigekommen. Wieder andere werden es tun. Aber nicht heute.«

Scot war verwirrt. Vincent sprach ohnehin ein wenig gestelzt, aber heute war sein Tonfall... *bizarr.* »Was meinst du damit, dass das alles für Jerry ist?«

Vincent antwortete nicht sofort. Zuerst stellte er den Herd wieder an, um die Pfanne zu erhitzen, und nahm sich frischen Speck. »Ich meine natürlich, dass es für euch beide ist. Gib mir bitte die Eier.«

Jerry legte ein paar aus dem offenen Karton in Vincents ausgestreckte Hand. Sein Blick ruhte auf dessen Brustmuskeln. Scot wollte einen Kommentar abgeben – vielleicht ein Sticheln? –, aber etwas sorgte dafür, dass er den Mund wieder hielt.

~ *Halt mich* ~

Scot wusste instinktiv, dass Vincents Berührung sanft sein würde, wenn er sich dafür entschied. So vorsichtig, wie er die Eier genommen hatte, lag die Vermutung nahe. Und trotzdem war er auch stark. Ungewollte, erotische Gedanken daran, in Vincents starken Armen zu liegen, schossen ihm durch den Kopf, Gedanken, die ihn über die aromatische Wärme der Küche hinweg erröten ließen.

Denn er war sich ziemlich sicher, dass es nicht seine Gedanken waren, sondern Jerrys.

Scot schüttelte den Kopf und war erneut wütend auf sich. Heute Morgen schien für ihn alles sexuell aufgeladen zu sein! Er konnte unmöglich Jerrys Gedanken lesen oder irgendetwas anderes Unheimliches tun. Er projizierte seine vagen Träume auf sie beide. Er stellte sich vor, wie Vincent mit seinen starken Händen über Jerrys Arme strich, ein Knie zwischen Jerrys Beine schob, sie spreizte, seinen Kopf senkte und mit der Zunge über den Puls an seinem Hals…

Jerrys Kopf ruckte nach oben und er sah schuldbewusst zu Scot.

»Mir geht's gut«, erwiderte Scot schwach, obwohl niemand gefragt hatte.

Jerry runzelte leicht die Stirn und drehte sich wieder zu Vincent. »Wo bekommen wir einen Ersatz für den Verteiler her?«, fragte er. »Wie weit ist es bis zur nächsten Stadt? Wenn ihr eure eigenen Fahrzeuge habt, brauchen die offensichtlich Wartung.« Er hielt inne, als wäre er verwirrt. »Oder nicht?«

»Jemand kommt im Laufe der Woche mit Vorräten.« Vincent schlug das Ei heftig am Rand der Pfanne auf und es zischte, als es in das heiße Öl fiel. »Er wird eure Bestellung aufnehmen.«

»Im Laufe der Woche?« Panik breitete sich in Scot aus. Die leise Angst war zurück und erfüllte ihn mit der gleichen Hitze wie die brutzelnden Eier in der Pfanne.

»Aber habt ihr nicht ein Auto, das wir uns ausleihen können?« Auch Jerry sah besorgt aus. »Oder wir rufen den örtlichen Mechaniker an?«

»Wir können die Nummer googeln«, fügte Scot hinzu.

»Kein Auto. Kein Internet.«

Jerry starrte ihn ungläubig an. »Kein Internet? Aber wie kommt ihr zurecht? Wie haltet ihr Kontakt mit der Stadt?«

Vincent zuckte mit den Schultern. »Maxwell kümmert sich darum. Wir brauchen nichts anderes. Der Typ kommt vorbei und wir sagen ihm, dass er besorgen soll, was ihr braucht, und das war's dann.«

»Das ist lächerlich!« Jerry verschluckte sich beinahe.

Vincent drehte sich um und starrte ihn amüsiert an. »Hast du kein Handy, das du benutzen kannst?«

Jerry wirkte verlegen. »Der Akku ist leer. Schon seit etwa einem Tag. Ich hab mein Ladegerät vergessen.« Er sah Vincent finster an, als wäre er genervt, dass er sich jemandem gegenüber so rechtfertigen musste.

Scot kannte diesen Ausdruck sehr gut. Sie beide hatten Schwierigkeiten, ihre Handykosten zu finanzieren. Er selbst hatte schon seit Tagen kein Guthaben mehr und er schien es nirgendwo aufladen zu können. Dann hatte sein Akku den Geist aufgegeben und auch er hatte kein Ladegerät mitgenommen. Jetzt war auch Jerrys Handy tot und ohne die Hilfe des Motels waren sie praktisch abgeschnitten. Jerry würde fuchsteufelswild sein, auch wenn er selbst schuld war.

»Sei nicht wütend. Es ist verständlich. Du hast dein Zuhause überstürzt verlassen.« Vincent nickte. »Du wolltest alles so schnell hinter dir lassen. Du hast nicht darüber nachgedacht, wohin du gehen könntest. Beim Leben muss man sich auf beides einlassen, Jerry.«

~ *Ein Abenteuer. Ein neues Leben* ~

Scot sah sich hastig in der Küche um. Ob er die Worte wirklich gehört oder sie sich nur eingebildet hatte? Manchmal klangen sie so viel lauter.

Jerry forderte immer noch Vincent heraus. »Hör zu, es ist... das ist unangenehm. Wir haben kein Geld mehr, um ein Ladegerät zu kaufen – oder ein neues Handy. Können wir nicht deins ausborgen?«

Vincent konzentrierte sich aufs Frühstück, als hätte Jerry nichts gesagt.

»Eigentlich können wir uns auch nicht mehr als eine Nacht hier leisten«, fuhr Jerry hastig fort. »Wir dachten nicht, dass wir es müssten, richtig? Wir wollen nach Vegas. Wir werden Jobs und eine eigene Wohnung finden. Und dann unseren Lebensunterhalt bestreiten.«

Vincent schenkte ihm wieder dieses träge, selbstbewusste Lächeln, das Scot seit heute Morgen irgendwie wütend machte. Vincent wandte sich vom Herd ab und streckte mit einstudierter, anmutiger Leichtigkeit die Arme über den Kopf, verschränkte die Finger und ließ seine Knöchel knacken. Scot betrachtete die weichere, blassere Unterseite seiner Arme und den glitzernden Schweiß an der Kuhle seines Halses, wusste aber sofort, dass Vincent es nicht auf seine, sondern auf Jerrys Reaktion abgesehen hatte.

Woher? Woher weiß ich das so sicher?

»Ist schon in Ordnung«, sagte Vincent. »Bleib, solange du willst. Wir werden warten. Ihr werdet schon bezahlen.«

»Ich meine, das werden wir«, versicherte Jerry ihm hastig.

»Ja«, sagte Vincent fest und lächelte immer noch wissend. »Das sagte ich. Es gibt genügend Platz hier. Entspann dich.«

~ *Bleib bei mir* ~

Scot schüttelte erneut den Kopf. Die Hitze war einfach zu viel für ihn. Sein Körper war schwach, sein Kopf voller seltsamer Stimmen und er befand sich in einem seltsamen, dauerhaften Erregungszustand. Verwirrung, Vorsicht, Isolation.

~ So war es für dich immer ~

»Ja«, murmelte er.

Dieses Mal sah Vincent zu ihm. Er verengte die Augen.

~ Es muss nicht so sein ~

Scot dachte darüber nach, sich im Zimmer wieder hinzulegen und nackt ein Nickerchen zu machen. Ein Körper neben ihm, Lippen auf seiner Schulter, eine Hand zwischen seinen Schenkeln. Eine Gänsehaut breitete sich wie die Berührung einer Feder auf seiner Haut aus. Alles hier war schmerzhaft träge. Es sammelte sich um ihn, eine langsame, verführerische Mattigkeit. Keine Internetverbindung... Keine Handys... Keine Autos...

»Sobald wir einen Job haben, werden wir bezahlen.« Das plötzliche Geräusch von Jerrys Stimme passte nicht zu Scots Gedanken.

»Ein Job«, wiederholte Vincent. Er hielt Jerrys Blick fest, bis Jerry errötete. »Du könntest hier etwas arbeiten, wenn du möchtest.«

Scot beobachtete, wie Jerry schwer schluckte, ehe er antwortete. »Das klingt nach einer guten Idee. Es würde euch bei den Ausgaben helfen und wir wären beschäftigt, bis der Reparaturtyp auftaucht. Aber was sollen wir tun?«

Vincent zuckte mit den Schultern. »Oliver braucht Hilfe beim Zaun und anderen Wartungsarbeiten am Gebäude. Scot könnte ihm helfen. Und du könntest mir in der Küche zur Hand gehen.«

»Ich?« Jerry lachte. Ein wenig zu laut und etwas zu falsch. »Ich kann nicht kochen, zumindest habe ich es nie wirklich versucht. Ich weiß nicht, was du sonst gebrauchen kannst.«

Vincent trat von der Arbeitsplatte zurück und ließ die Eier weiter auf schwacher Hitze brutzeln. Er streckte die Hand aus – die Hand, mit der er die Eier festgehalten hatte, die Hand, die sie fest auf der Metallpfanne aufgeschlagen hatte – und nahm Jerrys Ellbogen. »Warum interessiert dich das? Du willst doch nur bei mir sein.«

Wie bitte? Scot atmete scharf ein und sein Herz setzte einen Schlag aus.

»Was?« Jerry sah schockiert aus, aber er zog sich nicht zurück. Wut erfasste Scot. Ein Entsetzen, das er beinahe begrüßte. Er wusste, dass nicht sein Körper auf die feste Berührung reagierte. Was zum Teufel passierte mit ihm?

Jerry stammelte. »Hör zu, ich... Ich denke, wir könnten noch einen Tag bleiben. Ich könnte hier helfen. Aber wann genau kommt denn der Liefertyp?«

Vincent trat nur einen einzigen Schritt nach vorn, aber nun berührte er Jerrys Brust und sein kräftiger Oberkörper stand in Kontrast zu Jerrys schmalerem. Er drängte Jerry gegen die Arbeitsplatte, hielt ihn dort fest und beugte sich über ihn. Seine Haut war nur einen Hauch von Jerrys entfernt. Scot sah, wie eine dünne Schweißspur an Vincents dunklem Nippel schimmerte.

~ *Mein fast unwiderstehliches Verlangen, mich vorzubeugen und darüber zu lecken* ~

Scot spürte, wie der Gedanke durch Jerrys Kopf huschte. Aber wie?

»Hör auf«, keuchte er laut. Aber niemand reagierte auf ihn.

Vincent senkte den Kopf zu Jerrys Ohr. »Er wird kommen, wenn er es will, Jerry. Er wird sich die Zeit nehmen, die er braucht.«

Während Scot zusah, legte Jerry seine Hand flach auf Vincents nackte Brust und strich mit den Fingern zwischen Vincents gut definierten Brustmuskeln hindurch.

Unter fremden Fingerspitzen spürte Scot, wie sich Vincents Brustkorb bewegte.

»Bitte«, stöhnte er. Er wollte das nicht, was auch immer es war.

»Willst du, wirst du, Jerry? Nimm dir die Zeit. Nimm dir, was immer du willst.« Vincents Stimme war tief und schleppend, wie ein Mantra. *Wie kann eine einfache Unterhaltung so erotisch aufgeladen sein?* Scot spürte, wie sich Jerrys Faszination in seinen Adern ausbreitete und seine Haut vor Verlangen juckte. Sie schienen miteinander verbunden zu sein und trotzdem saß Scot reglos auf dem Stuhl am einen Ende der Küche, während Jerry am anderen stand – und einen anderen Mann berührte.

Scot wusste, dass Jerry seine Hand an Vincents Körper hinabwandern lassen und die wohl definierten Muskeln streicheln wollte. Dass er seinen Bauch und Schritt berühren wollte. Dass er der dünnen Haarlinie zu Vincents Schwanzwurzel folgen, sich die Härchen um die Finger wickeln, seinen Schwanz in die Hand nehmen und spüren wollte, wie er anschwoll.

Scot erhob sich abrupt. Seine Beine fühlten sich schrecklich wacklig an.

Vincent legte die Hände hinter Jerry auf die Arbeitsplatte, wodurch er ihn gefangen hielt. »Lass mich«, flüsterte Vincent, obwohl Scot nicht sehen konnte, wie sich sein Mund bewegte. Und nun, da er genauer zuhörte, war er sich nicht sicher, ob es überhaupt Vincents Stimme war. Er spürte einfach Vincents Herzschlag, seinen schneller werdenden Atem an Jerrys Hals und die seltsamen, stummen Worte.

~ *Lass mich. Lass mich* ~

Scot schrie etwas Wortloses, das sich an keinen der beiden Männer richtete. Aber beide wirbelten herum, um ihn anzustarren.

~ *Kämpf nicht dagegen an! Lass mich zu dir. Zu euch allen* ~

»Scot?« Jerry befreite sich leise stöhnend von Vincent. Er starrte seine Hände an, als hätten sie gerade im Maul eines Löwen gesteckt, der kurz vorm Zubeißen gewesen war. »Scheiße.« Er drehte sich erneut um und stolperte zum Ausgang.

Scot hob eine Hand, als Jerry auf ihn zukam, aber Jerry marschierte direkt an ihm vorbei. Mit großen Augen sah Scot ihm nach. Jerrys Schritte waren ungleichmäßig und sein Gesichtsausdruck panisch. Etwas schob sich Jerry in den Weg, als er zur Tür ging – keine Person, aber auch mehr als ein Schatten. Scot sah es, aber wenn Jerry es auch tat, ignorierte er es.

~ *Nur du, Scot* ~

Der Schatten war so groß wie Jerry, roch nach Mann und auch seine Körperform wurde deutlicher. Scot spürte die Wärme auf seiner eigenen Haut, nahm den Zitrusduft in der Nase wahr. Aber Jerry rannte blindlings hindurch und schien ihn nicht zu bemerken.

Oder vielleicht hatte er zu viel Angst.

***

Scot wollte sich nicht vom Stuhl wegbewegen. Er schwieg. Geschockt. Die Fliesen des Küchenbodens fühlten sich selbst durch die Schuhe kühl an seinen Füßen an. Im Hintergrund brutzelten die Eier leise in der Pfanne. Vincent seufzte und stellte die Hitze am Herd herunter.

»Er wird...« Scot räusperte sich. »Vielleicht frühstücken wir etwas später. Ist das in Ordnung?«

Vincent lächelte, obwohl er ihn nicht direkt ansah. »Natürlich. Wann immer ihr wollt.«

»Immerhin seid ihr die Gäste«, erklang eine weichere, hellere Stimme von der Tür. Scot wirbelte zu Oliver herum.

Olivers Blick huschte schnell über Scot. »Vincent stört das Warten nicht«, sagte er. Sein Blick ruhte nun auf Vincent. »Nicht auf etwas, was er wirklich mag.«

Scot runzelte die Stirn. Das war vermutlich einfach Olivers Art zu reden, aber es klang ungeschliffen. Verdammt, die Leute hier waren seltsam.

Oliver ging an Scot vorbei zu Vincent, warf einen Blick über die Schulter und grinste verschlagen. Dann legte er eine Hand auf Vincents Hintern und drückte ihn. Es schien Vincent nicht zu beeindrucken. Er rührte in einem Topf mit Bohnen und gab etwas Salz hinzu. Vielleicht war er Olivers Berührung ein wenig entgegengekommen, aber nichts weiter.

»Ich weiß nicht, was für ein Spiel ihr spielt, aber ich habe kein Interesse daran, euch ständig beim Rummachen zuzusehen.« Scot war von seiner Unverschämtheit erstaunt, aber er war erleichtert, die Worte endlich laut auszusprechen.

»Spiel?« Vincent sah ebenfalls zu Scot und legte eine Hand an Olivers Taille.

»Um Himmels willen!«

»Du kannst mitmachen, wenn du willst«, murmelte Oliver. Mit einem atemlosen Lachen hüpfte er auf die Arbeitsplatte neben dem Herd. Seine Beine baumelten sanft über dem Rand, wie gestern Abend an der Rezeption. Tapp, tapp, tapp. Seine nackten Fersen schlugen einen sanften Rhythmus an den Schränken.

Scot wollte auf dem Absatz kehrtmachen und den Raum verlassen. Aber er bewegte sich nicht, sondern beobachtete die beiden Männer. *Was zum Teufel?* Er war noch nie ein Voyeur gewesen.

~ *Das ist nicht, was es ist, Scot. Du wurdest eingeladen mitzumachen, nicht, um zuzusehen* ~

Er riss den Kopf herum, aber es war immer noch niemand da. Der Schatten an der Tür war zusammen mit Jerry verschwunden und draußen auf dem Hof verblasst. Oder?

»Das mache ich nicht«, brummte er. »Das will ich nicht!«

Eine Sekunde lang erstarrte die Luft im Raum.

~ *Du kannst mich so gut hören?* ~

»Ja, kann ich!« Mit wem sprach er da? Oliver und Vincent starrten ihn an. Sie tauschten einen vorsichtigen und doch aufgeregten Blick miteinander. Scot spürte, wie seine Kehle eng wurde und sein Herz schneller schlug. »Warum zeigst du dich nicht, damit ich dich auch sehen kann, du verdammter Feigling?«

Oliver keuchte. Er trug seine allgegenwärtige kurze Hose, aber kein Hemd. Seine Haare waren attraktiv zerzaust, als hätte er sie sorgsam gekämmt und wäre dann mit den Händen wild hindurchgefahren. »Scot? Hör mir zu.« Er sprach langsam. »Bist du sicher, dass du keinen Hunger hast? Darf ich?« Er nahm Vincent den Löffel ab und strich mit dem Finger langsam durch die dicke, vollmundige Soße in der Schüssel. Anschließend hob er die Hand über den Kopf und beobachtete, wie die Flüssigkeit von seiner

Fingerspitze hinabrann. Eine kleine, blassrote Bohne hing an seiner Haut. Lächelnd sah er wieder zu Vincent und fing die Bohne mit der Zunge auf, kurz bevor sie von seiner Fingerspitze fiel. Ein winziger Klecks Tomatensoße tropfte aus seinem Mundwinkel.

Vincents Blick richtete sich auf Olivers Zunge. Oliver grinste verschlagen. Er schob sich den feuchten Finger in den Mund und lutschte die restliche Soße geräuschvoll ab. »Schmeckt gut... und ist voll von dem, was du am besten kannst, Vincent. Soße und *Würzen.*«

Abrupt drehte sich Vincent zu Oliver um, legte seine Hände schwer auf dessen Schultern und drückte ihn wenig sanft auf die Arbeitsplatte. Er ragte über ihm auf, während Oliver es sich gemütlicher machte, den Kopf an die Wand lehnte und die Beine immer noch über den Rand hängen ließ. Seine Brust hob sich deutlicher als zuvor.

»Versuch nicht, mich abzulenken«, rief Scot. Das war alles, nicht wahr? Unverschämtes, provokatives Verhalten. Er spürte, wie die Luft um ihn herum erzitterte. Etwas bewegte sich, strich über seinen Arm.

»Es geht nicht immer nur um dich, Scot«, murmelte Oliver und forderte Vincent mit seinen strahlenden Augen heraus.

Vincent packte den Bund von Olivers Shorts fester. »Reg die Gäste nicht auf, Oliver. Wenn er gehen will...«

»... kann er gehen. Natürlich.« Oliver nickte noch immer grinsend. »Warum verlässt du nicht den Raum, Scot, und folgst Jerry?«

Vincent lachte leise.

Scot stand wie angewurzelt da. Warum lachten sie über ihn? Über Jerry? Warum ging er nicht? Immerhin sollte er bei Jerry sein.

~ *Nein* ~

Vincent zupfte an Olivers Shorts und der seufzte, als sie an seiner Hüfte hinabglitten. Sein angeschwollener Schwanz rutschte unter dem Bund hervor und ein Lusttropfen fiel sanft auf seinen Bauch. Seine Muskeln verspannten sich und er presste die Schenkel an die Arbeitsplatte.

Scot starrte. Er konnte die Erregung nicht leugnen, die sich in seinem Bauch sammelte. Die beiden gaben ein umwerfendes, sexy Paar ab. Halb nackt. *Vollkommen ungehemmt.*

»Maxwell ist hier«, flüsterte Oliver zu Vincent. Er wand sich erneut und schob sich die Hose weiter über die Beine.

Vincent lächelte und sein gieriger Blick lag auf Olivers entblößter Erektion. »Ich wusste, dass er in Versuchung käme, mitzumachen. Maxwell?«, rief er leise in den Raum.

Oliver lachte und spreizte die Beine weiter. »Deine Rezepte sind so verlockend wie immer, Vincent.«

»Wovon redet ihr?« Scot stellte fest, dass er in Richtung der beiden ging. »Wer ist noch hier?«

Für einen kurzen Moment runzelte Oliver die Stirn. »Er kommt unseretwegen, Scot, nicht für Gäste, die nur auf der Durchreise sind. Für seine Liebhaber, für die, die ihn lieben und es verstehen.«

»Was verstehen?«

Vincent berührte Olivers Stirn mit den Fingern. »Still«, sagte er zu ihm. »Sei nicht so. Connor Maxwell mag diesen hier. Er ist auf der Suche. Er will auch verstanden werden.«

»*Ich* gebe ihm das!« Olivers Trotz klang aufrichtig und seine Augen weiteten sich gequält. »Wenn ich es gewusst hätte, wenn ich es gesehen hätte, als sie mit diesem Schrotthaufen vorgefahren sind, wenn ich es erkannt hätte…!«

»Hört auf!«, brüllte Scot beinahe. Er keuchte und seine Haut war klamm.

Und dann materialisierte sich ein vierter Mann im Raum.

Kapitel 5

Materialisierte?
Hinterher versuchte Scot, ein besseres Wort für das plötzliche Auftauchen des Mannes zu finden, aber ihm fiel keines ein. Er hatte ihn nicht kommen sehen und auch seine Schritte nicht gehört. Aber er war sofort da und Scots gesamter Körper stand unter Schock. Er trat zurück und stieß mit den Beinen gegen den Stuhl, der gefährlich kippelte und schließlich wieder nach vorn fiel. Ihm stockte der Atem, als würde ihm jemand die Brust abschnüren. Etwas – jemand? – pfiff in seinem Ohr und ihn erfasste eine Welle der Übelkeit. Es schien, als würde die Luft plötzlich in einen Spalt strömen, ihn umschließen; als würde sich die Temperatur im Raum willkürlich verändern und sich nicht entscheiden können, ob sie steigen oder absacken sollte.

Scot versuchte, das Gleichgewicht wiederzufinden. War er krank? Halluzinierte er? Der Hintergrund des Raumes verblasste und sein Fokus veränderte sich. Er beschränkte sich nur noch auf die Leute, nicht mehr die Umgebung. In diesem Moment gab es keine Küche, keinen Boden unter ihnen, kein kochendes Essen, kein schmutziges, abkühlendes Wasser im Waschbecken.

Es gab nur den Mann an der Tür.

Oliver wimmerte leise.

Und dann legten sich die Dinge genauso plötzlich, wie sie durcheinandergebracht worden waren. Scot atmete erneut tief ein, stützte sich mit einer Hand am Stuhl ab und musterte den Neuankömmling. Ein großer, schlanker junger Mann in einer hellen Jeans und einem dunklen T-Shirt. Er hatte stechende, saphirblaue Augen und volle, sinnliche Lippen. Sein glatt rasiertes Gesicht und der geweitete Blick ließen ihn unschuldig wirken, obwohl er es nicht war. Aber woher wusste Scot das? Sie hatten sich noch nie zuvor getroffen.

Oder doch?

Seine Haare waren so dunkel wie Scots, waren aber auch von vielen anderen Farben durchzogen: den Schattierungen des Herbstes, dem Glitzern von Wasser, der Berührung von Fuchsfell. Sie fielen ihm auf die Schultern und er hatte sie auf einer Seite hinters Ohr geschoben, sodass sie seinen schlanken, entblößten Hals berührten.

»Scot?« Der Blick seiner strahlenden Augen lag auf Scot, voller Sorge und interessiert geweitet. Und Scot verspürte eine instinktive Regung, als würde er diesen Mann schon seit einer Ewigkeit kennen, als wäre er ein geschätzter Bruder, ein loyaler Freund. Sein Liebhaber, dessen Berührung er genoss.

Aber das war er nicht, oder? Um Himmels willen! Scot streckte eine Hand aus, damit der Typ nicht näher kam. »Wer zum Teufel bist du?«

»Maxwell«, erwiderte der andere Mann, als würde ihn Scots Frage verwirren. »Connor Maxwell.«

Er war nicht so stark wie Vincent und nicht so erschreckend attraktiv wie Oliver. Trotzdem richteten sie ihre volle Aufmerksamkeit auf ihn, als wären sie fasziniert. Ihre Körper verspannten sich und sie wurden rot, als würde das Blut heftiger durch ihre Adern kreisen. Vor Aufregung oder aus Angst? Scot wusste nur, dass er es auch spüren konnte, verdammt! Seine Haut prickelte, weil es zu heiß war. Connor betrachtete ihn unbeirrt und konzentrierte sich allein auf Scots Gesicht. Er streckte die Hand nach seinem Arm aus und drehte die Handfläche nach oben, als wolle er ihn beruhigen.

~ *Zieh dich nicht zurück* ~

»Maxwell?« Oliver räusperte sich übertrieben, aber Connor sah nicht einmal zur Arbeitsplatte.

Scot hingegen schon. Vincent lächelte, den Blick mit einem Ausdruck des puren, unverfälschten Verlangens auf Connor gerichtet. »Maxwell. Willkommen.« Ziellos strich er über Olivers Oberschenkel. »Es ist schön, dich leibhaftig zu sehen.«

Oliver lachte leise auf. »So, wie wir es mögen, richtig?« Aber als Connor ihn immer noch nicht beachtete, schmollte er und richtete seinen scharfen Blick auf Scot. *Schon wieder diese Feindseligkeit...* Die ungewollte Erinnerung an seinen Traum ließ Scot erschaudern.

Oliver legte die Hand an Vincents Taille und zog ihn näher an sich. Er spreizte die Beine und wölbte den Rücken, sodass sein Schwanz über Vincents Bauch rieb und sich seine Pobacken zusammenzogen und Scot sie sehen konnte. Seine strahlenden Augen trübten sich kurz vor Verlangen. Daraufhin beugte sich Vincent vor, senkte seinen dunklen Schopf über den blonden und spannte die Schultern an, während er Olivers Hüften packte.

Scot war verwirrt und wütend. Auch geschockt, wenn er ehrlich war, obwohl ihn ihr Rummachen erregte. Würden sich die beiden gleich hier in der Küche nehmen? Vor seinen Augen?

Neben ihm atmete Connor langsam und schwer aus.

»Maxwell«, murmelte Oliver so süß wie ein Liebhaber, obwohl er seinen Schwanz lüstern am Schritt eines anderen Mannes rieb. »Komm und sieh dir an, was Vincent zum Frühstück macht.«

Scot verdrehte die Augen über diese kitschige Anmache. Er konnte die glitzernden Lusttropfen auf Olivers Schwanzspitze sehen, ebenso wie die dunkelblonden Haare zwischen seinen Beinen. Vincent stieß träge gegen Olivers Schritt, als würden sie bereits ficken.

Connor Maxwell wandte sich von Scot ab, als würde er sich den beiden Männern anschließen.

»Nein«, sagte Scot und überraschte sich selbst. Es war ihm einfach rausgerutscht, eigentlich hatte er sich nicht einmischen wollen. Immerhin waren diese Typen unverschämt, der Ort war seltsam und er musste von hier verschwinden und zurück in sein Zimmer. Nicht wahr?

Connor blieb sofort wie angewurzelt stehen. Ohne den Kopf zu drehen, griff er nach hinten und umfasste Scots Handgelenk.

Scot sah nach unten. Connors Hand war schlank, sein Griff jedoch stark. Erstaunlicher war nur, dass sich Scot nicht daraus befreite. Ganz und gar nicht. Er wusste ohne jeden Zweifel, dass es das Letzte war, was er wollte.

Oliver keuchte leicht enttäuscht und Scots Aufmerksamkeit richtete sich wieder auf sie. Vincent beugte sich noch weiter nach vorn und umfasste Olivers Schwanz. Langsam, aber fest streichelte er ihn. Scot war unwillkürlich fasziniert, ihrer offenen Zurschaustellung zuzusehen. Oder mied er nur wieder Connors Blick?

»Sieh mir zu«, murmelte Vincent. Er sah Oliver an, aber Scot erkannte, dass er gemeint war. Und Scot sah zu. Er sah, wie sich Vincents Rückenmuskeln anspannten und lockerten, während er Oliver streichelte. Er sah, wie der lockere Bund von Vincents Hose unter seinen Bewegungen verrutschte und einen Teil seiner festen Pobacken entblößte. Seine Haut reflektierte glänzend das Morgenlicht, das durch das Küchenfenster fiel.

»Wir können beide zusehen.« Connors Stimme an seinem Ohr ließ ihn erneut zusammenzucken. Er verhielt sich wie ein schreckhaftes Kaninchen! Aber er lehnte sich unbewusst nach hinten gegen ihn. Connors Haare strichen über die empfindliche Haut an seinem Hals, als er ihn seitlich an sich zog und sanft, aber entschlossen festhielt. Scot nahm wieder den Zitrusgeruch war. Das musste Connors Parfüm sein. Ihm wurde schwindlig.

~ *Zusammen* ~

Scot verspannte sich.

»Ja«, flüsterte Connor. Er klang begeistert. »Du kannst mich hören, die ganze Zeit, nicht wahr? Ich hab noch nie so jemanden gefunden. Die ganze Zeit habe ich gewartet und gedacht, ich wäre allein, aber...«

»Maxwell!« Olivers Schrei klang klagend. Er ließ eine Hand auf die Arbeitsplatte fallen und stützte sich darauf ab. Stieß mit den Hüften auf und ab, während Vincent ihn massierte. Der Ausblick wurde teilweise von Vincents Körper verdeckt, aber Scot spürte trotzdem, wie sein Mund trocken wurde. Als Connor ihn von hinten anstieß, trat er unsicher ein paar Schritte nach vorn. Er ging weiter, bis er nur noch eine Armlänge von Vincents Rücken entfernt war. Connor blieb bei ihm, hielt noch immer seinen Arm und hauchte ihm Ermutigungen in den Nacken. Oliver stöhnte, seine

Beine zuckten an Vincents Hüften und seine Haut war blass und glatt. Scot sah ein dünnes Rinnsal aus Schweiß auf Vincents Wirbelsäule und die Feuchtigkeit glitzerte, während er sich an Olivers Schritt rieb. Die Laute der beiden waren tief, drängend und erregend.

»Es sind Bilder aus deiner Fantasie. Deinen Träumen«, murmelte Connor. »Nicht wahr?«

Scot runzelte die Stirn. Connors Körper war drahtig, aber es war nicht unangenehm, als er sich an ihn presste. Sein Geruch war sowohl vertraut als auch aufregend anders. Scot fragte sich, wie es sich Haut an Haut anfühlen würde. An Connors Haut.

Connor lachte leise. Sein Griff an Scots Arm wurde fester. »Siehst du es?«

Vincent stöhnte leise.

Jerry. Er schoss Scot plötzlich durch den Kopf.

»Dein Liebhaber?«, flüsterte Connor wieder. Scot versuchte angestrengt herauszufinden, ob er die Worte laut aussprach oder sie nur in seinem Kopf zu hören waren. »Seine Stimmungen sind dunkel. Gierig. Es ist gut für ihn hier. Für euch beide.«

Scot schluckte schwer und versuchte, seine Kehle zu entkrampfen. Vor ihm setzte sich Oliver abrupt auf, drückte seine Brust gegen Vincent und küsste ihn hart. Oliver schob eine Hand auf Vincents Rücken und unter den Bund seiner Hose. Der lockere Stoff rutschte noch weiter nach unten. Scot starrte die Spalte von Vincents gemeißeltem Hintern an und wie Olivers Finger hineinschlüpften. Sie rieben sich aneinander, so nah, dass sich ihre Schwänze berühren mussten. Um einander zum Höhepunkt zu bringen.

Wie sollte er die Show vor sich ignorieren?

»Aber du bist anders, Scot«, säuselte Connor. »Mehr als das. Süß. Ein Vergnügen.«

Scots Krächzen war eine Mischung aus Schock und einem abfälligen Lachen. Er glaubte nicht, dass schon mal jemand so etwas zu ihm gesagt hatte. Nein, streicht das – er wusste, dass es noch nicht passiert war. »Nicht ich.«

Connor seufzte. Sein warmer Atem glitt wie eine Flüssigkeit über Scots Haut.

~ *Alles für dich* ~

»Berühr sie. Oliver und Vincent wollen, dass wir uns zu ihnen gesellen. Leg deine Hände auf sie, Scot, streichle sie. Willst du es nicht?«

»Ich... Jerry wartet auf mich.« Scots Handflächen juckten, aber er hielt sie fest an seinen Seiten. Irgendwie klang seine Stimme erstickt. Fremd. Unaufrichtig. »Ich muss gehen.«

Connor lachte. »Er ist nur eine Ablenkung für dich. Die einzige, die du je gekannt hast. Wichtig für den Moment, aber weiter nichts. Deine ersten Schritte nach draußen, würde ich sagen.«

Scot spürte, wie sich sein Magen zusammenzog. »Das würdest du, nicht wahr?«

Connor nickte.

»Nein«, widersprach Scot. Er spürte Connors Kopfbewegung, als er ihn gegen seinen Nacken drückte. Er wand sich aus Connors Hand. Dann trat er zur Seite, weg von Olivers und Vincents Leidenschaft, weg von Connors Einvernahme. Und wandte sich ihnen allen zu.

Einvernahme...?

»Für wen zum Teufel hältst du dich? Du kennst mich nicht. Du kennst Jerry nicht.« Er wusste, dass er grob klang, aber genau das wollte er auch. »Und ich muss mich dir oder einem der anderen Männer in diesem... diesem verdammt bizarren Motel gegenüber nicht rechtfertigen oder etwas erklären.«

Connor starrte ihn an. Er sah schockiert aus. »Scot, du verstehst ni...«

»Vergiss es.« Scot zog sich zur Tür zurück. Aus irgendeinem Grund konnte er den Blick nicht von Connors fantastischen Augen lösen, obwohl er stinksauer und verstört war. Diese Seen aus offener Dunkelheit, die tanzenden Farben seiner Iriden im Morgenlicht, die Faszination und das Verlangen, das er in ihnen sah.

»Nein«, wiederholte er und dieses Mal war seine Stimme sehr fest. »Tut bei euren Sexspielchen, was ihr nicht lassen könnt, aber haltet mich... *uns*... da raus!«

Vincent erschauerte an der Arbeitsplatte. Scots Blick wurde unwillkürlich von den beiden angezogen, auch wenn er den Ausgang erreicht hatte. Keuchend hielt er sich am Türrahmen fest. Olivers Hand lag unter dem Stoff von Vincents Hose und knetete seinen Hintern.

Vincent stieß gegen Oliver – sein Körper war geschmeidig, aber seine Bewegungen wurden immer schneller und flacher. Oliver packte Vincents Hüfte fester – selbst aus der Entfernung konnte Scot sehen, wie er die Nägel hineingrub. Es reichte aus, um sie beide über die Klippe zu jagen. Vincent brummte erneut und krümmte sich, während er auf Oliver kam. Der blonde Mann wand sich auf der Arbeitsplatte, die Beine weit gespreizt und klammerte sich schreiend mit den Knien an Vincents breiten Oberkörper, als der Druck auf seinen Schwanz offensichtlich stärker wurde.

»Ich treffe meine eigenen Entscheidungen«, verkündete Scot etwas zu laut.

Oliver erbebte an Vincent und seine Laute klangen wie leises Schluchzen. Vielleicht waren sie das auch.

»Nicht die für andere«, fuhr Scot fort. »Und es trifft sie auch niemand für mich.«

»Scot!« Connor wirkte entsetzt. »Warte...«

»Bleib bei uns«, bat Oliver atemlos, sah aber über Vincents Schulter zu Connor und nicht zu Scot. Als Scot seinen Blick erwiderte, drehte Oliver Vincents Kopf zu sich und küsste ihn grob, während er immer noch Connor betrachtete. Aber er wusste, dass Scot zusah. In seinen Augen blitzte ein böswilliger Schalk auf.

Scot sah, wie Oliver seine Zunge in Vincents Mund schob. Sein Herz schlug viel zu schnell. Er wollte zurück auf sein Zimmer. Er wollte von hier verschwinden.

»Bitte, Scot.« Connor schien nicht zu wissen, was er sonst sagen sollte.

»Wenn er gehen will...«, ertönte Olivers atemlose Stimme.
»Er weiß es nicht«, widersprach Connor. »Es ist ihm nicht klar!«
»Ich bin weg«, knurrte Scot und rannte aus der Küche.

***

Vor der Küche bog er falsch ab und wäre im Hauptgebäude beinahe wieder zurückgelaufen, fand dann jedoch den Weg zu den Gästezimmern und stolperte über den unebenen Pfad. Einmal hielt er inne, um zu versuchen, seine Emotionen in den Griff zu bekommen, wobei er feststellte, dass er vor dem verschlossenen Tor stand, das er bei ihrer Ankunft gesehen hatte. Die Erinnerung an Connor Maxwells Blick verstörte ihn noch immer – wie er etwas von ihm gewollt, von ihm *erwartet* hatte. Was bildete er sich ein?

Scot versuchte, gleichmäßiger zu atmen. Sein Leben war im Moment so durcheinander, dass es kein Wunder war, dass alles aufgewühlt war. Das Weglaufen, die Probleme mit dem Auto, der überraschend wilde Fick mit Jerry, die sexuell intensive Episode in der Küche mit den anderen Männern...

Und zurück zu Connor. Woher zum Teufel war er gekommen? Wer war er? Warum verhielt er sich wie ein bizarrer Guru? Scot lehnte sich an das Tor und war überrascht, als es ein paar Zentimeter aufschwang. Er wollte wissen, was dahinter lag, was in diesem heruntergekommenen Ort so wichtig war, dass man es hinter einer Mauer verstecken musste. Zögernd trat er über die Schwelle.

Es war ein Hof, weder groß noch luxuriös, aber vollständig von hohen Steinmauern umschlossen. Angesichts der Lage vermutete Scot, dass er von keinem Teil des Motels oder den Gästezimmern aus einsehbar war. Es gab kein Dach, also war er den Elementen ausgesetzt, aber nichtsdestotrotz fühlte es sich in der trockenen Hitze wie eine Oase an.

Ein paar Palmen an der hinteren Wand warfen Schatten in einer Ecke des Hofs. Sie verliefen im Sand und verhüllten die einfachen

Steinbänke unter den Bäumen. Die nackte Oberfläche des Steins wirkte lebendig, als würden Wellen darüber schwappen. Rechts neben den Bänken, fast in der Mitte des Hofes, befand sich ein eingelassener, runder Pool. Wahrscheinlich würden dort sechs Leute reinpassen, wenn sich alle am Rand aufhielten. Eine kleine Backsteinmauer fasste ihn ein, ungefähr 45 Zentimeter hoch, und an einer Wand führte eine Treppe hinunter. Wahrscheinlich war das der Einstieg. Von seiner Position am Tor aus konnte Scot nur die obersten zwei Stufen erkennen und wusste nicht, ob im Pool Wasser war.

Seufzend fuhr sich Scot über seine verschwitzte Stirn. Vermutlich war der Pool ausgetrocknet und wurde nicht länger benutzt. *Wäre toll, wenn es anders wäre.* Er wollte umherschlendern und es sich ansehen, um herauszufinden, wie es wirklich war. Vielleicht gab es einen Hahn, mit dem man ihn füllen konnte, irgendeine jahreszeitliche Kontrolleinheit...

Auf keinen Fall. Hier gab es außer Hitze keine Jahreszeit.

Er seufzte erneut, obwohl ihn niemand hören konnte. Das Frühstück würde natürlich nicht zeitnah stattfinden, kein Wunder, dass er so neben der Spur war. Er musste nach Jerry sehen und vielleicht konnten sie irgendwo etwas zu essen auftreiben und dann entscheiden, was sie wegen des Autos und so unternehmen sollten. Er schlenderte zurück über den Weg und fragte sich, warum er sich so widerwillig in Bewegung setzte. Die Küche hatte er dringend verlassen wollen, aber jetzt schienen seine Füße praktisch über den Boden zu schleifen.

Jerry saß in ihrem Zimmer auf dem Bett. Natürlich! *Wohin sollte er sonst gehen?*

Erschrocken drehte er sich zu Scot um, schenkte ihm aber trotzdem ein schiefes Lächeln. Er hatte sich ein dünnes, ärmelloses Hemd und eine kurze Hose angezogen, von deren Existenz Scot nichts gewusst hatte, geschweige denn, dass er sie mitgenommen hatte. Sie waren dezenter als Olivers haarsträubendes Fashion-Statement, aber der Anblick von Jerrys muskulösen Beinen war trotzdem sehr stimulierend. Scots Blick wanderte unwillkürlich an Jerrys Bauch hinab.

Ruhig.

»Hi.« Er räusperte sich. »Warum bist du so abgerauscht?«

Jerry starrte ihn an und sein Lächeln wirkte eingefroren. Langsam breitete sich Röte auf seinem Gesicht aus. »Ich musste einfach da raus, weißt du?«

»Ja. Ich weiß. Es wurde etwas bizarr, findest du nicht?«

»Ja. Ich meine, natürlich. Ja, *das*.« Aber Jerry wirkte verwirrt.

Scot hielt inne und biss sich auf die Lippe. »Ich hab den anderen Typen kennengelernt.«

»Den anderen Typen?«

»Connor Maxwell. Den Maxwell aus dem Motelnamen, nehme ich an.« Jerry starrte ihn immer noch an und Scots Verärgerung wuchs rapide. »Der Ort hier ist voller gut aussehender Kerle.« Er erinnerte sich an Connors Hand auf ihm, wie er sich nah an seinen Rücken gelehnt hatte. Was war das für ein Gefühl, das an ihm nagte? Verlangen? Reue? Schuld? Die nächsten Worte purzelten nur so aus ihm heraus. »Ich hätte ihn wahrscheinlich nach dem Pool im Hof fragen sollen. Da hätten wir schön reinspringen können, während wir darauf warten, dass das Auto repariert wird.«

Jerry verschränkte die Arme fest vor der Brust und sagte nichts.

Scot wusste nicht, was zum Teufel los war. Er wusste, dass er zu schnell und zu harsch redete, aber die Stille musste irgendwie gefüllt werden. »Was ist heute Morgen mit dir los? Erst lässt du dich in der Küche auf Vincent ein. Und dann haust du verängstigt ab.« Er sollte aufhören – er wusste nicht genau, was er sagen wollte.

Jerrys Augen verdunkelten sich schnell vor Ärger, den Scot nur zu gut kannte. »Was willst du damit sagen? Dass ich nicht mit einem Typ wie Vincent mithalten kann? Oder dass ich was mit ihm habe?«

Nein, das hatte Scot nicht gesagt. *Oder?* Aber er sah das scharfe Aufleuchten in Jerrys Augen und dachte darüber nach, wie wenig er über seinen flüchtigen Liebhaber wusste. »Nein, nichts in der Art.«

Jerry hörte nicht zu. »Er hilft uns. Und er sieht gut aus. Darf ich keinen anderen Mann ansehen?«

Scot konnte nicht schnell genug antworten. Jerry hatte oft diese verwirrende Wirkung auf ihn. »Ich meinte nicht…«

Jerry schnitt ihm zu laut das Wort ab. »Wir haben uns nie was versprochen, oder? Dass wir monogam sind. Dass wir für immer zusammen sind. Ich meine, ich will dich, Scot, ich bin mit dir hier. Aber wer weiß schon, was in der Zukunft passiert? Wir sind jetzt unsere eigenen Herren, frei von Familie und dem ganzen Mist. Es ist der Anfang vom Rest unseres Lebens. Und da draußen gibt es eine Menge, das wir ausprobieren wollen.«

Du meinst wohl, was du ausprobieren willst. Scot schluckte seinen Schock hinunter. Es stimmte, sie hatten einander nichts versprochen. Und er war auch nicht sicher, ob er das wollte. Abgesehen davon, dass es nie die Zeit oder Gelegenheit dafür gegeben hatte, waren sie einfach nicht diese Art Mann. Oder? Aber es laut ausgesprochen zu hören, war beinahe grausam…

~ Nur auf der Durchreise ~

»Scot?« Jerry stand vor ihm und griff nach seinen Armen. »Gott, Gott, es tut mir leid!«

Scot schüttelte den Kopf, um ihn zu klären. Er hatte nicht gesehen, wie Jerry aufgestanden war oder das Zimmer durchquert hatte, aber nun drückte er sich an ihn, der Geruch von Jerrys Schweiß stieg ihm in die Nase und er hielt seine Arme fest.

»Ich wollte dich wirklich nicht verärgern. Ich weiß nicht, was da in mich gefahren ist.« Jerry drückte seine Lippen auf Scots Wange. Sie waren seltsam kühl, wenn man bedachte, wie heiß es überall war. »Das ist das Beste – du weißt, dass es so ist, du weißt, was ich für dich empfinde.«

Scot spürte, wie sich etwas unangenehm in seinem Magen rührte. »Ich bin… Ja. Sicher.«

»Ich meine, wir beide, das ist toll. Nicht wahr? Und der Sex! War nie besser.«

Scot nickte langsam. Natürlich hatte er nicht dieselben Erfahrungen, um das zu beurteilen. »Okay. Na ja, mir tut es auch leid. Ich hab überreagiert. Liegt wohl an der Hitze. Oder... egal.« So vorsichtig wie möglich zog er sich aus Jerrys Griff, obwohl er im Zimmer nirgendwo anders hinkonnte. Er nahm ein Handtuch vom Boden und faltete es. Dann faltete er es neu. Er wusste nicht, was er mit seinen Händen tun sollte. Warum war er so verdammt angespannt, als würde er jemanden treten wollen? »Ich bin nur nervös wegen des Autos. Was sollen wir tun? Wir wissen nicht, wann der Reparaturtyp kommt, und Vincent scheint sich auch nicht besser auszukennen.«

Jerry streckte erneut die Hände nach ihm aus und versuchte, ihn in seine Arme zu ziehen. »Warum machst du dir solche Sorgen? Ein oder zwei weitere Tage sind egal. Es wird bald jemand herkommen. Sie müssen sich das Essen liefern lassen, oder nicht? Entweder lassen wir das Auto dann reparieren, oder er nimmt uns mit in die Stadt.«

»Noch ein oder zwei Tage? Aber wir haben nicht viel Geld und es liegt noch eine lange Strecke vor uns, bevor wir in Vegas sind.«

Jerry lachte. Scot wurde klar, dass er ihn seit langer Zeit zum ersten Mal lachen hörte, zumindest auf diese sorglose, entspannte Art. »Aber uns wurde ein Ausweg geboten – wir helfen, um für einen Teil der Kosten aufzukommen.«

~ *Bleib* ~

Wann genau war die Stimme zurückgekommen? War sie je verschwunden?

»Du willst Vincent in der Küche helfen?« Scot versuchte, ruhig zu bleiben. »Heute Morgen sah es so aus, als hättet ihr das schon geplant.« Der Witz kam nicht gut genug rüber und Scot wusste sofort, dass er es falsch eingeschätzt hatte.

»Halt die Klappe.« Jerrys Wut war zurück, sowohl in seiner Stimme als auch in der Spannung in seinen Schultern. »Was zum Teufel hast du bis jetzt gemacht? Ich versuche, dafür zu sorgen, dass das Geld reicht und tue das Beste für uns und das hat nichts mit Vincent zu tun, okay? Ja, ich weiß, dass wir so schnell wie möglich weiterziehen müssen. Aber ich kann keine Wunder vollbringen, oder?« Sein Gesichtsausdruck war durchtrieben. »Und vielleicht gefällt es dir ja, Oliver zu helfen, hm? Mit mehr als nur Reparaturen im Hof.«

Was zum Teufel? Scots Kopf schmerzte. Schweiß rann zwischen seinen Schulterblättern hinab und seine eigene Wut wuchs schlagartig an. »Was soll das heißen? Wie kannst du so was sagen?«

»Sei nicht so naiv, Scot, du siehst es genauso gut wie ich. Er strömt sie förmlich aus – diese Komm-her-zwei-zum-Preis-von-einem-Einladung. Ich hab gesehen, wie er deinen Hintern angesehen hat. Wie er dich im Flur praktisch angesabbert hat, während ihm jemand den Hintern gespreizt und sein Loch befummelt...«

»Du blöder Mistkerl!« Scot sprang ruckartig weg, bis er mit dem Rücken gegen die geschlossene Tür stieß. Er konnte sich nicht erinnern, dass sie sich je so gestritten hatten. Lag es daran, dass sie nie die Zeit dafür gehabt hatten, oder weil er Jerry bis jetzt immer zugestimmt hatte? Das hatte das Leben für sie beide einfacher gemacht. »Für wen hältst du dich? Ich entscheide, was ich tun will, okay? Nicht du. Und ich bin mit dir hier, oder nicht? Ich hab für *dich* alles zurückgelassen! Verdammt, immerhin fickst du mich. Was willst du denn noch von mir?«

Jerry war blass geworden. »Hör auf, Scot. Ich meinte nicht...«

»Was hast du dann gemeint?« Scot war über Kompromisse hinaus. Es war eine höllische Woche gewesen. Zu Hause war er verängstigt und wütend gewesen, trotzdem hatte ihn die Flucht nervös gemacht – scheinbar war er, seit er sich erinnern konnte, schmerzhaft angespannt. Sie hatten Tage in einem beschissenen alten Auto in widerlicher Hitze und Dreck verbracht und jetzt waren sie in einem seltsamen Motel mit noch seltsameren Mitarbeitern. Er hatte die Nacht unter Jerry verbracht, gekeucht und gestöhnt und war öfter gekommen als in den letzten Monaten, und war ihm dann in die Motelküche gefolgt, um zu sehen, wie sein Freund praktisch mit dem Koch auf der Arbeitsplatte rummachte.

Und um dem Ganzen die Krone aufzusetzen, war der Mietwagen kaputt, er hatte keine Ahnung, wo sie waren und sie saßen in einem kleinen Zimmer fest, wo Ficken ihre einzige Freizeitbeschäftigung war.

~ Ganz ruhig ~

Scot hatte Jerrys Wut immer nervös gemacht. Nun fühlte sich seine eigene beängstigend an. »Du musst immer bei allem das Sagen haben, Jerry. Dem Geld, dem Auto, wer meinen Hintern ansieht! Du glaubst nicht, dass ich auf mich selbst aufpassen kann, oder?« Der Zorn in ihm war wie ein Geysir, der kurz vor der Explosion stand. »Du bist immer derjenige, der sagt, wohin wir gehen, wann wir gehen, warum wir gehen! Was weißt du denn schon über mich? Verzweifelt, das ist es, was du denkst... Ich bin erbärmlich und sehne mich verzweifelt nach jedem, der vorbeigeht. Du denkst, dass ich die Hosen für diesen heißen, halb nackten Kerl fallen lasse, der kaum volljährig aussieht, wenn du derjenige bist, der in der Küche den heißen Kerl, sein sexy Essen und seine gemeißelten, verdammten Muskeln ansabbert...«

Jerry hob die Hände und versuchte offensichtlich, seinen Wortschwall zu unterbrechen. Er sah desorientiert aus, beinahe, als wäre ihm übel. Er legte den Kopf schräg, als würde er jemandem zuhören, und sein Blick verschleierte sich. »Scot, hör auf! Es tut mir leid. Es tut mir leid! Ich denke nicht so über dich, okay? Beruhige dich.«

Aber die Worte schwelten schon seit einer Weile unter der Oberfläche von Scots täglichen Gesprächen. Zusammen mit den Gefühlen, die er unterdrückt hatte. *Wie lange schon? Worum geht es hier wirklich?* »Jerry, wenn du so bist, verschwinde ich, okay? Ich brauche das nicht.« Jahrelanges hartes, schreckliches Leben zu Hause, seine nutzlosen Eltern, die Kämpfe, um es ohne Geld durch die Schule zu schaffen, ohne je richtig dazugehört zu haben.

~ Das ist alles vorbei ~

Er stöhnte. »Du hast gesagt, dass alles anders sein würde, wenn wir verschwinden. Es würde niemanden mehr geben, der mir sagt, was ich tun soll. Niemand, der mir sagt, dass ich immer falschliege, immer dumm bin...«

In einer unbeholfenen Bewegung trat Jerry nach vorn und zog Scot an sich. Er drückte Scot seine Lippen auf und schob die Zunge in seinen Mund, um ihn zum Schweigen zu bringen. Es schien seine einzige Lösung zu sein, um diesen Streit zu beenden. Sein Mund war gierig und wild und Scot ließ sich von Jerrys Atem überraschen, von ihm ablenken – und sich dann langsam wieder aufs Neue erregen.

»Ich hab es nicht so gemeint«, murmelte Jerry an seinem Mund. »Es ist nur... Es ist nur eine so große Veränderung, mein Leben endlich selbst unter Kontrolle zu haben. Die Führung zu haben. Nicht über dich, ich meinte nicht... Scheiße, ich will einfach mit dir zusammen sein.« Er verstummte und fing an zu keuchen, ehe er die Hände unter Scots Hemd schob. Scot streckte sich der unbeholfenen Berührung ein wenig entgegen und seine Nippel wurden hart.

»Es war so gut, Scot. Letzte Nacht.« Jerrys Stimme war belegt und gedämpft. »Es hat sich so gut angefühlt.« Er drängte sie beide nach hinten in Richtung Bett.

Scots Knie gaben nach und er ließ sich auf der ordentlich zurechtgezogenen Decke auf den Rücken fallen.

Jerry folgte ihm, berührte ihn, kniff ihn, streichelte ihn, küsste ihn. »Sorg wieder dafür, dass ich mich gut fühle, Scot. Ich brauche dich. Ich will dich so sehr... Zieh die verdammte Hose aus. Lass mich dich berühren.« Er kämpfte mit Scots Kleidung, bis Scot entschied, ihm zu helfen. Er schob seine Jeans nach unten, ebenso wie die Unterwäsche und half Jerry dann, seine Shorts auszuziehen.

Jerry kniete neben dem Bett und murmelte sanfte Worte in die nackte Haut an Scots Schritt. Scot war mittlerweile erregt, ebenso wild und begierig wie beim ersten und letzten Mal. Wie jedes Mal! Jerrys Hände lagen an seiner Taille und zwickten ihm dann in den Nippel, ehe er mit der Zunge seine Schwanzspitze berührte und die Lusttropfen ableckte.

Wir haben es noch nie bei Tageslicht getan. Scot war vor Verlangen schwindlig. Es fühlte sich anders an. Im Moment fühlten sich viele Dinge anders an.

»Es ist zu heiß, um vor dem Mittagessen rauszugehen«, murmelte Jerry. »Wir können später was zu essen suchen, richtig? Und deshalb müssen wir uns jetzt beschäftigen.« Sein Flüstern klang kindisch hoffnungsvoll, während er über die weiche, warme Haut von Scots Schaft leckte.

Scot wölbte sich ihm eindringlicher entgegen. Er konnte seine Verzweiflung nicht glauben, diese schmerzhafte Anspannung in seinen Hoden. Das schreckliche Verlangen nach Jerry. Das Verlangen nach Sex.

~ *Verlangen* ~

Konnte er Jerry einen Vorwurf machen, dass er Vincent begehrte? Oder Oliver? Sie waren umwerfend. Heiß. Verdammt, alles war heiß.

~ *Und ich?* ~

Scot schüttelte den Kopf, blendete die Stimme aus und wand sich auf dem Bett. Jerry kletterte neben ihm auf die Matratze, sodass sich ihre Körper an so vielen Punkten wie möglich berührten. Jerry küsste sein Kinn, suchte nach seinem Hals, seinem Mund, seiner Zunge. Er schien genauso verzweifelt zu sein.

»Was willst du, Scot? Sag mir alles, was du willst. Ich will dich einfach nur ficken. Was willst du?«

»Fick mich«, flüsterte Scot. Er packte Jerrys weiche Haare und nahm einen vagen Hauch von Motor- und Speiseöl in den Strähnen wahr, die durch seine Finger glitten. Sanft drückte er Jerry wieder auf seinen Schritt und spreizte schamlos einladend die Beine. »Fick mich einfach. So hart, wie du willst. Das ist auch alles, was ich will.«

***

Scot erwachte gähnend und streckte seine nackten Glieder. Vom offenen Fenster schien ihm die Nachmittagssonne ins Gesicht und er runzelte die Stirn über das warme Streicheln auf seiner Wange. Ein wenig Feuchtigkeit bedeckte seine Oberlippe und er spürte den Schweiß, der ihm zwischen den Schulterblättern hindurchrann.

Erschöpfung und Schlappheit, die der Hitze geschuldet war, hatten ihn in einen tiefen Schlaf gehüllt, aber er war schneller aufgewacht als sonst. Seine Hand ruhte auf Jerrys Bein, aber er zog sie zurück und legte sie stattdessen auf sich selbst. Jerry rührte sich nicht. Scot atmete langsam und leise aus. Sein Körper schmerzte und fühlte sich mitgenommen an und seine Träume waren untypisch verstörend gewesen. Und nicht nur, weil er so selten am Tag schlief.

Er ließ die Augen wieder halb zufallen. Scot wollte es nicht zugeben, aber er wusste, dass er auf mehr als Jerrys leises Schnarchen oder Laute aus dem Hof lauschte.

Die Stimme. Connor Maxwell. Oder er nahm an, dass er es war.

Neben ihm schnaufte Jerry wie ein Welpe.

Scot konnte nicht verhindern, leicht genervt zu sein. Er wollte nicht, dass Jerry aufwachte. Er wollte sich keinem neuen Streit oder Verwirrung oder – Gott bewahre – mehr Ficken stellen. Und das machte ihm Sorgen. Jerry und er fingen erst an und trotzdem stritten sie sich bereits, verstrickt in Missverständnisse und waren misstrauisch in Anwesenheit anderer Männer. Was stimmte nicht mit ihm, war es seine Schuld? Würde es so sein, wenn man ständig mit jemandem zusammen war?

~ Es muss nicht so sein ~

Scot versteifte sich. *Hau ab!* Er wollte, dass es mit Jerry gut lief. Er wollte, dass sie mehr gemeinsam hatten als den Geburtsort und ihr Verlangen, das heiß und wild war, wenn es entfesselt wurde. Er wollte jemanden...

~ Für dich allein. Der dich so will, wie du bist. Der auf dich wartet, sich nach dir sehnt, dich tröstet ~

Trost? Scots Augen brannten und er rieb schnell darüber. Trost hatte er nie erwartet. Die Fürsorge seiner Eltern war unstet und unverlässlich gewesen, wenn er sie wirklich gebraucht hatte. Und in seiner Altersgruppe hatte es niemanden gegeben, dem er nahegestanden hatte. Bis Jerry gekommen war.

~ Nein ~

Scot runzelte die Stirn.

~ Nicht er ~

Er schüttelte den Kopf und ärgerte sich, dass er die Stimme wieder hereingelassen hatte. Vielleicht war er krank. Oder vielleicht hatten einige seiner Lehrer damit recht gehabt, dass er dumm sei. Er wusste, dass er nur wollte, dass man ihm zuhörte, dass man ihn herausforderte, dass man ihn anleitete. Aber sie nannten es antisoziales Verhalten. Mit Autoritätspersonen war er nie übereingekommen. Und seine Klassenkameraden fanden ihn zu aggressiv, zu komplex. *Zu seltsam.*

Trotz der Hitze fröstelte er. Er war sehr hungrig, da er das Frühstück verpasst und wahrscheinlich das Mittagessen verschlafen hatte, aber er bezweifelte, dass es hier noch andere Möglichkeiten gab, etwas zu essen. Im Auto waren sie meilenweit an keinem anderen Ort vorbeigekommen. Wie lief hier die Versorgung ab? Sie mussten sich von irgendwoher Vorräte liefern lassen, denn in der Küche gab es reichlich zu essen, und das Schlafzimmer hatte alles, was man brauchte. Und das Personal sah nicht so aus, als würde es ihm an etwas mangeln.

~ Nicht alle von uns ~

Zum ersten Mal wollte Scot lachen. Er wusste nicht, wie, aber er hörte einen Hauch von Belustigung in der Stimme, einen Hauch von Reue.

»Was ist hier los?«, murmelte er leise. Er konnte so tun, als würde er nur laut nachdenken. »Wer seid ihr alle? Warum ist sonst niemand hier, warum gibt es abgesehen von uns keine Besucher?«

Oder war es etwas anderes? Scot war plötzlich und auf unerklärliche Weise verängstigt. Vielleicht gingen ja viele Dinge vor sich – Lieferanten, andere Gäste, Läden und Nachschub –, aber er konnte sie nicht sehen. Als wäre er krank, oder verrückt, wie ihm einige Leute in der Vergangenheit gesagt hatten...

~ Hör auf damit! Du bist weder krank noch verrückt ~

Er schüttelte den Kopf, die Stimme noch immer gesenkt. »Was zum Teufel weißt du schon?«

~ Du bist etwas Besonderes, Scot ~

Er schnaubte. Ja, das hatte der Schulberater auch mal gesagt. Kurz bevor er die Schule zum letzten Mal verließ.

~ Hör auf damit. Glaub mir ~

Er spürte einen quälenden Schmerz in seiner Schläfe. Wie konnte er es akzeptieren, dass jemand mit seinem Verstand sprach? Das war Wahnsinn. Aber die Stimme in seinem Kopf war leise und sanft und berührte etwas in ihm, wovon er sich nie eingestanden hatte, dass es da war. Vielleicht hatte er es nicht gewollt, vielleicht hatte er Angst davor gehabt.

Außerdem wusste er, dass er sie schon immer gehört hatte. Oder Stimmen wie diese. Und das schon bevor Jerry und er dieses wilde Abenteuer begonnen hatten, sogar bevor er Jerry kannte – sogar bevor sie gefickt hatten. Die Stimmen hatten ihn während seiner gesamten Jugend geplagt, ihn abgelenkt, verwirrt und von seinen Altersgenossen abgegrenzt. Seltsam nannten ihn die anderen Kinder, und um ehrlich zu sein, hatte Scot ihnen zugestimmt. Er konnte mit niemandem darüber reden, konnte es nicht erklären oder die Stimmen zum Schweigen bringen. Seiner Meinung nach war es das Symptom eines jungen Mannes, der am falschen Ort und mit den falschen Sehnsüchten aufgewachsen war. Wenn er am unglücklichsten war – wenn sich das Elend in ihm drehte wie eine gewundene, boshafte Klinge –, zog er sich in sich selbst zurück und suchte innerlich nach einem Sinn und der Liebe, die er sonst nirgendwo bekam. Da hatte er andere Stimmen gefunden. Sie leisteten ihm Gesellschaft, auch wenn er sie hasste und fürchtete. Nachdem er Jerry gefunden hatte, und Sex, und einen Ausweg – nun, die Stimmen waren für eine lange Zeit verklungen.

Bis jetzt.

Die Stimme – *diese* Stimme – war stattdessen aufgetaucht. Sobald sie an diesen verdammten Ort kamen, wurde sie die stärkste, die er je gehört hatte. Wie lange war er schon hier? Erst einen Tag. Aber diese Stimme war ihm in der Dunkelheit und im Licht vertraut geworden, voller Verständnis für seine eigenen Bedürfnisse und Gefühle. Sie brauchte nicht zu sprechen, aber irgendwie wusste er, dass sie immer da war. Mit ihm wütend, mit ihm ängstlich, mit ihm voller körperlicher Schmerzen. Manchmal brachte sie ihn zum Lachen, manchmal erschreckte sie ihn. Aber es war dieselbe Stimme, die er jedes Mal hörte, in diesem beliebigen Motel.

Früher hatte er gehofft, dass die Stimmen für immer verschwinden würden, sobald er echte Gefährten und Freunde gefunden hätte. Aber obwohl er dachte, er würde alles zurücklassen, als er mit Jerry die Stadt verließ, schien es, als wäre diese Stimme mit ihm gekommen.

Oder er war zu ihr gekommen.

Er zitterte wieder und widerstand dem Drang, sich die Ohren zuzuhalten, weil er wusste, dass es nichts bringen würde. Die Stimme kam nun tief aus seinem Inneren. Zu nah. Sie verlangte etwas von ihm, aber was sie wollte, wusste er nicht. Und jetzt hatte sie natürlich auch einen Namen. Wie konnte das sein?

»Was bist du?«, rief er leise.

Ausnahmsweise war die Stimme still. Und als Scot sich vom Fenster abwandte und instinktiv über das Bett nach seinem Geliebten griff, lachte die Stimme.

Aber das Lachen war bitter.

Kapitel 6

Ihr eintägiger Aufenthalt dehnte sich auf zwei… dann drei, dann vier Tage aus. Die Stunden schienen in einem warmen, dauerhaften Strom aus Trägheit zu verschwimmen.

»So heiß«, stöhnte Scot. Er lag nackt auf der Bettdecke. Ein einzelner Schweißtropfen rann über seine linke Seite. Der Ventilator drehte sich mutig, aber der heutige Tag begann ebenso schwül wie die anderen zuvor. »Ich hab heute nicht mal Lust auf Frühstück. Ist das Wetter hier draußen immer so?«

Jerry beugte sich hinüber und strich über Scots Schenkel. Er grinste, als sich Scots Bauchmuskeln anspannten. Auch er war nackt. In letzter Zeit schien das nichts Ungewöhnliches zu sein. Er nahm Scots Hand und zog sie in seinen Schritt, sodass er die Finger um seine wachsende Erregung legen konnte.

»Schon wieder?«, murmelte Scot. Seine Stimme war wehleidig, aber er wusste, dass sein Grinsen dem widersprach. »Noch mehr Sex? Wir haben es letzte Nacht zwei Mal getrieben. Wir haben es vor einer Stunde getrieben, als die Sonne aufgegangen ist. Ich bin ziemlich wund, Jerry.«

Jerry schnaubte. »Ich bin nicht der Einzige, der unersättlich ist. Ich wusste nicht, dass du so gierig und so…«

»So lecker sein kann?« Scot grinste verschlagen. Es war immer so süß und… leicht, sich einfach hinzugeben. Er strich über Jerrys Schwanz und verteilte ein paar der Lusttropfen auf seiner Hand, als er die Spitze erreichte. Sanft massierte er ihn, bis Jerry unter der wachsenden Empfindsamkeit zusammenzuckte.

Scot drehte sich auf den Bauch und trat träge gegen die Bettdecke. Anschließend schob er sich die klebrigen Finger in den Mund. Mit halb gesenkten Lidern sah er zu Jerry auf. Der Ausdruck, den er in den Augen seines Liebhabers auslöste, war animalisch und beinahe schockierend. *Aber ich bin nicht mehr davon schockiert, oder?* Scot spürte, wie seine Geschmacksknospen reagierten und sich Speichel in seinem Mund bildete.

»Lass mich dir einen blasen«, flüsterte Jerry. »Komm her.«

»Ich bin überrascht, dass du noch Platz für mich hast, wenn man bedenkt, wie groß dein Appetit auf Vincents Essen ist«, protestierte Scot. Obwohl die Mahlzeiten *All You Can Eat* waren, nutzte Jerry das drei Mal am Tag vollends aus. Er hatte Scot gesagt, dass sie noch genug Geld hatten, um für alles zu zahlen, hatte aber auch angefangen, vor den Mahlzeiten in die Küche zu gehen. Seine Erklärung war, dass Vincent die Hilfe brauchte.

Ja, genau.

Die ganze Geldsache war für Scot ein Mysterium. Er selbst hatte nie viel gehabt und das wenige hatte er Jerry übergeben, als sie zusammen abgehauen waren. Eigentlich hatte er Jerry die ganze Finanzierung ihrer Reise überlassen. Träge fragte er sich, wie viel das Zimmer hier kostete. Jerry hatte es ihm nicht gesagt und nirgendwo war eine Preistafel zu sehen. Ihm war noch nie eine Abrechnung vorgelegt worden und er hatte auch nicht gesehen, wie sich Jerry um eine kümmerte. Trotzdem ging er davon aus, dass Jerry keine Schulden machte. In dieser Hinsicht war er sehr streng. Sie mussten beglichen werden.

»Das Essen ist gut«, sagte Jerry.

Er wandte sich einen Augenblick lang ab und Scot fragte sich, ob er versuchte, seinen Gesichtsausdruck zu verbergen. Scot war in den letzten Tagen ein Ausdruck in Jerrys Augen aufgefallen. Ein unaufmerksamer, sehnsüchtiger Ausdruck. Manchmal schien es dabei nicht nur um Sex zu gehen.

»Du weißt, dass ich gern esse, Scot. Vincent ist ein Genie, wenn es darum geht, aus einfachen Zutaten eine Mahlzeit zu zaubern. Liebst du den Geschmack nicht auch?«

Scot zuckte mit den Schultern. Es war Essen, nichts weiter. Träge streckte er sich und dachte daran, dass er Oliver heute wohl im Hof helfen würde. Er warf einen Blick auf Jerry, entschied aber, es noch nicht zu erwähnen.

Er hatte es Jerry nicht gesagt, aber seit ihrem Streit am ersten Tag hatte er Oliver gemieden. Im Speiseraum hielt er sich so wenig wie möglich auf und nach den Mahlzeiten verbrachte er häufig Zeit in dem verlassenen Hof. An der Mauer neben dem Eingang befand sich eine weitere Bank, die am späten Nachmittag etwas Schatten bot. Schweigend saß er allein dort und las eines der abgewetzten Taschenbücher, die er auf einem Regal im Speiseraum gefunden hatte. Es waren genau die Fantasy-Romane, die er immer hatte lesen wollen. Manchmal zeichnete er Fantasy-Figuren auf dem ausrangierten Papier, das er ebenfalls dort fand, wie er es vor Jahren in der Schule getan hatte.

Niemand sonst schien in den Hof zu kommen und nun wusste er den Frieden zu schätzen. Wie er vermutet hatte, war der Pool trocken und verwahrlost, aber hin und wieder sah er auf und warf einen Blick darauf. Nicht, dass sich irgendetwas diesem Pool näherte – bis auf vereinzelte kleine Eidechsen. Und das einzige Geräusch war die seltene Brise, die den Staub über den Steinweg blies. Aber hin und wieder erregte etwas seine Aufmerksamkeit. Er konnte es nur nie richtig erkennen.

Es war nicht so, dass er auch Jerrys Gesellschaft mied, aber er lud ihn nie ein, ihn zu begleiten. Scot fiel es schwer, den Grund dafür zu erklären, oder was ihn an diesen Ort zog. Und Scots eigenbrötlerisches Verhalten schien Jerry nicht zu stören, sondern gab ihm eine weitere Möglichkeit, öfter in der Küche zu arbeiten. Mit Vincent.

Aber Scot wurde die Einsamkeit im Motel schnell langweilig. Man konnte ja nicht ununterbrochen lesen, oder? Oh, und natürlich extrem häufig ficken. Er überlegte, ob er einen anderen Weg von hier weg suchen sollte. Vielleicht konnte er zur letzten Kreuzung laufen, an der sie mit dem Auto vorbeigekommen waren, oder dem Weg hinter dem Motel folgen und herausfinden, ob er in Richtung Vegas führte.

Vielleicht würde er sich das ansehen. Er gähnte erneut.

Später.

»Im Badezimmer gibt es wieder etwas Neues«, sagte er, drehte sich auf den Rücken und stützte sich auf den Ellbogen ab, sodass sich die Muskeln in seinem Oberkörper anspannten. »Ein anderes Massageöl. Es riecht nach roten Johannisbeeren.«

Jerry rutschte neben ihm herum und Scot lächelte verschmitzt vor sich hin. Er wusste, dass rote Johannisbeeren Jerrys Lieblingsfrüchte waren. In einer kleinen Stadt waren sie an einem Obststand vorbeigekommen und hatten sich gewünscht, sie hätten Geld gehabt, um welche zu kaufen. Jerry hatte versucht zu erklären, warum er sie mochte – die stechende, beißende Süße und die hinterhältigen kleinen Stiele, die ihm beim Essen in die Zunge stechen wollten. Der explodierende Geschmack in seinem Mund, wenn er auf die Beere biss.

Damals hatte er nicht wirklich die richtigen Worte gehabt, da er es nicht gewohnt war, irgendeine Art von Liebe zu beschreiben. Aber ja, Jerry liebte sein Essen.

»Wollen wir es ausprobieren?«, flüsterte Jerry. Er strich über die Außenseite von Scots Beinen und arbeite sich dann zu seinen Innenseiten vor.

Scot spreizte beinahe instinktiv die Beine und die Nerven in seinem Schwanz erwachten zum Leben, sodass er träge an seinem Schenkel zuckte. »Klar«, erwiderte er murmelnd. Vielleicht hätte er enthusiastischer sein können, aber Jerry schien es nicht zu bemerken. Scot drehte sich wieder auf die Seite und küsste Jerry. Ihre Münder trafen wie gut eingespielte Partner aufeinander.

»Überall auf dir.« Jerry stöhnte und leckte über Scots Unterlippe. Sein Mund fühlte sich heiß und sein Speichel kühl auf dem Schweiß des frühen Morgens an. »Ich werde es überall auf dir verteilen.«

»Und in mir.« Scots Erregung wuchs an und die Intensität erstaunte ihn. »In mir, Jerry. Das Gleitgel ist alle, aber wir können alles benutzen, was wir sonst finden. Schieb deine Finger in mich und massier mich. Von innen heraus.«

Vollkommen ergeben ließ er sich aufs Bett fallen, während Jerry losstolperte, um das Öl zu holen. Scot blickte träge zum Ventilator hinauf, der im Licht der stetig steigenden Sonne Schatten an die Decke warf. Die Rotorblätter drehten sich langsam und hypnotisch. Scots Blick richtete sich auf die Spiegelfliesen darum, die jedoch zu brüchig und beschlagen waren, als dass er viel sehen konnte. Vielleicht könnte er sie beide beim Ficken beobachten. Er glaubte – mit neu erwachter Begeisterung –, dass ihm das gefallen könnte. Im Moment sah er nur seine dunkelblauen Augen, die ihn zurück anstarrten, und das verwaschene Spiegelbild seiner nackten Haut.

Die Rotorblätter sahen in der Bewegung wie die Gitter einer Zelle aus.

Waren sie das? Gefangen?

Scot unterdrückte ein Seufzen. Wann tauchte nur dieser Liefertyp auf? Vielleicht kamen alle Besucher bei Nacht, wenn die Gäste schliefen. Vielleicht hatte er einen Hitzschlag erlitten und sein Sehvermögen war beeinträchtigt und er bemerkte einfach nie jemanden. Er runzelte die Stirn. Wie dämlich war das denn?

~ *Scot, mach dir nicht so viele Sorgen* ~

Dem Motel schien nie etwas auszugehen. Zu den Mahlzeiten war immer etwas zu essen da. Es gab ständig Laken und Handtücher. Jedes Mal, wenn er sich mit dem vorherigen Buch langweilte, tauchte ein neues auf, und zwar immer eins, das er gern lesen wollte. Toilettenartikel wurden immer aufgefüllt – er wusste, dass es neues Gleitgel geben würde, sobald er wieder ins Zimmer kam. Seine Gedanken kehrten zu dem Johannisbeeröl zurück. Er stellte sich die aromatische Flüssigkeit auf Jerrys Fingern vor und wie sie über sein Handgelenk glitt, während er zwischen Scots Beine griff. Das Bild war verführerisch.

~ *Viel besser! Halt dich an diesen Gedanken* ~

Heute klang die Stimme amüsiert und aufgeregt. Scot hatte sich mittlerweile daran gewöhnt, auch, dass sie eigene Absichten hatte und einem eigenen Plan folgte. Er lauschte ihr und ignorierte sie, wie es ihm beliebte. Im Hof war sie besonders hartnäckig, aber dort hatte er sie auch am meisten unter Kontrolle. Er wusste nicht, ob er doch wahnsinnig wurde, weil er sie so intensiv hörte – obwohl sie oft da war, wenn er sexuell erregt war – oder es nur ein Symptom der Hitze war. Oder was auch immer. Dieser verdammte Ort!

Jerry kam mit glänzenden Händen aus dem Badezimmer zurück, kletterte aufs Bett und verteilte das Öl auf Scots Körper. Scot lehnte sich zurück und entspannte sich. Der fruchtige Geruch drang ihm süß in die Nase. Er hatte herausgefunden, wie gierig Jerry sein konnte, wie entschlossen er war, wenn er etwas wollte. Und im Moment war es Scot.

~ *Niemand besitzt dich, Scot* ~

Ja. Scot unterdrückte ein Gähnen und hieß seinen Freund in seinen Armen und mit vertrauten, wilden Stößen in seinem Körper willkommen.

Darüber würde er später genauer nachdenken.

***

Er wusste nicht, wie spät es war, als er aufwachte. Wie immer war die Farbe des Himmels sein einziger Hinweis und es sah aus, als wäre es noch Morgen. Gähnend rekelte er sich – um Himmels willen, war das alles, was er tat: ficken, schlafen und dann wieder aufwachen? – und streckte den Arm aus. Jerry lag nicht neben ihm. Scot lauschte einen Augenblick, konnte aber nur das Summen des Ventilators hören. Jerry war nicht im Zimmer.

Er setzte sich auf und schwang die Beine aus dem Bett. Sein Magen knurrte. Okay, jetzt war er dran, etwas Essbares zu finden. Bestimmt würde er Jerry ohnehin in der Küche finden. Hastig zog er sich eine kurze Hose und ein dünnes T-Shirt an, schlüpfte in seine Schuhe und tapste über den Flur zurück zum Motel.

Der Geruch des Essens stieg ihm schon in die Nase, bevor er die Küche erreichte. Sicher war es zu spät fürs Frühstück – zumindest nahm er das an, da er seit ihrer Ankunft nirgendwo eine Uhr entdeckt hatte –, aber er nahm den vielversprechenden Duft von

Speck und Eiern wahr. Die Küchentür war angelehnt, aber er hielt davor inne und genoss das Aroma.

Und vielleicht wollte er noch nicht reingehen.

~ *Hast du Angst vor dem, was du finden könntest?* ~

»Halt die Klappe«, sagte er leise und ein wenig halbherzig. »Du kannst mir keine Angst machen.«

~ *Das will ich auch nicht* ~

Scot legte die Hand an die Tür und spürte das kühle, feste Holz. Sanft drückte er dagegen, um sie noch einen Zentimeter zu öffnen. Er roch heißes Öl. In einer Pfanne brieten Tomaten und Pilze und der Duft von frischem Brot mischte sich unter alles. Alles war ausgesprochen intensiv, als würde er direkt neben dem Herd stehen. Das Essen hier war wirklich gut und er genoss es.

Er hatte sogar angeboten, beim Abwasch zu helfen, aber Vincent und Oliver hatten immer abgelehnt. Jerrys Angebote wiesen sie jedoch nicht zurück. Scot hatte oft gesehen, wie Jerry hastig seinen Stuhl zurückgeschoben hatte und einem der beiden in die Küche gefolgt war. Lächelnd.

Jerry redete nicht mit ihm darüber, vielleicht wollte Scot auch einfach nicht fragen. Jerry war es gewohnt, Geheimnisse zu bewahren und seine Zeit in der Küche schien eine seltsame Schuldsache zu sein, mit der er sich selbst beschäftigte. Etwas, das ihm wichtig geworden war.

Scot konnte Vincents murmelnde Stimme hören. Er war immer da, obwohl sie zu den ungewöhnlichsten Zeiten zum Essen kamen, je nachdem, wie ihr Schlafrhythmus war. Ein regelmäßiger Tagesablauf schien ebenfalls der drückenden Hitze zum Opfer gefallen zu sein. Scot hatte auch aufgehört zu fragen, wann Lieferanten oder andere Gäste eintreffen würden, weil er nie eine zufriedenstellende Antwort bekam. Oder überhaupt irgendeine Antwort. Er schielte um den Rand der Tür herum in die Küche.

Vincent stand Jerry zugewandt am Herd. Jerry trug ein dünnes Hemd und eine frische kurze Hose. Na ja, offensichtlich musste Jerry sie mitgebracht haben, aber Scot hatte sie noch nie zuvor gesehen. Vielleicht hatte er sie sich von Vincent geborgt. Jerry war um einiges kleiner, aber diese Hose hatte eine Kordel und passte ihm gut. Scot betrachtete Jerrys Körper unterhalb der Taille und ließ seinen Blick über den flachen Bauch und seine leicht muskulösen Oberschenkel gleiten.

Als er aufsah, stellte er fest, dass Vincents Blick denselben Weg genommen hatte.

Scot wurde bewusst, wie unbequem seine Kleidung in dieser Hitze geworden war. Sie kratzte ungewöhnlich. Aber er konnte nicht nackt durch die Gegend laufen, oder?

~ Was für ein Gedanke! ~

Verstohlen strich er sich über die Oberlippe und spannte die Schultern in seinem eigenen Hemd an. Ohne wirklich zu verstehen warum, zog er sich ein Stück zurück, sodass er immer noch in die Küche sehen, aber selbst an der Tür nicht entdeckt werden konnte.

Am anderen Ende der Küche zupfte Jerry am Bund seiner Hose, als würde er ihn stören.

»Dein Frühstück ist fertig«, sagte Vincent mit seiner tiefen, geschmeidigen Stimme. Auch er trug heute Morgen ein ärmelloses Hemd und wie üblich die lockere, leichte Hose. Sie schmiegte sich an seine Hüften und war durch die wachsende Schwüle im Raum leicht feucht. Scot konnte die definierten Muskeln seiner Oberschenkel sehen. Allerdings zeichnete sich darunter keine Unterwäsche ab.

Auf der Arbeitsplatte stand nur ein sauberer Teller.

»Scot schläft noch…«

»Er wird noch nichts essen«, erwiderte Vincent fest, aber freundlich, als könnte Jerry die wahren Worte nicht verstehen und bräuchte Hilfe. »Nur du.«

Jerry starrte und sein Blick huschte zwischen Vincents ruhigem Gesicht und dem Essen auf dem Herd hin und her. »Na ja, ich weiß nicht, aber sicher hast du recht. Ich esse im Speiseraum…«

»Du isst hier«, unterbrach Vincent ihn. »Setz dich. Ich bringe es dir.«

Jerry wirkte zu verblüfft, um zu widersprechen und Scot unterdrückte ein ironisches Lächeln. Vielleicht sollte er öfter so streng mit Jerry sprechen. Jerry trat von Vincent zurück und hüpfte auf einen der Hocker. Als Vincent den gefüllten Teller vor ihn stellte, konnte Scot die Hitze sehen, die davon aufstieg. Das Essen wurde perfekt serviert. Er schluckte, weil er wusste, dass Jerry das Wasser im Mund zusammenlaufen würde.

Ich spüre es.

Als Jerry die Gabel nahm, blickte Scot zu Vincent. Der lehnte wieder an der Arbeitsplatte und beobachtete Jerry. Er hielt einen Moment lang Jerrys Blick fest, ehe er dessen Lippen betrachtete und wieder aufsah. Er lächelte.

Ein warmer, sexueller Schauer erfasste Scot.

~ Öffne dich ihr ~

Er spürte Jerrys Kieferbewegung, als er sich das Essen in den Mund schob, als wäre er in Jerrys Körper, fühlte sich jedoch Vincent genauso nah, als dieser die roten Flecken von der Tomate auf Jerrys Lippen begutachtete, wie ihm eines der Kräuter an den Zähnen klebte...

Langsam und bewusst leckte sich Vincent über die Lippen. Er griff nach einer kleinen Schachtel auf der Arbeitsplatte hinter sich. Scot vermutete, dass irgendetwas Essbares darin war, weil der Karton Luftlöcher hatte, wie er sie auch aus den Verpackungen im Supermarkt kannte. Vincent öffnete den Deckel und schob die Hand hinein, ohne den Blick von Jerry abzuwenden. Als er die Hand wieder zurückzog, hielt er etwas in der geschlossenen Faust.

»Nimm das. Sie sind für dich.«

»Nein, danke«, erwiderte Jerry. Seine Stimme war rau, abwehrend. Als würde er denken, dass er mehr als nur den Inhalt aus Vincents Hand annehmen würde.

»Nimm es«, verlangte Vincent streng. »Du willst es.«

In der Sekunde, in der Jerry nehmen wollte, was auch immer es war, schlug Vincent seine Hand zurück. Dann beugte er sich vor und drückte seine Finger so fest gegen Jerrys Lippen, dass er den Mund aufmachen und nehmen musste, was er in der Hand hielt. Jerry riss die Augen auf.

Scot wusste, dass er selbst nichts im Mund hatte, aber zu seinem Erstaunen nahm er den stechenden, belebenden Geschmack einer Frucht auf der Zunge wahr. Ein wenig Feuchtigkeit rann über Jerrys Kinn.

Rote Johannisbeere? Scot war verblüfft. Der Geschmack war in *seinem* Mund, das Aroma in *seiner* Nase und erfüllte seine Sinne.

Vincents Hand bewegte sich schnell, als er den Saft mit den Fingerspitzen von Jerrys Kinn wischte. Anschließend legte er langsam die Hand an Jerrys Wange.

~ *Nimm es* ~

Jerry schluckte schwer. Vincent beugte sich vor, stützte die Hände neben Jerry ab und hielt ihn damit gefangen.

Jerry sah Vincent ins Gesicht und trotz der Entfernung und des seltsamen Winkels sah Scot, wie sich sein Gesichtsausdruck veränderte. Jerrys Haut war gerötet, sein Mund noch dunkel von der Frucht. Seine Brust hob und senkte sich hastig und seine Augen glänzten hell wie das Sonnenlicht auf einer Klinge. Er seufzte und lehnte sich kaum merklich nach vorn in Vincents starke Arme.

»Ja«, flüsterte er. »Ich will es.« Es klang wie eine Kapitulation.

Scot nahm die Hand von der Tür, als hätte er sich verbrannt. Mit wild klopfendem Herzen machte er auf dem Absatz kehrt und rannte davon.

***

Im Garten strich sich Scot die feuchten Haare aus der Stirn und streckte die Muskeln in seinen Schultern. Er stöhnte. Er arbeitete nun schon eine ganze Weile. Zwar wusste er nicht wie lange, obwohl er feststellte, dass die Sonne schon sehr weit nach oben gewandert war. Aber es war eine gute Ablenkung gewesen, seine Muskeln zu beanspruchen, und die ganze Zeit über hatte er die Stimme kaum gehört.

Oder an Jerry gedacht.

Er hustete ein wenig Staub aus. Gemeinsam mit Oliver hatte er einige Meter kaputten Zaun an der hinteren Seite des Gebäudes repariert und sich um die Tür der kleinen Lagereinheit außerhalb der Küche gekümmert. Gerade stapelte er Holzbohlen in dem Lagerraum, damit sie später genutzt werden konnten. Bald würde er fertig sein und er gähnte laut. Die Arbeit war an sich nicht anstrengend, aber die Hitze wuchs stetig an, er hatte immer noch nichts gegessen und ihm war nicht klar gewesen, wie müde er war.

Er sah zu Oliver, der gerade ein paar Meter vom Lagerraum entfernt den Zwirn aufwickelte, den sie benutzt hatten. Schuldbewusst wurde ihm klar, dass er sich Oliver nie als körperlich arbeitenden Mann vorgestellt hatte. Aber er arbeitete genauso hart wie Scot und hatte währenddessen eine ruhige Hand und gesunden Menschenverstand gezeigt.

Scot betrachtete ihn weiter. Er musste zugeben, dass in Jerrys Anschuldigungen ein Fünkchen Wahrheit lag: Er fand Oliver heiß. Er müsste schon halb tot sein, um das nicht zu tun! Olivers Unverfrorenheit war faszinierend und seine ungezwungene Sinnlichkeit sehr verlockend. Scot hatte so lange gegen seine eigenen Gelüste angekämpft, dass es faszinierend war, jemanden zu finden, der sich damit wohlfühlte.

Selbst hier, mitten im Garten, trug Oliver nur seine sehr knappe Hose. Seine Brust rötete sich leicht im Sonnenlicht und die Haut schimmerte schweißnass. Trotz seiner schlanken Beine konnte er kräftig anpacken und unter seiner blassen Haut zeichneten sich deutliche Muskeln ab. Der oberste Knopf seiner Hose stand offen und in seinem entblößten Bauchnabel glitzerte der Schweiß. Bei diesem Anblick spürte Scot eine andere Hitze in seinem Schritt. Oliver war so attraktiv wie die Sünde selbst. Er lud dazu ein, ihn zu streicheln. Ohne Worte flehte er darum, gefickt zu werden und Scot bewunderte, wie jemand so gemacht sein konnte.

Und im Gegenzug war er sich sicher, dass sich Oliver seiner Wirkung bewusst war. Verdammt, er spielte damit!

Als Scot heute Morgen aus der Küche geflohen war, war er in den Garten gestolpert, ohne zu wissen, ob jemand dort sein würde oder wonach er suchte. Aber Oliver war dort gewesen und hatte den Zaun ausgemessen.

Als Scot verwirrt und stotternd seine Hilfe angeboten hatte, hatte er eine Braue gehoben und ihm dann lächelnd gezeigt, was er brauchte. Er war ruhig und effizient gewesen, aber Scot war sich schnell anderer Absichten bewusst. Alles, was Oliver tat, geschah mit übertriebener Fürsorge, und dabei berührte er Scot ständig. Er deutete auf das Holz und hielt dabei Scots Ellbogen fest. Er nahm das Werkzeug von der Wand im Lagerraum, indem er sich an Scot vorbeistreckte und dabei seinen Körper anstieß. Anschließend drehte er sich so plötzlich um, dass sie sich ein paar Sekunden aneinanderdrückten und Scot die Beule in Olivers Shorts spüren konnte.

Ja, Scot wusste, dass Oliver ihn wollte. Vor ein paar Monaten hätte er dieses Bewusstsein entweder geleugnet oder wäre davon tief verängstigt gewesen. Aber nicht mehr! Er beobachtete, wie es passierte und es erregte ihn. Als er Jerry kennengelernt hatte, war etwas in ihm entfesselt worden – etwas Brennendes. Etwas, das ihm den Schlaf raubte und ihn ermutigte, bei jeder sich bietenden Gelegenheit mit Jerry ins Bett zu hüpfen.

Oder war das erst passiert, seit sie hier angekommen waren?

»Gib mir die Zange«, rief Oliver. »Jetzt, da wir fertig sind, kann ich das Ende befestigen.«

Scot nahm die Zange aus der Werkzeugkiste. Oliver fing kurz seinen Blick auf.

Und was war mit Jerry und ihm? Wenn er ganz ehrlich war, bereitete ihm das alles Schwierigkeiten. Während der Flucht von zu Hause und ihrer hektischen Reise durchs Land war das alles, worauf er sich hatte konzentrieren müssen. Um der Verfolgung zu entgehen; um mit dem Mann allein zu sein, den er wollte, dem Mann, den er glaubte zu *lieben*. Aber dann waren sie hier gestrandet und die Situation hatte sich geändert.

Nun versuchte er, eine andere Art von Beziehung zu erlernen und alles war zu neu, um zu wissen, wie er sein und was er erwarten sollte. Langsam vermutete er, dass es auch Jerry nicht besser wusste. Der Sex war heiß – ja, er war sehr heiß! –, aber was hatten sie darüber hinaus?

Seit sie weggelaufen waren, hatte Scot jede einzelne Minute mit Jerry verbracht, aber es war seltsam, dass ihm das keine Geborgenheit vermittelte. Stattdessen wuchs die Spannung nur an. Jede Unterhaltung außerhalb des Betts war voller Missverständnisse. Sie stritten sich häufig. Bis jetzt hatte er Jerrys Führung im Bett nie infrage gestellt, aber selbst das langweilte ihn. Ihm wurde klar, dass Jerry ihn hinters Licht führte – mit seiner Geheimniskrämerei, seinem Kontrollbedürfnis, seiner Ablehnung von Scots Ideen. Und seiner sehr offensichtlichen Reaktion auf die gut aussehenden Männer im Motel.

Wenn Scot wirklich ehrlich war, wusste er, dass er Groll verspürte. Er hatte nicht gedacht, dass er etwas so Starkes empfinden konnte, nicht dem Mann gegenüber, dem er seine Liebe anvertrauen wollte. Aber warum sollte er in seinem eigenen Leben nicht mehr Mitspracherecht haben? In seinen Beziehungen? Die beiden Dinge schlossen sich nicht aus. Scot hatte nicht viel Erfahrung, aber er wusste genug, um zu erkennen, dass Kontrolle nicht nur bedeutete, wer oben lag. Er stellte fest, dass er seit seiner Flucht mehr gelernt hatte als in seinem ganzen bisherigen Leben.

»Scot?«, rief Oliver ihm zu und schirmte sich mit der Hand die Augen vor der Sonne ab. Der Schatten auf seinem Gesicht und seinem Hals war dunkel, aber die Sonne schien hell auf seinen Kopf. Die strahlende Reflexion seiner schweißnassen Haare stach Scot beinahe in den Augen.

Scot erinnerte sich an den Moment in der Lobby, als sie angekommen waren – Olivers unsteter Blick und sein keuchender Atem, als Vincent seine langen, starker Finger in ihn geschoben hatte. Und ihn gestreichelt hatte.

Scot wusste, wie sich das anfühlte. Er wusste, wie *er* von innen heraus stimuliert werden und mit dem Fingern an diesem empfindlichen Punkt in sich keuchend und schluchzend zum Höhepunkt gebracht werden konnte. Aber jetzt fragte er sich, wie es sich anfühlen würde, es zurückzugeben.

Trotz der Hitze erschauerte er. *Gütiger Gott, was geht gerade in meinem Kopf vor?*

Aber er konnte nicht anders. Er fragte sich, wie es wäre, in dieser Position zu sein – einen Mann zu toppen. Wann immer er es Jerry gegenüber erwähnt hatte, hatte diesem die Vorstellung nicht gefallen und damit war die Diskussion beendet. Aber wie würde es sich anfühlen? Einen Liebhaber zu fingern und ihn vorzubereiten. Seine Pobacken zu bearbeiten und sie zu spreizen, damit er den Eingang sehen konnte. Jemanden zu nehmen, langsam in seinen Hintern einzudringen und hineinzustoßen. Hitze und Enge am eigenen Schwanz zu spüren, die so viel fester und empfänglicher waren als eine Hand...

~ *Fantastisch* ~

Die Stimme war zurück. Ein Seufzen hallte in seinem Kopf wider. Scot wollte nicht zuhören und fragte sich, wie er sie wieder ausblenden konnte. Aber er glaubte nicht, dass sie ihn bemerkte. Er fand heraus, dass sie diese Gedanken in seinem Kopf mochte – es gefiel ihr, seinem nackten Verlangen zu lauschen, den dunklen Gelüsten und den verzweifelten Träumen. Sie schien gern damit zu spielen. Aber obwohl er nur so wenig davon verstand – nicht einmal, woher sie kam –, wusste er, dass er sich nicht traute, sie frei durch seinen Geist wandern zu lassen. Noch nicht.

Er schnaubte und ließ das Geräusch von der Brise in die sonst so stille Luft davontragen. Und da war immer dieses Verlangen, das sich heiß in seinem Bauch ausbreitete. Warum war er ständig erregt?

»Scot!«

Oliver rief immer noch nach ihm und er richtete seine Aufmerksamkeit schnell auf ihn. Oliver hatte ihm den blonden Kopf zugewandt und sah Scot eindringlich an. Der Blick war schamlos sexuell und hungrig. Er wanderte zu Scots Schritt und glitt dann nach oben zu seiner nackten Brust. Scot hatte sein Hemd schon vor einer Weile ausgezogen. Seufzend legte Oliver die Hände auf seine eigene nackte Brust und strich ziellos darüber.

Wo ist das Tattoo? Heute schien es höher auf Olivers Schulter zu sein. Scot hatte es aufgegeben, die verzierte Schrift lesen zu wollen. Manchmal sah es nach einer vollkommen anderen Sprache aus.

Oliver kratzte mit einem Fingernagel über seinen Brustkorb, wobei er sich dessen bewusst war, dass Scots Blick ihm folgte. Anschließend kam er zu Scot.

Schweiß lief über Scots Gesicht und seinen Kiefer in die Vertiefung an seinem Hals. Oliver wischte die Feuchtigkeit sanft mit dem Finger weg. Dann hob er den Finger, hielt Scots Blick fest und nahm ihn bis zum Knöchel in den Mund.

»Schmeckt gut«, sagte er leise. »Ich wette, alles an dir schmeckt gut. Wirklich gut.«

»Himmel, Oliver.« Scot wusste, dass er schmutzig und verschwitzt war, aber ihm war auch zweifellos klar, dass Oliver ihn liebend gern so nehmen würde. Hier und jetzt, wenn Scot zustimmte. Außerdem war ihm bewusst, dass er selbst erregt war. Irgendwie war das mittlerweile selbstverständlich. Er bemerkte Olivers gierigen Blick, der sich auf die Beule in seiner Hose richtete. Aber im Moment würde er nichts dagegen unternehmen.

Es gab wichtigere Antworten zu finden.

Kapitel 7

»Was ist mit dem Pool, Oliver? In dem kleinen Hof.« Scots Stimme war ruhig, aber ihm entging nicht, wie Oliver die Augen verengte.

»Der Pool?«

»Ja. Warum reparieren wir nicht ihn statt diesen alten Zaun da hinten? Es wäre eine tolle Anlage, vor allem im Sommer. Und du könntest einige der Zimmer renovieren. Warum lasst ihr diesen Ort so verwahrlosen?«

»Wir kommen klar.« Olivers Ausdruck veränderte sich. Er war mehr als ein wenig verschlagen. »Und der Pool ist in Ordnung, wie er ist.«

»Was sagen die Gäste über das Motel?«, hakte Scot weiter nach. »Die *anderen* Gäste? Wo sind sie, Oliver? Was soll das für ein Motel sein?«

»Fragen, Fragen.« Oliver seufzte und zuckte übertrieben mit den Schultern. »Die anderen Gäste sind weitergezogen, Scot. Das tun sie immer. Und du hast den Namen auf dem Schild gelesen.«

»*Maxwell's?*«

Oliver zuckte erneut mit den Schultern. »Ja. Ich arbeite nur hier.« Einen Augenblick lang verzog sich sein Mund zu einem gierigen Lächeln. »Ich nehme nur Befehle entgegen.«

»Connor Maxwells Befehle?« Hatte der mysteriöse Mann das Sagen hier?

~ Scot ~

Klang die Stimme besorgt? Sollte Scot ihn über das Motel befragen? So viele verdammte Fragen! Scot war jetzt müder als vorhin während der Reparaturen. Hier gab es zu viele skurrile Dinge. Zu viele Rätsel, zu viel Hitze – zu viel *Sex*. »Also, was ist mit dir, Oliver?«

»Mir?«

»Wie bist du hierhergekommen? In dieses Motel. Und warum bist du geblieben?«

Oliver wurde rot, antwortete aber gelassen und scheinbar aufrichtig. »Ich kann nirgendwo sonst hin, Scot. Zu Hause wollten mich eine Menge Typen kennenlernen – viele von ihnen haben mich auch gut kennengelernt, weißt du? Ich war gut in dem, was ich getan habe, und es hat sie nicht mehr gekostet als ein paar Drinks und hin und wieder eine Nummer. Alle haben es genossen.« Er sah sehr stolz aus.

Erschrocken wurde Scot klar, dass Oliver eine Art Hure gewesen war. Allerdings war ihm nicht klar, ob es offiziell oder er nur ein leichter Aufriss in der Stadt gewesen war. Er betrachtete Olivers jungenhaftes Aussehen und das Sexuelle, das er mit jeder übertriebenen Bewegung ausströmte, und erkannte, wie es hätte sein können.

Wie es wohl wäre, Oliver einen Drink auszugeben, ihn zum Lächeln zu bringen und sich versaute Dinge ins Ohr flüstern zu lassen? Seine Haut zu berühren und besitzergreifend über den Schritt des jungen Mannes zu reiben. Ihn dann nach Feierabend hinter die Bar zu führen, ihm die Hose herunterzuziehen und ihn über die nächste flache Oberfläche zu beugen, damit Scot ihn benutzen konnte.

Fuck! Scot lief rot an, schockiert von seinen wilden Gedanken.

Oliver betrachtete ihn aufmerksam. »Dann wurden sie eifersüchtig. Die Frauen, die Ehefrauen. Sie wollten nicht, dass ihre Männer ihre Schwänze in meinen Arsch stecken. Dabei haben sie es ihnen doch verweigert und die Männer vor Geilheit in den Wahnsinn getrieben! Wie auch immer, sie haben mich rausgeworfen. Mich mit einer Busfahrkarte, einer Jacke und sonst nichts am anderen Ende der Stadt ausgesetzt. Ich habe mich durchs Land geackert, bis ich hierhergekommen bin. Und dann... na ja, habe ich diesen Ort gefunden. Maxwell war auch hier. Wir haben uns umeinander gekümmert. Das tun wir immer noch.« Sein Lächeln war breit wie das eines Kindes.

Einen Moment lang fragte sich Scot, wie alt er wirklich war und wie lange er schon im Motel arbeitete. »Aber du bist nie zurückgegangen?«

Oliver zuckte mit den Schultern. »Warum sollte ich? Niemand wollte mich dort. Obwohl mich für eine Weile alle wollten. Jeder kannte mich... Ich war eine Berühmtheit, weißt du?« Seine Augen verdunkelten sich. »Das vergisst man nicht leicht.«

»Und Vincent?«

Oliver verzog das Gesicht und der stolze Ausdruck verblasste. Er atmete tief ein und verschränkte schützend die Arme vor der Brust. »Das ist etwas anderes. Er war am Ende, als er vor allem davonlief und hergekommen ist. Er *wollte* vergessen. Aber wir... haben uns auch um ihn gekümmert.«

»Was hat er getan? Wovor ist er davongelaufen?«

Oliver zögerte. »Es war ein Fehler, okay? Er wollte dem Mann nie wehtun. Es gab einen Streit, jemand hatte Vincent Sachen gestohlen. Er hatte das Recht auf Vergeltung. Aber er war viel stärker und der Schädel des anderen Typen hat geknackt, als er gefallen ist. Ich meine damit, dass Vincent kein gefährlicher Mann ist, okay? Es war nicht richtig, dass er angeklagt werden sollte. Es war nur ein Fehler...« Er sah Scots Gesichtsausdruck und runzelte die Stirn. »Jeder hat Geheimnisse, Scot. Jeder rennt vor irgendetwas davon. Wir haben hier einfach eine Zuflucht gefunden. Bei Maxwell.«

»Aber wer zum Teufel *ist* Maxwell?« Die Hitze setzte Scot wieder zu und verursachte ihm Kopfschmerzen. Sein Nacken war steif und seine Gliedmaßen schwer. Alles verwirrte ihn. »Gehört ihm dieser Ort? Wie kommt es, dass wir ihn nicht oft sehen?«

Oliver sah ihn finster an. »Du siehst doch sicher genug, Scot, oder? Vor allem *du*.«

»Was soll das denn heißen?«

Abrupt beugte sich Oliver zu ihm und legte seine verschwitzte Hand auf Scots Brust. Sehr nah und sehr atemlos sprach er ihm ins Ohr. »Er ist in deinem Kopf, nicht wahr, Scot? Er leitet dich. Beansprucht dich.«

»Nein...«

»Es ist für uns auch so. Wir wollen ihn. Wir verstehen ihn.«

»Er ist auch in deinem Kopf?«

Oliver wurde leichenblass. »Es ist bei jedem anders. Aber ja, er ist in mir. Ich höre seine *Stimme*.« Er ließ seine Hand langsam an seinem Oberkörper hinabgleiten und über seinem Schritt schweben. »Wir sind uns *sehr* nah, weißt du?«

Scot starrte ihn sprachlos an. Sie standen sehr nah an der Außenwand des Hauptgebäudes. Er sah, wie Olivers Aufmerksamkeit einen Augenblick schwankte und er den Kopf in Richtung Motel drehte, als hätte jemand nach ihm gerufen. Aber bis auf das Knarren des Holzes in der Hitze und einem gelegentlichen Vogelschrei war nichts zu hören. Oliver nahm seine Hand von Scots Brust und drehte sie in Richtung Wand, sodass seine Fingerspitzen die Backsteine berührten. Hinter der Wand befand sich die Küche, die Wand selbst hatte aber sonst nichts Besonderes an sich. Oliver schloss einen Moment lang die Augen und seine Wangen röteten sich.

»Was ist los mit dir?«

Oliver antwortete nicht. Stattdessen atmete er tief aus und wandte sich wieder Scot zu. Sein Lächeln war zurück, obwohl seine Augen ein wenig verschleiert waren. Erneut legte er seine Hand auf Scots Arm. »Wir können uns jetzt ausruhen, okay? Lass mich dir beim Entspannen helfen, Scot, du hast hart gearbeitet. Wie wäre es, wenn ich dich sauber mache?« Er schob die Zunge vor und leckte sich über seine vollen Lippen.

Scot stellte sich bildhaft vor, welche Wirkung diese Zunge auf seinen verschwitzten Körper haben könnte. Wenn er wie eine Katze leicht rau über seine Haut fuhr, an seinem Nippel saugte und an seiner müden, spannenden Haut knabberte. Wie er leckte und den Schmutz und den Schmerz vertrieb.

~ *Überall* ~

Scot erschauerte. Er wusste in diesem Moment, dass die Stimme auch mit Oliver sprach. In seinen Augen blitzte ein Licht auf, das darauf hinwies, dass er den vertrauten Ruf kannte. Sie steckten zusammen da drin. Sie spielte mit ihnen beiden.

~ *Entspann dich* ~

Und Scot spürte sie auch, diese plötzliche Sinnlichkeit in der Luft. Wie sollte er sonst die Welle aus Lust erklären, die drohte, ihn zu vereinnahmen? Mühevoll schüttelte er sie ab, ebenso wie das verzweifelte Verlangen, Oliver auf den staubigen Boden zu drücken, ihm diese lächerliche Hose auszuziehen und an seinem harten Schwanz zu saugen, bis er nach Erlösung schrie...

Scheiße! Wo war diese Obszönität hergekommen? Und – wichtiger noch – wohin führte sie ihn? Scot drängte sich an Oliver vorbei, drückte beide Hände an die Wand und lehnte sich ihr entgegen, als könnten die Backsteine sprechen.

Er musste es selbst hören.

Er musste es *sehen*.

Plötzlich schwirrte ihm heftig der Kopf. Beinahe hätte er den Halt verloren. Die grelle Sonne verblasste und der Geruch von trockener Erde wurde von süßem, köstlichem Essen ersetzt. Und irgendwie stand er wieder in der Küche und starrte in Vincents dunkle Augen. Von Jerrys Standpunkt aus.

Was zum Teufel?

Jerry lag rücklings auf der Arbeitsplatte, drückte die Hände gegen Vincents starke Schultern und hatte seine drängende Zunge im Mund. Er stöhnte und protestierte, aber trotz allem saugte er gierig und willig. Immer wieder stieß Vincent in seinen Mund, als würde er ihn ficken. Mit den Zähnen knabberte er an Jerrys Lippe und entlockte ihm einen kleinen Blutstropfen. Und Jerry keuchte und wölbte sich ihm entgegen.

Scot keuchte ebenfalls. Es zog in seinem Schritt und er wusste, er wusste einfach, dass es Jerry genauso ging. Als Vincent nach Jerrys Hosenbund griff, atmete Jerry scharf ein. Es war offensichtlich, dass er die warme Hand guthieß, die hineinschlüpfte.

~ *So viel Verlangen* ~

»Maxwell ist jetzt bei uns, Jerry«, murmelte Vincent. »Er wird uns beide haben, uns beide genießen. Wir können all das teilen.« Er schabte mit den Zähnen über Jerrys Hals und knabberte an der Haut, als würde er Vampir spielen.

Scot klammerte sich von außen an die Wand, als würde er daran festkleben. Wie konnte er alles hören und sehen, als wäre er persönlich dort? *Bist du dafür verantwortlich?* Er wusste nicht, ob die Stimme zuhörte und ihm antworten würde. *Hast du hier das Sagen?*

Jerrys Körper erschauerte. Vincents Hand war in seiner Hose und strich über seine Boxershorts. Jerry stöhnte, als würde die Berührung schmerzen, trotzdem zog er sich nicht zurück. »Tu es«, flüsterte er. Er drückte den Rücken an den Rand der Arbeitsplatte und stützte sich mit einer Hand daran ab. Eine Tasse fiel um, rutschte unter ihm weg und zerbrach auf dem Boden.

»Noch nicht.« Vincent lächelte. »Du kontrollierst gern alles, Jerry. Aber das ist nicht das, was du wirklich willst, oder?«

»Was?« Jerrys Knöchel waren weiß, weil er sich so festklammerte. Die andere Hand drückte er gegen Vincents Brust, streckte die Finger jedoch nach seiner Schulter aus, als wüsste er nicht, ob er ziehen oder schieben sollte.

»Du kannst nicht immer nur verlocken. Irgendwann musst du um das bitten, was du willst. Und dann bekommst du es. Weißt du, ich habe mich auch mal zurückgehalten. Ich wollte nicht, dass es mich erfüllt – mich so durchdringt, wie es das nun tut. Du weißt, wie es sich anfühlt, nicht wahr, Jerry? Die Angst, loszulassen?«

Scot atmete scharf ein.

»Ja«, flüsterte Jerry in einer Mischung aus Entsetzen und Verlangen. »Aber… ich bin noch nicht bereit dafür. Ich…«

Vincent sah ihn mit geweiteten Pupillen an. Dann hob er beschwichtigend die Hände und trat einen Schritt zurück. Es war nur eine Geste, denn es war offensichtlich, dass er Jerry überwältigen konnte, wenn er wollte. Oder wenn *Jerry* es von ihm wollte.

Aber Vincent betrachtete ihn einfach nur träge lächelnd, auch wenn das schwere Heben und Senken seiner Brust seine ruhige Ausstrahlung Lügen strafte. »Du triffst die Entscheidung, Dunkler. Du musst lernen, dich darin zu verlieren. Du musst die Freude kennenlernen, sowohl Opfer als auch Gewinner zu sein. Das hat Maxwell mir beigebracht. Er hat es für mich zum wunderbarsten aller Dinge gemacht.«

Jerry schüttelte benommen den Kopf. Er sah aus, als würde er gleich in Tränen ausbrechen. Sein Blick war auf Victors Oberkörper und die Schatten der Muskeln unter seiner straffen Haut gerichtet.

~ *Ich mache es wunderbar* ~

Langsam trat Vincent wieder auf Jerry zu, wobei er immer noch lächelte. Aber nun funkelte in seinen Augen etwas Wilderes. »Jerry?«

Scot spürte, wie sich Angst in seinem Körper ausbreitete.

»Nein!« Jerry schnappte sich ein großes Küchenmesser von der Anrichte. Es sah nicht so aus, als wüsste er genau, was er damit machen sollte, aber er ging leicht in die Knie, knurrte und schwenkte es vage in Vincents Richtung. »Bleib zurück!«

Vincent verengte die Augen und schüttelte langsam den Kopf. Er wirkte nicht besorgt oder auch nur verängstigt. »Das muss nicht sein, Jerry. Niemand hier fasst dich an, wenn das Verlangen nicht auf Gegenseitigkeit beruht. Du hörst Maxwell nicht richtig zu, oder?«

Scot war schockiert, als er Tränen in seinen Augen spürte, aber das war nicht der einzige Grund, warum ihm entging, was als Nächstes passierte. Vincents Bewegungen waren schneller, als er sich es je hätte vorstellen können. Seine Hand schoss nach vorn und nahm Jerry so mühelos das Messer ab, als würde er ihm einen Faden vom Ärmel zupfen. Anschließend bewegte er sich mit einer wilden und erschreckenden Anmut, packte Jerrys ausgestreckten Arm und drehte ihn herum, sodass er ihn an seine Brust ziehen konnte. Seinen eigenen Arm legte er schnell und fest um Jerrys Hals.

Und nun hatte *er* das Messer in der Hand.

Scot fragte sich, ob der Schmerz in seiner Brust ein Hinweis darauf war, wie es sich anfühlte, wenn das Herz vor Schock stehenblieb.

Das Messer schien besser in Vincents Hand zu passen. Sein Handgelenk war entspannt und er hielt das Messer locker. Die Klinge war nur wenige Zentimeter von Jerrys Kehle entfernt. Vincent hielt Jerry vollkommen bewegungsunfähig, sein Unterarm war angespannt und seine Brustmuskeln drückten sich gegen Jerrys Rücken.

Scot wusste, dass Jerry hilflos war. Ihm wurde auch klar, dass er nie gewusst hatte, was Angst wirklich war. Niemand von ihnen hätte das wissen können. Sie erfüllte ihn mit blinder Panik und Übelkeit. Er spürte, wie Jerrys Puls vor Entsetzen hämmerte. Als sich Vincent an Jerrys Hals lehnte, spürte Scot seinen heißen Atem und konnte die Panik schmecken, als Jerry versuchte, sich ihm zu entwinden.

Und mit noch größerem Entsetzen bemerkte er auch eine unwillkürliche Erregung, eine Bewegung in seinem Schritt.

Vincent lachte leise in Jerrys Ohr. »Ein *Opfer*, Jerry. Das bist du jetzt. Wie fühlt es sich an? Erregt es dich? Macht es dir Angst? Sieh dich an! Dein Schwanz ist härter als je zuvor und trotzdem weißt du nicht genau, wie ich reagiere. Du willst mein Essen und meinen Körper und du willst dich unbedingt diesem Verlangen in dir ergeben.«

»Nein«, flüsterte Jerry, doch sein Protest war schwach.

»*Ja*«, zischte Vincent. »Ich habe dich jetzt. Du bist machtlos. Ich könnte dich nehmen. Ich könnte mir deinen Arsch nehmen, ob willst oder nicht. Davor solltest du Angst haben. Und trotzdem bist du offen dafür und dein Körper fragt sich, wie es wäre. Fragst du dich, wie es wäre, genommen zu werden, Jerry? Wie du *ihn* nimmst? Schnell und hart? Wenn dein Herz so schnell schlägt, dass es dir beinahe aus der Brust springt und dein Schwanz dick und feucht von Lusttropfen ist und deine Hoden vor Verlangen brennen. Aber dann packen Hände *deine* Hüften, so heftig, dass sie Spuren hinterlassen. Sie spreizen deine Beine und deine Pobacken. Du wirst auf die Knie gedrückt und dein Kopf auf den Boden gezwungen – und dann wirst du von einem Schwanz ausgefüllt, der noch härter und noch schneller ist und in dir ist es so eng, weil du kaum vorbereitet wurdest. Die Hoden dieses Mannes schlagen gegen deinen Hintern, während er dich härter rannimmt, als du jemals jemanden rangenommen hast.«

»Gott.« Jerrys Stimme war nicht mehr als ein Hauchen.

»Stell dir vor, dass es *dir* passiert«, fuhr Vincent fort. Seine unverblümten Worte hatten eine seltsame, melodische Klangfarbe. »Du wurdest noch nie gefickt, oder? Ein heißer Schwanz in deinem Arsch, die Hände eines anderen Mannes auf deinen Schultern, die dich nach unten drücken, während du ihn aufnimmst. Vollständig! Aber du willst es – so sehr. Alles in dir schreit danach.«

»Nein! Du... kennst mich... nicht...«

»Du willst, dass ich es tue«, sagte Vincent erbarmungslos. »Also frag mich! Was auch immer du willst... Ich werde es für dich tun. Ich werde es mit dir tun. Aber nichts wird erzwungen. Du musst fragen.«

Scot hatte mal irgendwo gelesen, dass es im Leben bestimmte Entscheidungsmomente gab – eine Handlung, die, wenn der Zeitpunkt gekommen war, für immer auf einen bestimmten Weg führen konnte. Er wusste, dass Jerry diesen Moment vor sich hatte. Die Klinge des Messers lag kühl an seiner Kehle und Vincents große Erregung drückte sich heiß an seinen Hintern. Scot spürte die Stimme in seinem Bauch flüstern und wie sie sich um sein wild schlagendes Herz schloss. Jerry musste es genauso gehen.

Einen Augenblick lang dachte er an ihn – Scot – und dann war auch das verschwunden.

»Es liegt an mir, dich zu kontrollieren, Jerry. Noch nicht.« Vincent keuchte sanft. Die Muskeln in seinen Schultern entspannten sich und er nahm seinen Arm von Jerrys Hals. Vorsichtig legte er das Messer neben sie auf die Anrichte und drehte Jerrys starren

Körper in seinen Armen. Er beugte sich hinab, um über Jerrys Lippen zu lecken und an seinen Hals zu hauchen. Jerry erschauerte unter dieser Zärtlichkeit. »Zuerst muss es dein Verlangen und deine Bitte sein. Im Moment stehe ich dir zu Befehl. Maxwell erlaubt es mir.«

Erlaubt es? Vorfreude zog sich in seinem Bauch zusammen. Doch die Stimme schwieg.

»Ist Maxwell auch hier?«, keuchte Jerry.

»Maxwell ist immer hier.« Vincent lachte leise.

Sie starrten einander an.

Scot spürte Vincents süße, zärtliche Zunge und die Feuchtigkeit auf seiner eigenen Haut, obwohl das auf keinen Fall real sein konnte. Aber es war tröstend und lockerte seine – Jerrys? – Angst und den Schock. Kleine Funken entzündeten das Verlangen in ihm erneut.

»Blas mir einen.« Jerry seufzte und seine Stimme brach bei jedem Wort.

~ *Das ist es, was ich will* ~

Vincent sank auf die Knie.

Und Scot riss sich von der Wand los.

***

»Wo zum Teufel ist Maxwell?« Scot schoss keuchend nach vorn, wodurch er eine kleine Staubwolke auf dem unebenen Boden aufwirbelte. Er packte Oliver und ignorierte die Tatsache, dass dieser nicht einmal versuchte, sich zurückzuziehen. »Was ist er für ein kranker Mistkerl? Was macht er mit dir? Mit mir?«

»Nicht nur mit uns«, flüsterte Oliver. Sein Blick huschte zu Scots Mund. »Er tut es mit uns allen. Und jeder genießt es...«

»*Fuck!*«, brüllte Scot laut. Was passierte hier? Er wollte Oliver schlagen, diesen dämlichen, sexy, hinterhältigen Mistkerl schütteln. Er wollte Male auf der babyweichen Haut seiner Arme hinterlassen.

Er wollte ihm seine Lippen aufzwingen und die Zunge in seinen Mund stoßen...

Oliver leckte sich die Lippen und senkte die Lider.

Abrupt ließ Scot ihn los und trat einen Schritt zurück.

Oliver keuchte. Er schien über Scots Reaktion schockiert zu sein, als hätte er so viel Selbstkontrolle nicht erwartet. »Du hast dich entschieden, hierherzukommen, oder nicht, Scot? Sträub dich nicht dagegen. Sträub dich nicht gegen mich. Sträub dich nicht gegen ihn.«

»Was zum Teufel? Natürlich war es keine Entscheidung! Das hier war der einzige Ort in der Nähe. Wovon redest du?«

»Du bist weggerannt.« Olivers Stimme war ruhig und sehr sanft. Seine Lider wirkten schwer und er sah selbstgefällig zu Scot auf. »Du bist weggelaufen, weil du zu Hause etwas wolltest, was du nicht bekommen hast. Du bist weggelaufen und Connor Maxwell hat deine Schritte gehört. Er hat deine Schreie, deinen Schmerz und deine Einsamkeit gehört.« Auch Oliver trat einen Schritt nach vorn und Scot war überrascht, dass er erneut an die Wand zurückwich und zögerte, Oliver zu berühren. »Und er hat dich hierhergeführt. Was auch immer du willst, Scot, hier kannst du es finden. Connor gibt dir alles, was du willst.«

Scot spürte die warmen Backsteine an seinem Rücken und die Visionen kehrten zurück.

Vincent kniete auf dem Fliesenboden, einen Arm um Jerrys Beine geschlungen, während er ihm mit der freien Hand die Hose hinunterzog. Kurz darauf folgten die Boxershorts. Jerry versuchte, sie von seinen Füßen zu bekommen, aber Vincents Hände lagen schon an seiner Hüfte, sodass er sich nur noch zurücklehnen konnte. Er war gefesselt, was seine Unterwerfung nur vollständiger machte.

Vincent strich mit seinen breiten Händen über die glatte Innenseite von Jerrys Oberschenkeln und Jerry sackte ein wenig in die Knie, während er sich am Rand der Arbeitsplatte festkrallte. Dann packte Vincent seine Pobacken. Jerry riss die Augen auf und keuchte.

~ Ein Finger, der durch seine Spalte gleitet ~

Scot stockte der Atem. *Von mir hat er sich dort nicht berühren lassen...*

Jerry wimmerte und sein Schwanz wippte.

~ Er braucht es ~

Vincent nahm ihn in den Mund. Jerry stöhnte und stieß die Hüften nach vorn.

Scot spürte, wie sich Verlangen in seinem Bauch sammelte und er von Sehnsucht erfasst wurde. Er wusste, wie sich Jerry anfühlte, wie er schmeckte. Aber das war so...

Anders.

Jerry zog sich das Hemd über den Kopf, wobei seine Haare ein wenig im Stoff hängen blieben. Ohne sich darum zu sorgen, wo es landete, warf er das Hemd weg. Seine Hüften waren nur wenige Zentimeter von Vincents Gesicht entfernt und er hatte die Fäuste geballt, als würde es ihn alle Kraft kosten, sich nicht zurückzuziehen und wieder nach vorn zu stoßen, um Vincent anzuflehen, dass er seinen Mund ficken durfte. Er legte eine Hand auf Vincents dunklen Schopf, der sich fest vor und zurück bewegte. Die Geräusche waren leise, schmatzend, gierig.

»Ja«, stöhnte Jerry.

Vincent ließ Jerrys Schwanz aus seinem Mund gleiten. Ebenfalls keuchend hob er den Blick, aber er war ganz und gar nicht erschöpft. Scot sah seine geweiteten, hungrigen Augen so deutlich, als würde er stattdessen ihn damit ansehen. Es war eines der erotischsten Dinge, die er sich vorstellen konnte. »Er macht das mit dir, nicht wahr, Jerry? Dein Liebhaber? Lutscht er dich so? Nimmt er dich so tief auf?«

In diesem Moment zog er Jerrys Körper kräftig nach vorn.

Jerry schob sich noch tiefer in Vincents Mund, so tief, dass seine Hoden Vincents Kinn berührten. So tief, dass die Haare in seinem Schritt Vincents Nase kitzeln mussten. So tief, dass er bei jedem Stoß das Ende von Vincents Zunge spürte, während er gleichzeitig gierig mit der Spitze an seiner Wurzel leckte. »Fuck!«

Deepthroat. Erregung breitete sich an seinem Steiß aus und Hitze schoss in seine Hoden.

Vincent Stimme war gedämpft und er summte an Jerrys Schwanz. »Ich werde dich auch ficken, Jerry, falls du es willst. Wenn du es willst. Aber jetzt nur mit meinem Mund.«

Jerry wirkte vor Ekstase ganz benebelt. Er rammte seine Hüften gegen Vincents Kinn und stieß immer wieder in den heißen, feuchten Mund.

~ *Nichts hat sich je so gut für ihn angefühlt* ~

»Hast du es je so gut besorgt bekommen, Jerry? Hat es sich je so wunderbar angefühlt?«

Scot konnte nicht sehen, wie sich Vincents Mund bewegte, um die Worte auszusprechen, aber er wusste, dass Jerry sie gehört hatte, weil er sich erneut verspannte.

»Nein...« Jerrys Wimmern war kaum wahrnehmbar. »Noch nie.«

Vincents Finger lagen immer noch zwischen Jerrys Pobacken und einen unglaublichen Augenblick lang spürte Scot, wie sich entsetzte Vorfreude in Jerrys Körper ausbreitete. Er stellte sich vor, wie die Spitze seiner langen, starken Finger in seinen engen Eingang eindrang...

»Bedank dich bei Maxwell für dieses Vergnügen, Jerry«, seufzte Vincent. »Komm, jetzt.«

Ein letztes Mal leckte er gierig und innig über den Schlitz seines Schwanzes, dann schrie Jerry auf und folgte gehorsam. Er zuckte gegen Vincent, klammerte sich in seine Haare und sein Schwanz zuckte an Vincents Lippen, während er sich in ihn ergoss. Jerrys gesamter Körper bebte, als Vincent alles aufnahm, sich über die Lippen leckte und weiter an ihm saugte, bis Jerrys Orgasmus abebbte. Anschließend zog er sich langsam zurück.

Scots Schultern schmerzten, als wäre die Anspannung durch die Backsteine gedrungen und in seinen eigenen Körper gesickert.

Jerry sackte keuchend gegen die Arbeitsplatte.

Träge erhob sich Vincent, streckte seine Gliedmaßen und spannte diese umwerfenden Muskeln an. »Danke, Maxwell«, murmelte er. Er drückte Jerry die Lippen auf und schob die Zunge in seinen Mund. Spermatropfen hingen an seinen Lippen und durch den Kuss gelangten sie in Jerrys Mund, damit er sie schmecken konnte. Dann zog sich Vincent zurück. Er betrachtete Jerrys nackten Körper bewundernd von oben bis unten und rieb langsam über die Vorderseite seiner eigenen Hose. Die Beule darin war groß und sah schmerzhaft aus. Aber Vincent zog sich lächelnd aus der Küche zurück.

~ *Mehr* ~

»Warte!«, rief Jerry mit rauer Stimme.

Vincent hielt inne. Er wartete. »Was möchtest du, Jerry?«

Jerry... Ein Schauer erfasste ihn. Konnte Jerry ihn auch spüren? Konnte er Scot spüren? Wusste er, dass sein Liebhaber alles gesehen hatte, auch sein Verlangen und seine Lust nach einem anderen Mann? Dass er sie beim Ficken gesehen hatte, Jerrys offensichtliche Begeisterung dafür und das sichere Wissen, dass *ihr* Sex nie so intensiv gewesen war?

»Mehr«, antwortete Jerry. Seine Stimme schwankte, aber sein Blick lag fest auf Vincent.

Vincent lächelte und nickte. »Heute Abend im Hof. Komm und gesell dich zu uns.« Er ging zur Tür und hielt dort wieder inne. »Ich freue mich sehr, dass du gefragt hast.«

Dann versagten Jerrys Muskeln den Dienst und er glitt unbeholfen zu Boden.

***

Es fühlte sich an, als wären die Fesseln durchgeschnitten worden, die ihn an die Wand gebunden hatten. Scot stolperte weg und die Verbindung löste sich. Plötzlich war ihm sehr übel.

»Scot?« Oliver musterte ihn besorgt.

»Wie macht er das?«

Oliver runzelte die Stirn. »Was?«

Scots Herz hämmerte heftig. Er biss sich auf die Unterlippe, um nicht zu schreien. »Wie macht Maxwell das? Er sorgt dafür, dass ich Dinge sehe. Dinge spüre. Es ist unmöglich.«

Olivers Augen weiteten sich und Verwirrung spiegelte sich in ihnen. »Das ist nicht, was ich... Scot, sei nicht böse. Das ist nicht das, was er will.«

»Wie wäre es damit, was *ich* will?« Scot spürte, wie ihm die Kontrolle entrann wie der Staub des Hofes durch seine Finger. Er kniff die Augen gegen die Sonne zusammen und sein Kopf schmerzte. Seine Gliedmaßen verkrampften sich nach der Arbeit des Vormittags. Nun wurde ihm durch den Schock der Küchenszene schlecht. War es real? Hatte er das wirklich alles gesehen?

~ *Glaub es* ~

»Lass mich in Ruhe!«, rief er.

Olivers Hand lag auf seinem Arm. Er hatte nicht gesehen, dass der junge Mann so nahe gekommen war. Olivers Mund berührte sein Ohr, weich und feucht, sodass es eher ein Kuss als ein Flüstern war. »Entspann dich. Was du gesehen hast, ist das, was wir alle wollen. Was Jerry will. Jetzt kannst du haben, was du willst. Nimm es.« Er atmete schnell. »Nimm mich.«

Eine Sekunde lang stand Scot in der glühenden, desorientierenden Hitze des Hofs, ehe er sich langsam von Oliver und seinen erstaunlichen Worten abwandte. Um seinem umtriebigen, verführerischen Körper zu entgehen, um dem kostenlosen Sex zu entkommen, der ihm angeboten wurde.

»Es wäre gut!«, erklang Olivers wehleidiger Ruf hinter ihm. »Das weißt du, nicht wahr? Das haben alle gesagt, die mich hatten. Und es ist das, was du willst, Scot. Für wen sparst du dich auf? Deinen Begleiter?«

Scot lief davon. Er wusste, dass er wegmusste. Er wusste, was Oliver als Nächstes sagen würde.

»Das zwischen euch ist keine große Liebesgeschichte«, rief Oliver schroff. »Und das weißt du.«

~ *Hör nicht zu, Scot. Er hat kein Recht, das zu sagen* ~

»Was denkst du denn, wo er jetzt ist?«, fuhr Oliver fort. Es nagte an ihm. »Er ist nicht bei dir, weil du ihm nicht alles geben kannst, was er will. Und du – na ja, du weißt, dass er nicht der Eine ist, oder? Nicht für dich.«

Scot wirbelte plötzlich herum und Oliver trat überrascht zurück. »Und du glaubst, du wärst es?«

Oliver wurde blass. »Das hab ich nicht gemeint. Scot, denkst du, die große Liebesgeschichte könnte man sich einfach so nehmen? Du? Oder irgendeiner von uns?«

»Das geht dich verdammt noch mal nichts an«, knurrte Scot.

Oliver wirkte immer noch erschüttert. »Es ist nur Spaß... es geht nur um Spaß. Um Vergnügen. Es passt zu uns. Es könnte auch zu dir passen.«

~ Scot, bitte. Du darfst nicht wütend sein. Warte! ~

Scot traute sich nicht, noch etwas anderes zu sagen oder zu tun. Er drehte sich wieder um und seine unsteten Schritte verwandelten sich in ein hektisches Rennen. Er floh aus dem Hof, den Weg entlang zu seinem Zimmer, floh aus der Hitze und vor dem Schmerz und der Verwirrung – und blendete Olivers Worte aus.

Kapitel 8

Die Abendsonne hing tief am Himmel und verbreitete schwüle Hitze. Allein in seinem Bett in Zimmer Nummer 6 warf sich Scot ruhelos hin und her. Er träumte, oder zumindest schien es so. Mittlerweile kam es häufig vor, dass Scot Salvatore Traum nicht mehr sicher von der Realität unterscheiden konnte.

Er sah, wie Oliver nackt auf dem Boden ausgestreckt lag und den Kopf auf Connor Maxwells Schoß ablegte. Connor trug eine lockere Hose, aber kein Oberteil. Vielleicht waren sie in einem der anderen Zimmer – vielleicht ganz woanders. Scot wusste es nicht und wenn er ehrlich war, musste er es auch nicht erfahren. Die Umgebung hatte denselben Effekt wie in der Küche, eine seltsame, verzerrte Tiefenschärfe. Er fühlte sich verbunden und doch losgelöst, als würde er die Dinge durch einen leichten Nebel betrachten.

Die Männer strahlten eine köstliche, zügellose Sinnlichkeit aus und schienen sich in ihrer eigenen Welt wohlzufühlen. Hatten sie schon Sex gehabt oder genossen sie erst das Vorspiel? Scot verspürte nur Neugier anstelle von Schock oder erwachendem sexuellen Hunger. Scot war von dem glänzenden Stab in einem von Connors Nippeln fasziniert, ebenso davon, wie gelassen und sanft Connor mit Olivers halb hartem Schwanz spielte. Auch Connor war tätowiert, ein tanzendes, filigranes Muster an seiner Hand und seinem Unterarm.

Ihre Gesichter waren vor Aufregung gerötet. Connor lachte leise und Oliver drehte den Kopf, um ihm einen Kuss auf die Innenseite des Oberschenkels zu drücken.

Olivers Haut schimmerte im Kontrast zu Connors dunklerem Teint weiß und pink und seine strahlend blauen Augen wirkten blasser. Connors Haare fielen ihm offen über die Schultern und einige Strähnen bewegten sich in der leichten Brise des Ventilators. Oliver hob die Hand, um die Spitzen zu greifen und sie sich durch die Finger gleiten zu lassen. Mit der anderen Hand neckte er ziellos die Spitze seiner Nippel. Die beiden Männer bildeten einen wunderschönen Kontrast.

»Der Tag lief so gut es ging.« Connor seufzte. »Das hast du gut gemacht, Oliver. Ihr beide.«

Oliver rümpfte die Nase. »Der Dunkle ist sehr nachgiebig, Connor. *Jerry*. Vincent genießt ihn sehr. Aber der Süße...« Auch er seufzte, wenn auch deutlich theatralischer. »Scot? Tja, er ist eine ganz andere Sache.«

»Andere Menschen sind ihm wichtig. Sein Begleiter ist ihm wichtig.« Connor lächelte, als würde er sich an etwas Besonderes erinnern. »Sie beide kamen mit einem offenen Weg in ihrem Herzen zu uns. Er hat sie beide wunderbar verletzlich gemacht.«

Oliver runzelte die Stirn. »Er glaubt, er wäre verliebt«, sagte er verächtlich.

Connors Lächeln verblasste nicht. Er strich mit den Fingerspitzen über die nackte Haut an Olivers Schulter. »Vielleicht. Aber Scot stellt das bereits infrage. Seine Leidenschaft verwirrt ihn. Und was für eine Leidenschaft das ist!« In seine tiefe, durchdringende Stimme mischte sich ein begeisterter Unterton. »Sie war immer da, aber er kennt noch so wenig davon. Er musste hierherkommen... er muss hier sein. Mit mir.«

Oliver rutschte herum, als würde er sich plötzlich unwohl fühlen. »Was sollen wir tun, um sie zu überreden, Maxwell?«

Connor fuhr ziellos durch Olivers Haare. »Noch nichts. Das müssen wir nicht.«

»Aber er versteht nicht...«

»Schh.« Connor griff nach unten und streichelte über Olivers Schaft. »Das wird er.«

Oliver wölbte sich auf seinem Schoß. »Ich weiß nicht, wie du so sicher sein kannst. Er ist nicht wie der andere. Er will mich nicht.«

Connor lachte. »Er weiß, was er will und möchte sich selbst dafür entscheiden. Ist das so schlimm?«

Plötzlich schien sich Oliver nicht mehr lüstern zu winden und sein verspielter Gesichtsausdruck wurde von einem verstörten ersetzt. Er drehte den Kopf, sodass Connor sein Gesicht sehen konnte. »Davor habe ich Angst.«

»Oliver?«

Er zuckte mit den Schultern. »Es ist nichts. Du hast recht. Du kannst es sehen, das Beste in uns allen.«

»Ja, das kann ich.« Connor wirkte nun ebenfalls verstört. »Was ist damit?«

Oliver atmete tief aus. »Warum siehst du dich selbst nicht so klar?«

»Ich lasse nicht zu, dass du so mit mir redest!«

In Zimmer Nummer 6, träumend, unter der Decke, stöhnte Scot leise. Connors Anspannung war greifbar.

»Ich wollte dich nicht verletzen«, murmelte Oliver, ließ den Kopf sinken und drückte seine Lippen auf Connors nacktes Knie. »Ich will dich. Immer.«

»Warum forderst du mich so heraus? Ich bin derselbe.« Connor klang verwirrt. »Natürlich bin ich das. Von Anfang an ging es immer um uns. Die Lust. Den Trost. Wir tauschen, was wir können. Teilen, was jeder von uns sieht.«

Oliver leckte über Connors Haut. »Du siehst mehr als ich, Maxwell. Genau wie...« Er hielt sich zurück. Stattdessen neckte er seinen linken Nippel, kniff ihn, bis er schmerzhaft hart war und saugte dann an einem Finger seiner rechten Hand. Besagte Hand schob er nach unten, drückte seine Hoden und drang dann mit einigen Fingern in sich selbst ein, um sich selbst Vergnügen zu verschaffen. »Wir wollen dich. Wir brauchen dich. Wir passen auf dich auf. Immer.«

Connor nickte scheinbar überzeugt. »Warte, bis Jerry zu uns kommt, Oliver. Lass ihn es selbst entdecken, lass ihn sich selbst befreien. Und dann wird er im Gegenzug den anderen zu mir bringen.«

Oliver wölbte sich keuchend auf Connors Schoß, die Beine angespannt gespreizt und die Finger in sich selbst. »Zu uns, Connor.«

Connor wirkte abgelenkt. »Natürlich, das habe ich gemeint.« Er senkte den Blick auf Oliver und schenkte ihm ein breites Lächeln. »Du bist wunderschön, Oliver. Ich weiß, warum sie dich geliebt haben. Ich weiß, warum sie lieber dich als ihre Frauen gefickt haben.«

Oliver wurde vor Vergnügen rot, das nicht nur sexuell zu sein schien. Er drückte die freie Hand auf seinen Schritt. »Du hast es immer verstanden, Connor. Du hast meine wertvollen Erinnerungen für mich geschützt. Lass mich dir helfen! Lass mich dich verwöhnen.«

Aber Connor schüttelte den Kopf. »Nicht jetzt. Nicht für mich.«

»Sparst du dich für jemand anderen auf?«

Olivers Tonfall war scharf und Connor sah ihn überrascht an. »Ich hab es dir gesagt. Bring mir den Dunklen und der Süße wird folgen.«

»Und wenn nicht?«

Connor machte ein finsteres Gesicht. »Das wird er... irgendwann.«

Olivers Schwanz zuckte in seiner Faust und er stöhnte, während sich warmes Sperma über seine nackten Schenkel ergoss.

»Er muss«, murmelte Connor und schien dem erschlafften jungen Mann unter sich nur wenig Aufmerksamkeit zu schenken. »Er *muss*.«

***

Scot erwachte wesentlich später. Zumindest glaubte er das, er musste die Zeit wie immer erraten. Das Licht vor dem Motel hatte sich von einem strahlenden Goldton in ein volles, warmes Indigoblau verwandelt. Mist, hatte er den ganzen Nachmittag verschlafen? Groggy streckte er die Hand aus, aber Jerry lag nicht neben ihm. Wo war er? Er hatte ihn seit dem Vorfall in der Küche nicht gesehen.

Und hatte er *sie* wirklich gesehen?

Scot gähnte und streckte sich träge. Er war nackt und lag auf der Decke. Und diese Träume... Er hatte von Connor Maxwell und Oliver geträumt. Provokative Träume, sinnliche Träume. Waren sie auch real? Er wollte lächeln, obwohl er so lethargisch war, dass die Mühe zu groß war. Sein Körper fühlte sich weich, heiß und schwer an. Und hoch erregt. Mit einer Hand strich er neugierig über seinen nackten Schenkel und spürte die leichten Abdrücke durch das zerknüllte Laken.

Der Deckenventilator drehte sich wie immer hektisch über ihm und die leichte Brise strich über seine nackte Brust. Es fühlte sich an, als wäre er in dieser Position, in diesem Moment, schon seit Tagen... seit einer Ewigkeit. Seine Muskeln schmerzten und waren leicht verkrampft und als er einen Blick auf seine Hände warf, sah er den Staub der Backsteine noch zwischen seinen Fingern.

Bei der Erinnerung daran, was er irgendwie durch die Wand gesehen – erlebt? – hatte, zog es in seinem Schritt und er wurde rot. Es war so lebhaft gewesen! Wie Jerry sich in Vincents Mund vergraben hatte, bis er mit einem Aufschrei kam und sich in ihn ergossen hatte. Erinnerungen an Ekstase und unerträgliche Erregung – und nun Schuld.

~ *Nicht deine* ~

Offenbar war es Jerry egal gewesen, wie sich Scot fühlen würde. Und wie hatte er Vincent angesehen? Voller Verlangen, das weit über die neckende Lust hinausging, die er Scot zeigte. Sollte nicht *Jerry* derjenige sein, der sich schuldig fühlte? Scot sah zum Stuhl und fragte sich, wo seine Klamotten waren. Er erinnerte sich, aus dem Hof geflohen zu sein, aber nicht, wie er ins Zimmer gekommen und eingeschlafen war. Er schüttelte den Kopf. In den letzten Tagen fühlte sich alles häufig benebelt und verwirrend an und er konnte nicht alles auf die Hitze schieben.

Wo war Jerry? Wo konnte man sich denn in diesem gottverdammten Motel schon verstecken?

~ *Er ist bei uns, wo er sein will* ~

Etwas bewegte sich in Scots Augenwinkel – ein Schatten am staubigen Fenster, vielleicht von einem dunklen Schopf. Vincent? *Connor?*

»Der Hof«, hatte Vincent zu Jerry gesagt. Er hatte mehr angeboten: was auch immer Jerry wollte. Von ihm.

Scot setzte sich ruckartig auf, zog sich die Hose an, ohne sich um Unterwäsche zu kümmern, rollte sich dann aus dem Bett und verließ das Zimmer.

***

Scot war barfuß und seine Schritte verursachten ein klatschendes Geräusch, als er in Richtung Hof ging. Es war ein seltsames Geräusch, das ihn auf dem Weg einhüllte. Bis jetzt hatte er noch keine Bewegung in einem der anderen Zimmer und auch keine Hinweise auf andere Gäste gesehen.

Es war, als würde er in einer Blase leben und trotzdem im Freien sein. Eine Illusion der realen Welt. Die Nacht war kühler als der drückende Tag, obwohl es immer noch warm genug war, um so wenig Kleidung wie möglich tragen zu können. Der Mond schien hell und es war keine Wolke zu sehen. Ein paar Meter vor dem Tor blieb er stehen und wartete darauf, ob er irgendein Geräusch oder ein Lebenszeichen hörte.

Aber der Hof war vollkommen ruhig. Die Schatten der Nacht tanzten über die Mauern und verzierten den Stein mit seltsamen, verzerrten Mustern. Er lehnte sich an einen der Torpfosten und spähte hinein. Tagsüber war der Boden staubig und die Steine blass und von der Sonne ausgeblichen. Aber nun schienen die Farben ein Widerspruch zu sein, sowohl kühler als auch wärmer als am Tag. Das Mondlicht wurde weicher und pinker, als es auf den Boden traf und das üppige grüne Laubwerk der Palmen war nichts weiter als eine dunkle, raschelnde Silhouette. Ein Käfer huschte über den Stein um den Pool. Eine seltene Brise blies einen verwelkten Palmwedel von den Bäumen gegen die Mauer.

In den letzten Tagen war Scot der Einzige gewesen, der die Bänke benutzt hatte, um sich den Tag zu vertreiben. Er hatte Jerry erzählt –, wenn sich sein Liebhaber dazu herabgelassen hatte, ihn zu fragen –, dass er hier ein wenig Frieden fand. Ihm gefiel die schöne Anordnung der Steine am unteren Rand des Pools, der dunkelrote Staub auf den hellen Baumaterialien. Er hatte von Oliver aufrichtig wissen wollen, warum die Mitarbeiter des Motels nicht mehr aus diesem Hof machten.

Er wartete und spähte in die Schatten, aber Jerry war nirgends zu entdecken. Oder Oliver, Vincent, oder… Connor Maxwell. Er konnte nichts gegen die Enttäuschung tun, die ihn erfasste. Er redete sich ein, dass er sauer war, er wollte Connor konfrontieren und Erklärungen verlangen. Aber er suchte nicht nur nach Connors Erklärungen. Es war nicht nur Connors Stimme, die ihn fesselte.

Er trat ein paar Schritte in den Hof. Das Tor hinter ihm blieb offen, trotzdem fühlte es sich an, als hätte er sich eingesperrt. Die Luft im Hof selbst war immer irgendwie anders, als hätte er eine andere Zone betreten. Gerade war er zum ersten Mal nachts hier und seine Desorientierung war noch deutlicher.

Zur Abwechslung ging er nicht zur Bank. Stattdessen wurde er vom Pool angezogen. Bei jedem Besuch warf er einen Blick hinein, obwohl er nicht erwartete, dass sich etwas änderte. Er war immer verwahrlost und ausgetrocknet und der Weg dorthin war mit trockenen Blättern und Staub bedeckt. Im grellen Sonnenlicht war deutlich zu sehen, dass die Grundsteine rissig waren und Teile der Umrandung abbröckelten. Selbst in den Schatten der Nacht war offensichtlich, dass er lange Zeit nicht benutzt worden war.

Scot wusste, wie es sein *müsste*. Der Pool sollte mit kühlem, klarem Wasser gefüllt sein. Man könnte sich an einem heißen Tag an den Rand setzen und die Füße durch das erfrischende Wasser gleiten lassen, oder sich auf eine der Stufen hocken und langsam vollständig eintauchen. Der Pool war tief genug, dass ein großer Mann bis zu den Schultern aufrecht darin stehen und mehrere Leute darin untertauchen konnten. Die Stufen führten bis zum Boden und die oberste zog sich einmal komplett um den Pool, sodass eine Sitzbank entstand, auf der sich jeder ausruhen konnte.

Das *sollte* passieren. Er wusste, dass es momentan nicht der Fall war. War es also eine Täuschung der Nacht, dass ein Platschen aus dem Pool zu hören war, als die Brise in den Bäumen flüsterte? Ein leises Schwappen am Rand, das Glitzern von Wasser im Mondlicht.

Halluzination? Einbildung?

Oder Regeneration?

Scot blieb wie erstarrt stehen. Er hatte Angst, wollte aber gleichzeitig unbedingt einen Blick in den Pool werfen, um herauszufinden, ob das wieder einer dieser seltsamen Wachträume war, die wahr wurden.

Ein Schatten glitt in seinem Augenwinkel vorbei, aber als er herumwirbelte, war nichts zu sehen. Kein großer junger Mann mit langen, offenen Haaren und einem Nippelpiercing, der sich mit einer geschmeidigen, athletischen Anmut bewegte.

Aber Scot wartete weiter, eine Hand sanft auf den Rand des Pools gelegt.

Und schließlich kam die Vision – als hätte er tief in seinem verwirrten Herzen gewusst, dass es passieren würde.

***

Der Mond stand hoch am Himmel und der Hof war – erstaunlicherweise, zum Glück – belegt.

Connor Maxwell saß auf einer der Steinbänke. Er lehnte sich an ein Kissen, hatte eine Decke unter sich und lehnte den Kopf an die Wand. Zu seinen Füßen lagen weitere Kissen und mehrere Decken aus weichem Stoff stapelten sich gefaltet am Ende der Bank. Unter den Bäumen warfen Laternen ihr Licht auf den Hof und am Fuß der nächsten Bank standen Körbe mit Brot und Früchten. Davor lehnte ein halbes Dutzend Weinflaschen.

Connor trug eine lockere Stoffhose und sein Oberkörper war nackt. Seine Schultern waren breit und gerade, sein Hals lang und geschmeidig im glühenden Licht. Er war auf attraktive Weise muskulös – nicht zu übertrieben durchtrainiert und trotzdem war ihm die körperliche Stärke anzusehen. Seine unverwechselbaren Locken fielen ihm bis zum Hals und seine Hände ruhten ruhig in seinem Schoß. Er war barfuß.

»Wo ist er?«, fragt Connor mit leiser und scheinbar duldsamer Stimme. Aber keiner der Männer vor ihm ließ sich täuschen. Er war wütend. Offensichtlich kannten sie die Zeichen.

Oliver schob seinen Fuß in die Lücke zwischen zwei Steinplatten. Heute trug er eine andere Shorts aus dünnem Kakistoff, obwohl auch diese verdammt kurz war und kaum seine Pobacken bedeckte. Um seinen Hals hing ein Federanhänger, mehr nicht. Auch er war barfuß. »Er ist hier im Motel. Natürlich ist er hier. Wohin sollte er gehen?«

»Das hab ich nicht gemeint.« Connors Stimme war unheilvoll ruhig. »Ich weiß ganz genau, wo er ist, jede Minute des Tages. Tu nicht so begriffsstutzig, Oliver.«

Oliver ließ den Kopf hängen. Seine Schultern bebten, als würde er weinen.

»Sein Verstand ist weg«, sagte Connor angespannter. »Ich kann ihn nicht erreichen. Er hört mir nicht zu.«

»Wie kann das sein?«, fragte Vincent. Er trug wie immer seine seidene Hose und genau wie die anderen nichts weiter. Er stemmte die Hände in die Hüften, aber ein leichtes Zittern seiner Handgelenke verriet, dass seine Fassung nur gespielt war. »Du kannst uns alle erreichen.«

»Er nutzt seine Leidenschaft, um mir zu widerstehen.« Connor runzelte die Stirn. »Diese Leidenschaft ist so umwerfend! Er hat keine Ahnung, wie stark sie ist... Es war so eine Freude, mich darin zu verlieren. Aber ich muss ihm helfen, sie zu kanalisieren. Damit er sein wahres Potenzial erreicht.« Er sah zu den anderen auf, als wäre er sich plötzlich bewusst, dass sie ihn ansahen.

»Du brauchst ihn«, flüsterte Oliver beinahe ehrfürchtig. »Du zehrst davon. Von ihm.« Es war eher eine Feststellung als eine Frage, aber er schien sich vor der Antwort zu fürchten.

Vincent warf Oliver einen warnenden Blick zu, ehe er sich wieder an Connor wandte. »Du hast immer noch uns.«

»Ja, uns«, wiederholte Oliver schwach.

Connors Stirnrunzeln verschwand nicht.

Vincent ballte die Hände an den Seiten zu Fäusten.

»Ist er der Wahre?«, flüsterte Oliver. »Deiner?« Trotz seines offensichtlichen Kummers darüber, ausgeschimpft zu werden, schimmerten Neugier und so etwas wie Furcht in seinen Augen.

»Sei still!«, fauchte Connor. »Das geht dich nichts an, oder? Ich habe euch beiden erlaubt, mit ihnen zu spielen und scheinbar habt ihr sie gut versorgt. Aber jetzt... jetzt kann ich ihn nicht erreichen. Das ist noch nie passiert.«

Oliver gab einen erstickten Laut von sich.

Vincent warf Maxwell einen neugierigen Blick zu. »Maxwell, warum bist du so besorgt?«

Connor verengte die Augen zu Schlitzen und sie funkelten in dem gedämpften Licht mit einer Schärfe, die genauso tief schneiden konnte wie das Messer, das Jerrys fragiles Gleichgewicht bedroht hatte. »Hast du ihm wehgetan, Oliver?«

»Ich hab gar nichts getan!«, protestierte Oliver. »Er hat es gespürt, Connor – er hat Vincent und seine Liebe aus der Küche gespürt. Ich weiß es. Ich hatte gehofft, dass es ihn erregt. Aber ich glaube, es hat ihn aufgeregt.«

»Er darf nicht aufgeregt werden«, erwiderte Connor kalt. »Du solltest ihn verwöhnen!« Sein Blick richtete sich auf Oliver und der Blonde erschauderte. Die Pupillen in Connors umwerfend blauen Augen waren kalt, dunkel und hart.

»Ich hab es versucht«, flüsterte Oliver. »Aber ich hab es dir gesagt. Er wollte mich nicht.«

Connors Augen weiteten sich, dieses Mal jedoch mit einem Hauch von Befriedigung und Vergnügen. Er streckte eine Hand aus und Oliver huschte schnell und erleichtert in seine Umarmung.

»Er wird kommen, hast du gesagt.« Vincents Stimme war wieder ruhig. »Ich spüre, dass der Dunkle zu mir kommt. Zu *uns*. Das ist gut, nicht wahr? Und dann wird sein Liebhaber folgen.«

Connors Blick richtete sich auf etwas in der Ferne, aber er nickte. »Es wird tatsächlich gut werden. Der Dunkle ist frisch und voller Verlangen und er will bei uns sein. Ihm geht es gut bei uns.«

»Also…«, murmelte Vincent, immer noch versucht, seinen Meister zufriedenzustellen. »Du wirst ihn am Ende bekommen. Sie beide, wenn du willst.«

Connors Blick richtete sich auf Vincents Gesicht. Er war ein paar Zentimeter größer als Connor, aber er duckte sich leicht, als würde er sich vor ihm verbeugen.

»Du hast recht, Vincent.« Connor klang gefasster. Sein Blick glitt über Vincents gut aussehendes Gesicht und blieb an dem pochenden Puls an seinem Hals hängen. »Du bist sehr weise, was diese Dinge angeht, nicht wahr? Das mag ich an dir, deine Gründlichkeit bei allem, was du tust… und berührst. Du bist mein Starker.«

Oliver sah zu Vincent und seufzte. Ein Lächeln schlich sich auf sein Gesicht. »Und ich?«, fragt er Connor.

Connor streichelte gedankenverloren über Olivers Haare. »Du bist der Strahlende, Oliver. Das weißt du. Das warst du immer. Ruh dich aus.«

Seufzend sank Oliver wieder in Connors Arme. Die Furcht verschwand langsam aus seinem Gesicht.

***

Das Tor quietschte leise. Plötzlich war die Vision verschwunden und Scot stand allein da, während sich seine Augen an die Dunkelheit und den kaum wahrnehmbaren Sand an seinen Füßen gewöhnten. Einen Augenblick lang schwankte er und versuchte, wieder im Hier und Jetzt anzukommen.

Wenn er das tatsächlich war.

Er sah über die Schulter und entdeckte zu seiner Überraschung Jerry am Eingang, der an dem offenen Tor haderte, als wäre er nervös, noch weiter zu gehen. Scot konnte es ihm nachempfinden. War Jerry doch hier, um sich mit Vincent zu treffen? Scot wartete auf den Schmerz des Verrats, aber erneut war er zu seiner Überraschung nicht so am Boden zerstört, wie er gedacht hatte.

»Jerry?«, rief er leise.

Jerry tappte ebenfalls barfuß in den Hof, hielt inne und fuhr sich mit einer Hand durch die Haare. Er antwortete nicht und sah Scot nicht einmal an. Es war, als würde er ihn überhaupt nicht sehen.

»Wo bist du?«, flüsterte er ins Halbdunkel.

Schlechte Wahl für eine geheime Verabredung, dachte Scot verbittert. Hier gab es keine Möglichkeit, sich zu verstecken. Selbst wenn Vincent ein dürrer kleiner Mann gewesen wäre, der sich hinter dem Pool verstecken und Scots Untersuchung entgehen könnte...

»Jerry«, erwiderte eine andere Stimme. Tief und verführerisch und sehr einladend.

Scot wirbelte zum Pool herum. Vincent stand direkt vor ihm! Er war so klar zu erkennen wie in Scots seltsamem Halbtraum und auch genauso angezogen. Er sah real aus. Solide. *Sexy*. Und er lächelte Jerry über Scots Schulter direkt an.

»Vincent«, sagte Jerry und erwiderte das Lächeln.

Himmel. Scot hatte noch nie so ein Lächeln in Jerrys Stimme gehört! Instinktiv trat er ein paar Schritte zurück zur Außenmauer, damit er besser zwischen Jerry und Vincent...

»Hi Oliver«, sagte Jerry.

Oliver war auch da? *Was zum Teufel?*

Scot wusste, dass Oliver vor zwei Minuten nicht neben Vincent gestanden hatte, als Scot sich an die Poolmauer geklammert und seinen seltsamen, sich sehr real anfühlenden Traum geträumt hatte. Aber genau dort befand sich Oliver jetzt.

Scot war wie erstarrt, als Jerry an ihm vorbeiging.

»Das ist das erste Mal«, fuhr Jerry leise fort.

Vincent legte den Kopf schräg und ein verschmitzter Ausdruck breitete sich auf seinem Gesicht aus.

»Das erste Mal, dass ich Connor Maxwell treffe«, fügte Jerry erklärend hinzu.

»Also, was hältst du von mir?«, fragte eine neue Stimme, die jedoch ganz und gar nicht neu war.

Jerrys Lachen war überraschend entspannt, wie das eines anderen, glücklicheren Mannes, zumindest soweit Scot das beurteilen konnte. »Du bist heiß«, erwiderte er belustigt. »Obwohl ich damit hätte rechnen müssen.«

Scot beobachtete erstaunt, wie Connor hinter Vincent hervortrat und Jerrys Hand nahm. Sie alle waren genauso angezogen wie in seinem Traum. Als würden sie ihn einfach in Scots Gegenwart weiterführen. Scot erkannte das Lächeln auf Connors Gesicht – er hatte es Scot letztens in der Küche geschenkt.

»Aber ich glaube, du kennst mich«, sagte Connor zu Jerry.

»Ich… ach ja?«

»Du kennst *mich*«, murmelte Vincent ihm ins Ohr und legte einen Arm um seine Mitte. »Also kennst du auch Connor. Siehst du, wie einfach es ist?«

Jerry blinzelte heftig. Scot wusste, dass das sein verblüffter Gesichtsausdruck war, aber Jerry hinterfragte die beiden nicht. Stattdessen lächelte er wieder verträumt, doch der Ausdruck spiegelte hoffnungsvolle Vorfreude wider. »Ja. Ja, ich glaube, das tue ich.«

Jerry! Scot wollte ihn packen, ihn schütteln, ihm ins Gesicht brüllen und wissen, was hier los war. Aber… zu welchem Zweck?

»Was passiert jetzt?«, fragte Jerry. Er streckte sich leicht, als Vincent seinen Hals küsste und ihn immer noch festhielt. Jerrys Blick huschte zwischen den drei Männern hin und her und seine Pupillen weiteten sich. Nicht ein einziges Mal sah er in Scots Richtung.

»Willkommen in *Maxwell's Motel*, Jerry Harrison«, sagte Vincent.

»Dieses Mal gibt es eine anständige Begrüßung«, fügte Oliver verschmitzt hinzu. »Von uns allen.«

Connor fuhr fort, als hätte keiner der beiden etwas gesagt. »Ich hatte gehofft, dass du heute Nacht kommen würdest. Komm und gesell dich zu uns.«

»Genieß uns«, fügte Vincent hinzu.

Sie nahmen seine Arme, während Vincents Lippen noch immer an seinem Hals lagen, und führten ihn näher zum Pool.

Und Jerry drehte sich lachend in ihrem Griff, ehe sie alle verschwanden.

***

»Halt!«, rief Scot in die leere Luft. Der Hof war trocken und dunkel und als er zum Pool rannte, war er immer noch ausgetrocknet und konnte einen erschöpften Reisenden mit nichts verlocken. Niemand war zu sehen. Und er war offensichtlich vollkommen wahnsinnig.

~ Natürlich bist du das nicht ~

Die Stimme? Da er Connor erst vor ein paar Sekunden gesehen hatte, konnte er sie nicht von dem Echo der Stimme unterscheiden, die er gerade gehört hatte. »Wo bist du?«, rief er. »Wie kannst du gerade erst hier gewesen sein?« Tränen brannten in seinen Augen, aber er würde sich nicht aufwühlen lassen. Auf keinen Fall!

~ Ich will nicht, dass du aufgewühlt bist. Das ist das Letzte, was ich will! ~

»Dann hör auf, mit meinem Verstand zu spielen!« Einen Augenblick lang war die Stille um ihn herum so ohrenbetäubend wie laute Rufe. »Lass mich in Ruhe! Lass Jerry in Ruhe!« Ihm wurde klar, dass er keuchte und trotzdem hatte er sich nicht vom Pool wegbewegt. »Oder zeig dich!«

Und so passierte es. Connor stand vor ihm, nun nur noch mit einem Handtuch bekleidet. Wassertropfen glitzerten zwischen seinen Brustmuskeln. Er streckte eine Hand aus, als wollte er Scot beruhigen, als wäre er ein wildes Tier und gleichzeitig war die Geste dennoch verlockend.

»Scot? Ich habe auf dich gewartet.«

Scheiße. In dem Moment, indem sich Scot dieser, dieser... *Erscheinung* entziehen wollte, wollte er gleichzeitig in Connors Arme treten. Diese glatte, nasse Haut spüren, mit den Lippen über seinen rasierten Kiefer streichen, seine Finger in die dunklen Locken krallen und Connors Kopf zurückziehen, um seine Kehle zu entblößen...

Connor Maxwell hatte etwas sehr Lebendiges an sich, etwas Scharfes, Stechendes und Umwerfendes. Es war nicht nur die Freude eines sinnlich attraktiven Körpers, sondern mehr – etwas, das sicher jede Person an seine Seite ziehen könnte, das dafür sorgte, dass morgens die Sonne mit aufging und die Nacht nach seiner Anwesenheit flehte. Ein Charisma, das die Leute verführte, ihr Ego streichelte und für sie sorgte. Das ihnen sagte, dass sie die Besten von allen waren.

Das hatte Scot noch nie zuvor gespürt.

~ *Dann komm zu mir* ~

»Verpiss dich!« Stattdessen trat Scot zwei Schritte zurück.

~ *Hör auf, dich gegen mich zu wehren!* ~

»Das würde dir gefallen, nicht wahr?« Nichtsdestotrotz war die Stille, die sich wieder ausbreitete, gequält. Scot konnte Connors Griff um seinen Verstand nicht abschütteln. Er fühlte Traurigkeit und die Angst, verlassen zu werden. Spürte er seine eigene Vergangenheit, oder Connors? Und als er Connor ansah, entdeckte er das Verlangen im Gesicht des jungen Mannes. Es war so stark wie jedes ausgesprochene Flehen.

Scot unterbrach seine Flucht und zügelte seine Wut. »Erklär es mir einfach«, bat er gebrochen. »Was ist los? Was sehe ich? Was ist real?«

»Ich bin es«, antwortete Connor. »Wenn du willst, dass ich es bin.«

»Das ist keine Antwort...«

»Sieh hin.« Connor strich mit seiner tätowieren Hand über den Rand der Poolwand.

»Da ist nichts...« Doch. Etwas bewegte sich. Jemand lachte. Wasser schwappte gegen die Stufen.

Wasser?

»Sieh genau hin«, wies Connor ihn leise an. »Öffne deinen Geist. Komm in meine Welt.« Er wandte sich von Scot ab, ging zurück zur Lücke in der Poolwand, wo die Stufen begannen, und ließ das Handtuch fallen. Dann ging er hinunter. Scot wusste instinktiv, dass er sich in das kühle, beruhigende Wasser gleiten ließ und auf den Rand setzte. Er legte die Arme am Rand ab, sodass Schultern und Kopf über Wasser waren und seufzte, während kleine Wellen seine Muskeln umspielten und vermutlich die Schmerzen eines anstrengenden Tages lösten. »Scot? Komm zu mir. Bitte.«

Scot verharrte immer noch wie angewurzelt. Er sollte sich an diesen Wahnsinn gewöhnen, nicht wahr? Er ging zurück zum Pool und spähte über die Mauer. Ja, da war jetzt Wasser. Und ja, es sah so verlockend aus, dass er die Frische in der Luft roch. Dann waren alle da – Oliver, der unter die Oberfläche tauchte und lachte und planschte wie ein Kind im Wasserpark. Vincent und Jerry saßen auf der anderen Seite. Vincent hatte einen Arm um Jerry gelegt und wischte ihm mit der anderen Hand lächelnd das Wasser aus den Augen. Jerry wirkte immer noch etwas verblüfft, leistete aber keinen Widerstand. Und Connor, der entspannt neben ihm ruhte, betrachtete Scot.

»Komm, Süßer«, murmelte er.

~ Ich will dich. Wir alle wollen es ~

In Scots Kopf fand sich keine Antwort, nur eine intensive, träge Sehnsucht in seinem Körper und den Tiefen seines Herzens. Connors Verlangen und Lust waren aufrichtig und doch... Was bedeutete das alles?

»Ich kann mich nicht an eine Zeit erinnern, in der ich nicht gewartet habe, Scot.«

»Doch nicht auf *mich*?«

Einen Moment lang verzog Connor das Gesicht. »Ich wusste es bis jetzt nicht. Ich wusste nicht, auf wen. Und dennoch... vielleicht doch.«

~ *Ich will dich* ~

Oliver hielt im Pool inne und sah ihn mit seinen dunklen Augen an. »Connor bekommt seinen Willen«, flüsterte er. »Immer.«

»Ruhe, Oliver.« Connor legte den Kopf nach hinten auf den kühlen Steinrand und schloss die Augen. »Ich warte auf Scot«, murmelte er, obwohl sich seine Lippen überhaupt nicht bewegten.

~ *Das habe ich immer* ~

Scot stand fassungslos und erschöpft da. Es war einfach zu heiß, um zu diskutieren.

Damit rechtfertigte er die Tatsache, dass er seine Hose auszog und nackt die Stufen hinunterging, um zu ihnen zu kommen.

Kapitel 9

Das Wasser war unglaublich. Nicht, dass es überhaupt da war – plötzlich einer trockenen Quelle entsprungen –, sondern weil es seine Nerven mehr beruhigte, als er es sich je vorgestellt hatte. Selbst bei Nacht war es warm und hatte eine leicht spritzige Wirkung. Scot war in seinem ganzen Leben noch nicht in einem Spa gewesen, hatte aber genug Zeitschriften gelesen, um zu vermuten, dass es so ähnlich sein müsste. Trotzdem wirkte das Wasser natürlich, ohne dass irgendwelche Motoren oder Filter liefen.

Hört mich nur an. Als wäre ich ein Experte, was Luxusbäder angeht.

Neben ihm legte Connor eine Hand auf sein Bein. Unter Wasser fühlte sich Connors Handfläche seidenweich an. Scots Schwanz schwoll an.

»Was passiert hier? Ich meine, wie machst du das?«

»Das?«

Scot wedelte wütend mit der Hand. »In der einen Minute ist dieser Ort verlassen und der Pool ausgetrocknet. Jetzt gibt es Wasser und ihr seid alle… einfach hier. Mit Essen und Trinken. Als wäre es die ganze Zeit da gewesen.« Seine Stimme bebte. »Halluziniere ich? Bin ich verrückt geworden?«

»Natürlich nicht. Und du kennst die Antwort – du hast es selbst gesagt. Wir waren die ganze Zeit hier. Nur nicht sichtbar. Zumindest nicht immer.«

»Nicht für alle sichtbar«, murmelte Vincent, dessen Lippen immer noch an Jerrys Hals lagen.

»Nur für die wenigen Bevorzugten!«, rief Oliver trotzig, als er vor ihnen auftauchte und sich das Wasser aus den Haaren schüttelte, sodass es ihm im Gesicht klebte.

Scot sah ihn finster an. Oliver war eine Aufmerksamkeit heischende kleine Schlampe, konnten sie das nicht sehen?

~ *Still* ~

Oliver riss die Augen auf. Er konnte Scot nicht gehört haben, oder? Es waren nur Gedanken, keine gesprochenen Worte.

~ *Er verdient etwas Besseres* ~

Scot war zwischen Scham und Abneigung hin- und hergerissen. Aber was sollte er denn denken? Er sah zu, wie Oliver sich aus dem Pool zog, ganz glatt und seidig vom Wasser und geschmeidig wie ein Aal. Noch immer nackt zog er sich seine Shorts wieder an. Das verdammte Teil war auch so schon unanständig, dachte Scot, aber vermutlich waren sie eher ein Statement als Olivers Bedürfnis, sich zu bedecken.

Connors Hand packte sein Bein erneut fest.

Olivers Blick lag auf Connor, aber er lief rot an, als wäre er berührt worden. Er richtete sich auf: »Connor?«

»Du stehst in meiner Gunst«, erwiderte Connor sanft. »Alles andere ist unwichtig.«

»Ich will dir gefallen«, sagte Oliver so leise, dass Scot ihn kaum hörte.

»Du weißt, was ich mag.«

Wie bitte?

Plötzlich erklang Musik in der Luft, doch die Quelle war nicht zu erkennen. Es war nicht so, als hätte jemand eine Anlage eingeschaltet oder ein richtiges Instrument gespielt. Es war nur eine Melodie in der Brise, die sich mit jedem Windhauch drehte und änderte. Sie stolperte über die Steine und blubberte dann mit lebhaften, zarten Harmonien darunter im Wasser. Sie schien von Oliver selbst zu kommen – aus der Hand, die er sanft hob, aus der Hüfte, die er bewusst an einer Seite absenkte. Aus seinen großen, blassblauen Augen, die voller Glück funkelten, weil er im Zentrum der Aufmerksamkeit stand.

Er tanzte dazu.

Scot wurde klar, dass es ein Lapdance war – ein Poledance, sexy und provokativ. Olivers Körper bewegte sich, als hätte er keine Knochen, eher flüssig als stofflich – als wäre er aus Honig. Genauso süß war es, ihm zuzusehen. Connors Blick lag auf Oliver und

Vincent setzte sich auf und lächelte seinen Freund ermutigend an. Oliver streckte einen Arm über den Kopf, während er mit der anderen Hand über sein Handgelenk und die weiche Unterseite seines Oberarms bis zu den empfindlichen Haaren in seiner Achsel strich.

Anschließend hob er beide Arme über den Kopf und streckte seine schmale, jungenhafte Brust nach vorn, sodass sich die Muskeln anspannten. Wassertropfen schimmerten auf seinen Nippeln. Die Schatten umspielten seine Haut und erzeugten die Wirkung, als würde sich das Tattoo tatsächlich bewegen und wie eine kleine Schlange über seinen Körper wandern.

Dann fing er an, sich zu wiegen und seine kleinen, bewussten Schritte schienen eine Choreografie zu sein, die nur er kannte und mit der er sich stetig um den runden Pool bewegte. Seine nackten Füße berührten den Staub am Boden und traten rhythmisch auf die unebene Oberfläche. Er drehte die Hüften von einer Seite zur anderen, sodass der Anhänger auf seiner Brust wippte. Sein fester, knackiger Hintern wiegte sich verführerisch, als er sich drehte, und er spannte die Pobacken neckend unter dem dünnen Stoff seiner Hose an.

Der Tanz war weder feminin noch ausgefeilt. Auch die Schritte schienen keinem klassischen Tanz entsprungen zu sein. Oliver zeigte einfach seinen Körper, die Freude an seinem guten Aussehen und seine übersprudelnde Energie. Er lud zur Bewunderung an seinem Rhythmusgefühl ein, für seine feine Knochenstruktur und die straffe Haut sowie die Kraft eines sinnlichen, jungen Mannes.

Connor erhob sich im Pool.

Scot blieb sitzen, aber in seinem Körper hallte die Bewegung nach. Es war, als *würde* er aufstehen, als würde er Oliver beobachten und sich sanft im selben Rhythmus wiegen, als würden sie zusammen tanzen. Er spürte die Vibrationen von Olivers Füßen am Boden und jedes vielsagende Zucken seiner Hüften.

~ Du spürst die Wärme, die mein Strahlender immer verbreitet ~

Oliver biss sich auf die Unterlippe und summte leise zu der mystischen, musikalischen Melodie in der Luft. Er streichelte seine Brust, zupfte an der Feder und reizte zärtlich seine Nippel. Einen Finger tauchte er in seinen Nabel und schlug den Rhythmus an seinem leicht muskulösen Bauch. An der Hüfte angekommen hielt er inne, ehe er mit den Fingern seinen Hosenbund anstupste und ihn nach unten schob. Geschickt schlug er beide Hacken zusammen, sodass das Kleidungsstück nach unten fiel und er heraustreten konnte. Nun war er nackt.

Vincent schnurrte leise zustimmend und das Geräusch war deutlich in der ruhigen Nachtluft zu hören. Bis auf die sinnlichen Töne und Olivers angestrengten Atem gab es keine anderen Laute.

Oliver stellte einen Fuß auf die niedrige Poolmauer. Dadurch hob sich sein knackiger Hintern und wurde provokativ zur Schau gestellt. Mit den Händen strich er über seinen Schenkel, das Knie und die Wade hinunter bis zum Knöchel. Anschließend ließ er sie wieder hinaufgleiten, streichelte sich und drückte gegen die Vertiefung zwischen seinen Schenkeln.

Er ließ den Kopf sinken, sodass ihm die blonden, feuchten Haare in die Stirn fielen und sah unter diesem Vorhang suchend zu Connor. Seine Lippen verzogen sich zu einem Schmollmund und sein Blick bat um Aufmerksamkeit. Seine ganze Haltung verlangte sie. Er war schelmisch, süffisant und präsentierte sich perfekt.

~ Er kennt sich selbst sehr gut ~

Ohne eine Vorwarnung an Scot – bis auf die plötzlich leere Stelle und die kühle Luft neben ihm – verließ Connor den Pool. Na ja, Scot sah nie wirklich eine Bewegung. Connor tauchte einfach hinter Oliver auf, legte eine Hand auf seine Hüfte und ließ die Finger neckend zwischen Olivers nackte, süße Pobacken gleiten. Er hatte sich nicht die Mühe gemacht, sich das Handtuch wieder umzulegen.

»Erinnerst du dich?«, flüsterte er Oliver ins Ohr.

Oliver atmete scharf ein und das Lächeln auf seinem Gesicht wurde breiter. »Ich erinnere mich«, erwiderte er stöhnend. Weißblonde Strähnen schlugen ihm sanft ins Gesicht, als er den Kopf hin und her drehte. »Ihre Hände... ihre Lust... ihr Lob, als sie mich berührt haben.« Seine Augen waren halb geschlossen, während ihn die Erinnerung an ein intimes Vergnügen zum Lächeln brachte. Die Musik war nun leiser und sanfter. Er kreuzte die Arme über der Brust und strich geschmeidig und verführerisch über seine Seiten, während er sich wiegte.

Connor legte eine Hand in seinen eigenen Schritt und streichelte träge seinen halb harten Schwanz. Scots Blick löste sich von Oliver, denn Connor faszinierte ihn mehr. Von seiner Position im Pool aus konnte er Connors Rücken und sein Profil sehen, wenn er den Kopf ein wenig zurücklegte. Seine breiten Schultern gingen in den geraden Rücken und von dort aus zu der leichten Vertiefung an seinem Steiß über. Die Rundung seines Hinterns war so verführerisch, dass sie geradezu nach einer sanften Berührung flehte. Die Schatten zwischen seinen Pobacken und Schenkeln versprachen flüsternd einen köstlichen Genuss. Seine Hüften waren schmal, seine Beine stark und schlank.

Als er sich rhythmisch mit Oliver wiegte, erhaschte Scot auch einen Blick auf seine Vorderseite. Den glatten Bizeps, das schimmernde Piercing, eine dünne Haarspur, die sich von seinen Brustmuskeln über seinen Bauch zog. Kaum Fett an seinem Bauch und ein leicht vorstehender Nabel. Kastanienbraune Härchen in seinem Schritt. Ein langer, schlanker Schwanz, der bereits halb hart war und an seinem Schenkel ruhte.

Er war sagenhaft. Sein Körper war umwerfend. Sein Lächeln war vernichtend. Mehr Superlative fielen Scot nicht ein, aber er hätte sie benutzt, wenn es anders gewesen wäre.

Connor drehte sich langsam und verträumt um und lächelte Scot an. Er schlenderte zurück zum Pool, trat über die niedrige Mauer und sank wieder ins Wasser. Wassertropfen spritzten auf die trockenen Steine, als er sich neben Scot setzte.

~ Ich werde dich nicht verlassen ~

Und Oliver tanzte weiter.

***

Die Hitze lullte Scot ein und das Wasser wusch seine Schmerzen weg. Aber nicht seine Verwirrung. »Erklär mir, wie es funktioniert«, drängte er Connor. »Wie *ihr* funktioniert. Wie könnt ihr aus dem Nichts auftauchen?«

»Wir sind immer hier, Scot.«

»Nein, seid ihr nicht.«

Connor lachte leise. »Wir sind es, wenn du hinsiehst. Wir wollen nur nicht von allem und jedem gesehen werden.«

»Aber wie könnt ihr das kontrollieren?«

Connor zuckte mit den Schultern. »Es passiert einfach. Zumindest passiert es hier im Motel. Das ist unser Ort, Scot, unsere Zeit. Es funktioniert. Und das ist alles, was wir brauchen.«

Scot sah zu Jerry und wieder zurück zu Connor. »Bist du dir da sicher?«

Connor runzelte die Stirn. »Was meinst du?«

»Wenn ihr so glücklich in eurer seltsamen Welt seid, warum zieht ihr Jerry dann mit hinein?«

»Niemand zieht irgendjemanden, Scot. Beobachte.«

»Wen? Jerry?«

Jerry saß noch immer im Pool und Vincents Arm lag um ihn. Als Oliver hinter sie trat, strich er über Jerrys Nacken, als wäre es nur zufällig beim Tanzen passiert. Aber dafür hielt die Berührung ein wenig zu lange an. Sie war eine Zärtlichkeit, kein Versehen. Jerry sah zu Connor.

Jerry hätte Scot nicht übersehen können – immerhin saß er neben Connor –, aber Jerrys Blick war nur halb fokussiert. Was dachte er über all das? Er sah sehr jung und sehr begeistert aus, als würde er zum ersten Mal zu einer Übernachtungsparty bei einem Freund kommen.

»Aber du bist es.« Connor erwiderte sein Lächeln.

Jerry hatte nicht laut gesprochen. Warum hatte Connor geantwortet? Und warum zum Teufel war Scot nach allem noch überrascht? Er versuchte, Connor verstohlen zu beobachten. Irgendwie griff dieser Mann in seine Gedanken und blätterte in ihnen, ohne dass er etwas spürte. Scot erschauerte. Er versuchte, sich zu entspannen und wohlzufühlen. Worauf ließ sich Jerry ein? Hatte er Kontrolle darüber?

~ *Ist das wichtig?* ~

Scot sah zu, wie Jerrys Blick zwischen Vincent und Oliver hin und her huschte und jedes Mal zu Vincent zurückkehrte, wie eine Motte, die vom Licht angezogen wurde.

Vincents Atmung beschleunigte sich, als er Jerrys Blick erwiderte, und seine Brust hob sich. Oliver trat von den beiden zurück und sah Connor an. Die beiden lächelten sich wissend an.

»Du magst Vincent, Jerry.« Connors sanfte, hypnotische Stimme erklang sowohl in Scots Kopf als auch in seinen Ohren, obwohl Connors Blick auf Jerry lag. »Nicht wahr? Er war immer der Eine für dich. Er wird dir zeigen, was du brauchst – was du wirklich willst.«

~ *Willst du das?* ~

Scot keuchte schmerzerfüllt und sein Atem stach wie Nadeln in seinen Lungen. Sprach Connor mit Jerry oder mit ihm?

Vincent stöhnte leise und zischend auf.

»Tanz, Vincent«, forderte Connor ihn laut auf. Er rutschte auf seinem Platz herum, bis seine Hüften Scots berührten. Das Wasser rann über seinen Schoß und seine Beine, ehe es wieder ruhig wurde. »Du bist an der Reihe, Starker. Zeig uns, wie du tanzt, um zu vergessen.«

Scot starrte Vincent an. »Vergessen? Ich verstehe nicht. Was musst du denn vergessen?«

Vincents Gesichtsausdruck verdüsterte sich und sein Körper spannte sich an. Eine Sekunde lang verdrehte er heftig die Augen. Dann straffte er die Schultern und richtete sich auf. Mit brennendem Blick wandte er sich an Connor. Ein sanftes Lächeln umspielte seine Mundwinkel.

Connor nickte. Vincent erhob sich aus dem Pool, indem er seine großartigen Muskeln anspannte und stützte sich mit seinen starken Armen am Rand ab, ehe er sich geschmeidig herausstemmte.

Nass und umwerfend stand er da und seine Nacktheit betonte seine Maskulinität.

Und die Musik setzte erneut ein.

Dieses Mal war sie anders. Es war ein tiefer, langsamer Rhythmus, der durch den Stein im Hof vibrierte. Scot spürte ihn in seinem Körper, sah sich aber vergeblich nach der Quelle um.

»Vergiss jetzt, Vincent«, ertönte Connors tiefe, streichelnde Stimme. »Die Vergangenheit ist nun verschwunden. Du bist neu. Du bist frei. Sie kann dich hier nicht berühren.«

Vincents Füße setzten sich in Bewegung und er streckte die Arme nach vorn. Die Geste war sowohl wild als auch verlangend. Er wiegte sich einmal und legte sich in den Rhythmus. Dann schlug er die Hände zusammen und die Luft im Hof wurde von seinem Klatschen erfüllt, einem Takt, den er mit Händen und Füßen anschlug und der den Eindruck von Lachen, Jubeln und Landsleuten erweckte.

Er drehte sich um und blickte über seine starke Schulter. Seine Hände bewegten sich geschmeidig und anmutig, als würde er ein Seidentuch vor sich schwenken. Sein Rücken wölbte sich und er drehte ruckartig den Kopf, als würde er sich einem unsichtbaren Feind stellen.

Wie ein Matador! Aber Scot hatte noch nie einen in Aktion gesehen. Er war wie gelähmt und über alle Maßen erregt. Noch nie hatte er solche Bewegungen gesehen, diese fließende Perfektion im Tanz des großen, starken Mannes. Dieser Hauch von Arroganz und Stolz! Vincent drehte sich erneut und marschierte im Takt um den Pool herum. Er streckte die Arme aus, um das imaginäre Biest zu provozieren. Sein Körper wirbelte herum und beugte sich zur Seite, um dem Angriff auszuweichen. Staub wirbelte unter seinen Füßen auf. Der Zopf schlug gegen seinen Hals und seine Augen waren halb geschlossen. Scot fing ein paar Mal seinen Blick auf, aber Vincent schien ihn nicht zu erkennen. Seine Gedanken waren woanders und seine Handlungen schienen für eine andere Zeit und einen anderen Ort geschaffen zu sein.

Scot warf einen Blick auf Jerry, der vollkommen gefesselt war.

Die Musik im Hintergrund wurde schneller und intensiver. Auf Vincents Stirn stand Schweiß und er glänzte auch auf seiner Brust. Sein Brustkorb hob sich schwer und seine Bewegungen wurden hektischer. Er hatte die Augen beinahe vollständig geschlossen und Scot fragte sich, woher er wusste, wohin er gehen musste. Selbst mit dem Mondlicht war es dunkel, aber Vincents Schritte waren sicher und er geriet nie ins Wanken. Mit den Händen hieb er in die Luft und seine Hüften stießen im Takt des donnernden Rhythmus.

Oliver seufzte. Scot hatte das Gefühl, den Atem angehalten zu haben und nun nicht mehr zu wissen, wie er ihn wieder ausstoßen sollte.

Als Vincent sprach, klang er geschockt. Seine Stimme war tief und hatte eine vollkommen andere Klangfarbe als sonst. »Ich bin frei. Es kann mich nicht berühren. Vergesst den Mann, der ich war. Ich bin Vincent.«

»Du bist frei«, wiederholte Oliver und seine höhere Stimme bildete einen starken Kontrast. Es war wie ein Mantra und schien Vincent zu befriedigen. Die Musik verdichtete sich zu einem einzigen, hämmernden Rhythmus und Vincent kam abrupt zum Stehen. Er hatte den Körper bis zum höchsten Punk gestreckt, die Arme ausgebreitet und den Rücken stolz angespannt. In diesem Moment drehte er den Kopf und sah Jerry direkt an.

Jerry wimmerte.

Und dann ebbte die Musik ab und Vincent entspannte sich.

***

Oliver glitt neben Jerry ins Wasser und legte eine Hand auf seine Schulter, als wüsste er, dass Jerry Unterstützung brauchte.

»Du bist überwältigend, Vincent!«, lobte Connor. Im Halbdunkel schimmerten seine Augen so hell wie die eines Tieres. »Du bist spektakulär.«

Vincents Atmung beruhigte sich, aber er löste seinen gierigen, nach Befriedigung suchenden Blick nie von Jerry.

»Zeig es ihm, Vincent«, forderte Oliver ihn verschmitzt heraus. »Zeig Jerry, was er braucht.«

»Jerry muss um ihn bitten«, sagte Connor. Er hob eine Hand aus dem Wasser und deutete auf Oliver. Der junge Mann umfasste Jerrys linken Arm, rieb sich leicht an Jerrys schlankem Bein und griff ihm neckend in den Schritt. Das schwappende Wasser versperrte die Sicht, aber Scot wusste, was sich dort befand. Natürlich wusste er das. Und wie es aussah, schien Oliver es auch zu wissen.

»*Frag*, Jerry«, drängte Connor ihn.

Scot sah mit grausamer Faszination zu. Sein Liebhaber wurde verführt. Er konnte es nicht ertragen, sich von dieser Erregung abzuwenden.

Vincent beugte sich hinab und half Jerry, aus dem Pool zu klettern. Oliver folgte ihnen geschmeidig, sodass die drei zusammen bei der Poolmauer standen. Vincents schweißnasses Gesicht war nur wenige Zentimeter von Jerry entfernt. Hinter ihm legte Oliver verführerisch seine Hände auf Jerrys Hüften und streichelte mit den Fingerspitzen über seine wachsende Erektion. Jerry hätte es peinlich sein müssen, dass ihn ein fremder junger Mann befummelte. Ihn vorbereitete! Während zwei weitere praktisch Fremde dabei zusahen. Scot wusste, wie zurückhaltend Jerry sein konnte.

Gewesen war.

Doch Jerry sah Vincent ohne Widerspruch und ohne Zögern an. Sein gesamter Körper strahlte aus, wie sehr er sich nach dieser Aufmerksamkeit sehnte.

»Willst du ihn in dir, Jerry?« Connors Stimme klang in der feuchten Luft wie ein Schnurren.

~ *Dass er dich nimmt? Dass er dich fickt?* ~

»Das hattest du noch nie. Das hast du noch nie zuvor gespürt. Vor dir liegen noch viele Erfahrungen.«

Scot beobachtete, wie Oliver über Jerrys Schwanz strich. Auch Jerry sah zu und sein Schwanz ragte schmerzhaft erregt vor ihm auf, während Olivers schmale Hände ihn streichelten. Oliver neckte ihn, doch seine Bewegungen waren sicher. Mit jeder Berührung flüsterte er ihm süße, ermutigende Worte zu.

Connor blieb eindringlich. »Oder willst du ihn selbst nehmen?«

»Oder beides?« Oliver seufzte. Seine Hand schloss sich plötzlich fester um Jerrys Hoden.

Jerry zuckte erschrocken zusammen und riss die Augen auf. Die Nervosität musste ihren Höchststand erreicht haben und sein Verlangen schien so hell wie ein Leuchtfeuer in seinen Augen. Er hob eine Hand in Vincents Richtung.

»Nimm mich«, sagte er. Obwohl er leise sprach, waren seine Worte sehr deutlich.

Vincent lächelte und niemand hätte das Aufflammen von Lust in seinen Augen übersehen können. Offensichtlich war das alles, was er brauchte – die Bitte von Jerry selbst. Vielleicht musste es so sein.

Vincent legte die Hände auf Jerrys Schultern und berührte seine bebenden Lippen mit dem Mund. »Es wird passieren, Jerry. Du willst es. Du wolltest es schon lange. Du hast so geduldig gewartet und jetzt musst du es nicht mehr tun. Du brauchst es.«

»Ja«, flüsterte Jerry. »Bitte, Vincent. Ich will nicht mehr warten.«

Vincent legte seine große Hand mit überraschender Sanftheit in Jerrys Nacken und strich mit seinen langen, breiten Fingern unter Jerrys Ohr über seinen Puls. Jerry starrte Vincents Mund an und sein Schwanz war immer noch steinhart und pochte. Die Muskeln in seinen Beinen waren vorfreudig angespannt.

»Es wird so gut werden«, murmelte Vincent. »Ich kann wie kein anderer dafür sorgen, dass du dich gut fühlst. Aber das weißt du, nicht wahr? Es war immer ich – ich, auf den du gewartet hast.«

Und jetzt passiert es! Scot erschauerte und die Empfindungen rauschten durch ihn hindurch, wie sie es durch die Wand der Küche getan hatten. Er war in Jerrys Kopf, in seinem Körper! Er spürte die Verzweiflung in seinem Herzen und die bebende Leidenschaft in seinen Adern. Scot drehte den Kopf, um Connor anzusehen, aber der konzentrierte sich eingehend auf die drei Männer. Er war ein paar Zentimeter von Scot weggerutscht. Scot richtete seinen Blick wieder nach vorn.

Vincent umfasste Jerrys Gesicht – seine Hände waren so stark und liebevoll – und schob ihm die Zunge in den Mund, saugte an seinen geschwollenen Lippen und kostete die süße Leidenschaft und das bittere Verlangen.

Scot spürte alles. Er war hart – sofort und schmerzhaft.

»Ich will deinen Schwanz lutschen!«, keuchte Jerry. Er schien von Vincent verzaubert zu sein.

Vincent lachte leise. Er sah Connor an, als würde er nach Bestätigung suchen, aber die bekam er offensichtlich auch, denn er drehte sich mit einem trägen, hungrigen Lächeln zu Jerry zurück. »Tu es, Dunkler«, seufzte er. Er drückte fest gegen Jerrys Schultern und zwang ihn auf die Knie, sodass er nackt auf dem staubigen Boden hockte. Oliver glitt an Vincents Seite und streichelte dessen dunkle Haut, auf der noch immer Wassertropfen glitzerten.

Jerry konnte einen guten Blick auf Vincents großen, langen Schwanz werfen. Scot spürte, wie Jerry bei dem Gedanken, ihn in sich zu haben, am ganzen Körper erzitterte. Er war so viel dunkler als Vincents glänzender, schweißnasser Körper – so viel glatter als die rauen, lockigen Härchen darüber. Jerry lief das Wasser im Mund zusammen.

Himmel. Jerrys Emotionen waren für Scot genauso schockierend wie seine Handlungen.

Jerry packte Vincents Hüften, wie er selbst in der Küche gepackt worden war, und nahm den Schwanz in den Mund. Er leckte daran und streichelte die Stelle, die er mit dem Mund nicht erreichen konnte, mit der Hand. Er umfasste die Hoden und rollte und knetete sie sanft. Vincents Beine zitterten an Jerrys Gesicht und er stöhnte lustvoll. Dann legte er seine breite Hand auf Jerrys Kopf und drängte ihn, weiterzumachen. Mehr zu tun.

~ Genieß seine Lust. Ihre Lust ~

Aus dem Augenwinkel sah Scot, wie sich Oliver über den Poolrand beugte und den Kopf an Connors Schulter legte. Er hörte Olivers leises Quietschen und Connors Murmeln. Sie streichelten sich. Das wusste Scot. Und trotzdem spürte er ihre Blicke auf sich. Sie sprachen über ihn.

Eine plötzliche Brise machte ihn darauf aufmerksam, dass Oliver wieder über den Hof huschte und sich hinter Jerry kniete. Sein Blick huschte zu Vincent und sie lächelten einander an. Oliver legte seine blassen Hände auf Jerrys Hüften und hielt ihn fest, während sich Jerry vor und zurück wiegte und Vincents Schwanz bearbeite. Und dann glitten Olivers Finger zu Jerrys Pobacken, um sie zu spreizen.

Jerry zuckte zusammen. Seine Zähne schabten plötzlich über Vincents Schwanz, sodass er stöhnte.

Scot keuchte. Die Finger waren an *seinem* Hintern – und drangen in *ihn* ein.

~ *Still* ~

Connor schien überall zu sein, er sah zu, bewunderte, lenkte die Handlungen der anderen und schien trotzdem immer frustrierend unsichtbar zu sein. Scot konnte nur Vincents muskulöse Schenkel sehen, die sich unter seinen Händen – Jerrys Händen! – anspannten, und seinen Hodensack, der vorfreudig unter seinem Schwanz wippte.

»Lass dich auch von Oliver berühren«, murmelte Connor sanft. »Er muss dich vorbereiten. Es sollte nur so viel Schmerz vorhanden sein, damit du dich auf das Vergnügen freust. Oliver versteht das.«

Olivers Finger glänzten – durch das Wasser? Gleitgel? –, als er Jerrys Eingang streichelte. Scot erschauerte, denn er kannte das erschreckende, erregende Gefühl, wenn er eindrang. Oliver massierte die Anspannung weg und stimulierte die Nerven. Als er einen Finger hineinschob, verspannte sich Jerry schnell. Doch dann drückte Vincent wieder gegen seinen Kopf, streichelte seine Haare und beruhigte ihn.

»Entspann dich, Jerry. Alles wird gut. Du vertraust mir. Wir brauchen nur Olivers Berührungen, damit er dich für mich dehnt. Du musst bereit sein. Ich will mehr von dir als deinen Mund. Oh Gott, jaaa...«

Vincent erschauerte heftiger und lehnte seinen kräftigen Körper an Jerrys Schultern. Sein Schwanz schwoll weiter an und drückte gegen Jerrys Gaumen.

Scot spürte die plötzlich aufwallende Panik in Jerry. Was, wenn Vincent plötzlich kam? Würde Jerry sein Sperma schlucken, wie Scot es bei ihm getan hatte? Konnte er das tun?

Dann zog sich der Finger aus Jerry zurück und wurde von Olivers heißer, feuchter Zunge ersetzt, die ihn leckte und sanft dehnte. Jerry stöhnte und zitterte unter der Qual aus Entzücken und Scham.

Scot hatte Jerry dort nie berührt. Wenn er sich hin und wieder getraut hatte, war Jerry zurückgezuckt. Aber jetzt haderte er nicht. Olivers Zunge war fest und eindringlich und leckte immer wieder von der weichen, empfindlichen Haut hinter Jerrys Hoden bis zu seinem Eingang.

Scots eigene Hoden zogen sich mitfühlend zusammen.

Als Oliver eifrig mit der Zunge in ihn eindrang, spreizte Jerry instinktiv die Beine, um ihm mehr Raum zu geben. Oliver lachte leise und voller Entzücken. Etwas Speichel rann über Jerrys Bein, während er ihn noch ein wenig sanft und rhythmisch mit der Zunge fickte. Jerry entspannte sich noch weiter und saugte selbstbewusster als vorher an Vincent. Aber der packte plötzlich Jerrys Haare und hielt ihn auf. Auch Oliver hielt inne.

»Nein. Bitte hör nicht auf«, flüsterte Jerry.

»Du kannst mehr haben, wenn du willst«, keuchte Vincent.

Scot stellte fest, dass er auch keuchte, als würde er auch spüren, dass der Schaft nicht mehr in seinem Mund und die Zunge nicht mehr in seinem Hintern war. Er fühlte sich schockierenderweise beraubt.

»Ja«, keuchte Jerry. »Das will ich.«

~ *Du bist perfekt für mich, Jerry. Wir wollen dich. Du willst wissen, wie es ist, nicht wahr?* ~

»Ja!«, stöhnte Jerry. Vincent grinste ihn an. Dann sah er über Jerrys Kopf hinweg und tauschte einen Blick mit Oliver aus. Anschließend ließ er die Arme sinken, schob die Hände unter Jerrys Achseln und hob ihn wieder nach oben. Er trat vom Pool zurück, wobei er Jerry halb mit sich trug, und legte ihn auf der nächsten Bank ab.

Jerry ließ sich noch immer keuchend auf den kühlen, harten Stein sinken und lehnte den Rücken an die Wand. Vincent ging vor ihm in Position. Sein Blick glitt über Jerrys nackten Körper und seine angespannten, ausgestreckten Beine. Dann packte er sie und spreizte sie noch weiter, ehe er sie nach oben und an seine Brust drückte. Jerry rutschte ein Stück nach unten und schob den Unterleib nach vorn. Um sich in dieser halb sitzenden Position abzustützen, legte er die Hände nach hinten, war nun aber vollkommen entblößt und Vincent hatte freien Blick auf seinen Schwanz, seine Hoden und seinen Hintern.

Und genau dort sah er auch hin, während seine Augen lustvoll schimmerten.

»Ich weiß nicht, was ich tun soll.« Jerry stöhnte. »Nicht so!«

Oliver stand hinter Vincent und lachte aufrichtig glücklich. »Das erfährst du, Jerry. Vincent ist der Beste darin, es dir beizubringen!«

Jerry sah zu Vincent auf und errötete. »Aber... Himmel. Sie können uns sehen.«

»Ja.« Vincent nickte lächelnd. »Das werden sie immer. So ist es. So willst du es.« Er streichelte mit einer Fingerspitze über Jerrys engen Eingang. Die Haut musste von Olivers Speichel immer noch feucht sein.

Jerry stöhnte erneut. »Heb mich hoch«, verlangte er von Vincent. »Du kannst es. Ich weiß, dass du es kannst. Heb mich hoch und nimm dir, was immer du willst!«

Vincents Oberschenkel spannten sich an, als er sich nach vorn zwischen Jerrys Beine beugte. Er packte seine Mitte und hob ihn mit einer lächerlich einfach aussehenden Bewegung nach oben. Jerrys Rücken lag an der Wand und Vincent stützte sich mit den Knien auf dem Rand der Bank ab, um sein Gewicht zu tragen, ehe er Jerrys Unterleib wieder auf seinen Schoß zog. Jerrys Hoden lagen auf Vincents nackten Beinen.

Jerry keuchte und wackelte ein wenig herum. Scot stellte sich vor, wie Jerry die Wand an seinem Rücken zu spüren, wie sich die Steine in seine Haut drückten und er dabei Vincents warme Haut an seinem Po wahrnahm.

Fuck.

Vincent atmete tief und schwer ein. Er bewegte Jerry erneut, sodass dieses Mal sein Eingang auf Vincents Schritt lag und gegen die feuchte Spitze seines Schwanzes drückte. Dort hielt er ihn fest und umfasste ihn mit seinen starken Armen wie ein Kind, obwohl er ihm auf eine erwachsene Art Fürsorge und Sanftheit zukommen ließ und wartete, bis er bereit war.

Jerry stöhnte leise und zitterte vor Vorfreude. Vincents Griff wurde fester, vielleicht, um ihn abzulenken. Aber anstatt das Ganze hinauszuzögern, spreizte Jerry die Beine weiter und legte sie um Vincents Rücken. Er versuchte, den Unterleib anzuheben und einen besseren Winkel zu finden.

Scot hörte Vincents erfreutes Murmeln über diese Bereitwilligkeit.

Dann grub er seine starken Finger in Jerrys Pobacken, zog ihn tiefer auf seinen Schoß und drang in ihn ein.

Scot zuckte auf der Stelle zusammen. *Als hätte er in mich gestoßen!*

Jerry sah vollkommen schockiert aus und schrie laut auf. Aber er schob Vincent nicht von sich. Stattdessen sackte er gegen Vincents Brust und klammerte sich an seine breiten Schultern, während Vincent weiter in ihn eindrang.

»Himmel, Gott! Nein. Warte... Oh fuck!«

Vincent hielt inne. Es musste ihn unglaublich viel Selbstbeherrschung kosten, ganz zu schweigen davon, in dieser Haltung zu verharren. Einen kurzen Augenblick senkte er den Kopf, um Jerrys Flüstern zu hören. Es war zu weit weg und zu leise, als dass Scot die Worte hören konnte, aber dann stützte Vincent ihn wieder ab und drang mit einem weiteren Stoß noch tiefer in ihn ein.

Dieses Mal schluchzte Jerry, aber anstatt protestierend aufzuschreien, tat er es aus Verlangen. Die beiden fanden einen Rhythmus, als Vincent ihn nahm und sich mit seinen kraftvollen Muskeln nach vorn trieb. Jerry brummte leise bei jeder Bewegung.

Nun waren die Geräusche lustvoll.

Scot sah sprachlos zu und die geteilten Gefühle machten ihn ganz empfindlich. Er sah, wie Oliver neben Jerry auf die Bank kletterte und sich hinkniete. Grinsend beugte er sich über Jerrys Brust und stürzte sich auf einen Nippel.

Himmel! Scot spürte den Blitz, der von der Spitze seiner eigenen Nippel in seinen Schritt schoss, und er rutschte im Pool herum, wobei er kaum ein Stöhnen unterdrücken konnte.

Oliver neckte mit der Hand Jerrys Erektion, die gegen seinen Schritt gedrückt und vernachlässigt wurde, während Vincent ihn fickte.

»*Härter*«, knurrte Jerry.

Vincent gehorchte. Seine Bewegungen wurden wild und die beiden klammerten sich aneinander, als würden sie auf dem stürmischen Ozean treiben. Vincent schob ihn ein Stück herum und Jerry versuchte wimmernd, sich in dieser Position zu halten, damit Vincent erneut in diesem Winkel traf.

Scot spürte die Welle aus Lust so deutlich wie das Wasser des Pools um sich. Er stöhnte. Eine Hand glitt über seinen Schenkel – Connor war wieder neben ihn gerutscht. Seine Lippen berührten Scots Oberarm, so sanft, dass Scot sich fragte, ob er sich die feuchte, heiße Berührung nur eingebildet hatte. Scots Schwanz war selbst unter Wasser dick und heiß und er wollte sich unbedingt selbst berühren.

~ *Das will ich auch* ~

Vincent stöhnte, als sich sein Höhepunkt aufbaute, aber Jerry war ihm einen Schritt voraus und schrie ekstatisch auf, während Oliver seinen Schwanz streichelte. Er verkrampfte sich, zuckte und spritzte auf ihre verschwitzte Haut ab.

Ebenso befriedigt schrie auch Vincent auf, erschauerte und krallte sich so fest in Jerrys Haut, dass sie unter seinen Fingern weiß wurde. Anschließend sackten sie an die Wand und auf die Bank, keuchend und wie zu einer einzigen Person miteinander verschmolzen.

Und Scot stellte fest, dass er ebenfalls keuchte und eine Hand fest um seinen Schwanz gelegt hatte.

***

Oliver nahm eine Decke von der Bank und breitete sie auf dem Boden aus. Vincent richtete sich auf und half Jerry nach unten, ehe er sich zu ihm legte. Vincents Haut glänzte im Mondlicht schweißnass. Scot stellte sich vor – oder sah er es wirklich? –, dass er Jerrys helles, klebriges Sperma auf Vincents Schenkel erkannte.

Niemand hatte sich mit einem Kondom aufgehalten.

~ *Das ist hier kein Problem* ~

Scot wollte fauchen, wollte sagen, dass es leichtsinniger, ignoranter Schwachsinn war. Aber in seinem Herzen wusste er, dass es stimmte.

Jerry streckte sich neben seinem neuen Liebhaber aus. Vincent beugte sich über ihn und verteilte hauchzarte, feuchte Küsse auf seiner Haut.

Als sich Oliver neben sie auf die Decke kniete, zuckte Jerry nicht. Oliver streichelte ihn und glitt verschmitzt mit den Fingerspitzen über seinen Hintern. Dann schob er einen in ihn und bewegte ihn sanft.

Scot verspannte sich, ebenso wie der Mann neben ihm im Pool.

Aber Jerry protestierte nicht. Stattdessen wölbte er sich leicht, als würde er Olivers Finger in sich ziehen. Oliver schien zielsicher zu wissen, wo er ihn berühren musste und Jerry stöhnte, als sich die Lust aufbaute.

~ Ist es gut? ~

Scot streichelte sich gedankenverloren. Es war, als würde ihn eine andere Hand lenken und dennoch hatte sich Connor keinen Zentimeter näher bewegt.

»Darf ich dich nehmen, Jerry?«, murmelte Oliver süßlich auf der Decke. Er hätte genauso gut nach einer Kostprobe von Jerrys Drink oder einer Mitfahrgelegenheit zum Laden fragen können. »Darf ich an der Reihe sein?«

Jerry machte sich nicht die Mühe, ihm zu antworten, obwohl er tief seufzte.

Oliver drehte ihn auf die Seite, drückte seinen festen, jungen Körper an Jerrys Rücken und spreizte seine Beine. Oliver seufzte freudig. Seine Erregung schwoll an Jerrys Hintern an und tropfte auf ihre Haut.

Endlich bewegte sich auch Connor und legte seine Hand auf Scots Handgelenk. Träge bewegten sie sich gemeinsam an Scots Schwanz. Es war ein seltsam vertrautes Gefühl.

Jerry schien es nicht zu stören, als Oliver in ihn eindrang. Tatsächlich verzog sich sein Gesicht sogar vor hinreißender Verwunderung.

»Kein Schmerz?«, murmelte Oliver und leckte wie ein Kätzchen an Jerrys Ohr.

»Nein. Es ist... gut.« Jerry sah von der Decke auf. Vincent sah ihnen beim Ficken zu und erwiderte das Lächeln, während er einen Finger an Jerrys Lippen legte. Jerry seufzte und ließ ihn in seinen Mund eindringen, sodass er gierig an ihm saugen konnte.

Scots Schwanz zuckte. Connors Ellbogen stieß ihm in die Seite. *Oh Gott.* Er war gefangen in dieser schweren, unverhohlenen Sinnlichkeit um ihn herum und wusste, dass er sich umdrehen und Connor küssen wollte.

~ Scot? ~

»Du bist so gut, Jerry«, ertönte Olivers sexy, atemloses Flüstern, das ein wenig von Jerrys Schulterblättern gedämpft wurde. »Ich will nicht, dass Vincent dich ganz für sich allein hat. Wäre das fair?«

Jerry lächelte, als wäre dieses Lächeln schon Antwort genug.

Oliver stöhnte und legte den Kopf an Jerrys Schulter. Mit den Lippen verwöhnte er Jerrys Nacken und schob eine Hand um sie herum, um Jerrys Schwanz zu umfassen. Seine Stöße waren schneller als Vincents und seine Haut glatter und geschmeidiger, als er sich an Jerrys Hintern rieb.

Scot hatte Jerry noch nie in dieser Position gefickt. Verdammt, er hatte Jerry überhaupt noch nicht gefickt, zumindest nicht so. Jerry schien es sichtlich zu gefallen.

Sehr.

Er schrie laut auf, als er kam und niemand war geschockt oder entsetzt darüber. Oliver lachte mit ihm und streichelte beruhigend seinen Rücken. Nach wenigen Stößen erschauerte auch er und spritzte in ihm ab.

Vincent beugte sich über Jerry und hob seinen Kopf, indem er eine Hand unter sein Kinn legte, und küsste ihn innig.

Sehr, sehr lange.

Scot war zu tief in seinem eigenen, widerwilligen Verlangen gefangen, um klar zu denken. Sein Herz hämmerte in seiner Brust und die Bewegungen seiner Hand wühlten das Wasser auf. Als Connor seine freie Hand um Scots Taille legte, ließ er es zu. Und als Scot kam, lehnte er sich in die Sicherheit von Connors Armen.

Es gab allem eine pikante Note.

Kapitel 10

Der Abend ging träge und lasziv in die Nacht über. Scot lag auf einer Decke und lehnte sich an einen Kissenhaufen. Er war nicht schläfrig, aber seine Gliedmaßen fühlten sich schwer und seine Augen müde an. Er war noch immer im Hof – eigentlich hatte er nicht mal versucht, ihn zu verlassen.

Platschend tauchte ein Kopf aus dem Pool auf. Kurze Haare klebten daran und Wasser floss über schlanke, schmale Schultern, als sich der Badende geschmeidig aus dem Pool zog. Er streckte die Arme und schüttelte das überschüssige Wasser ab. Oliver, natürlich. Vincent stand neben der Poolwand und Oliver stützte sich an seiner Schulter ab. Sein Lachen war ein lauter, musikalischer Laut in der sinnlichen Luft. Beide waren ebenso wie Scot noch nackt. Als sich Oliver erneut streckte, konnte Scot das Profil seines halb erigierten Schwanzes sehen.

Jerry saß im Pool, lehnte sich mit dem Rücken an die Seite und hatte die Augen geschlossen. Oliver war mit ihm unter Wasser gewesen. Nackt. Scot analysierte die verwirrten, verstörenden Gefühle, die damit einhergingen. Zweifellos wusste er, dass Oliver Jerry verwöhnt hatte. Mit den Händen, mit dem Mund – was auch immer er sonst benutzen konnte.

Scot hatte Jerrys entzückte Laute gehört, oder nicht?

Er betrachtete die nasse Spur, die Oliver hinterließ. Immer noch staunte er darüber, dass der Pool jetzt mit Wasser gefüllt war. Wann zur Hölle war das passiert? Wie zur Hölle war das passiert? Warum, in Gottes Namen, machte er sich über solche Dinge Gedanken?

Jerry erhob sich und balancierte auf der obersten Stufe. Vincent nahm seinen Arm und half ihm, das Gleichgewicht zu halten. Als einer seiner Füße abrutschte, lachte Jerry laut und sah zu Vincent auf. Vincent beugte sich zu ihm und sie küssten sich. Sehr innig.

Ihre Zungen waren wild und hungrig. Scot hörte die leisen, gierigen Geräusche so deutlich wie Olivers Seufzen in der ruhigen Nachtluft.

Oliver blieb an der Seite des Pools stehen, um eine halb leere Weinflasche aufzurichten, die neben einigen Bechern und einer Schale mit reifen Früchten stand.

Mit den Fingern fuhr er durch eine kleine Pfütze aus verschüttetem Wein und ließ die dunklen Tropfen wieder auf den Boden fallen. Dann glitt er mit seiner feuchten Hand über Jerrys Brust und zeichnete ein wahlloses Muster auf seine Haut. Wie Olivers Tattoo bestand es aus hohen, eleganten Schwüngen, die im gedämpften Nachtlicht glitzerten. Anschließend beugte er sich vor und leckte die Flüssigkeit auf, ehe er mit der Zunge gegen Jerrys dunklen Nippel schnippte.

Scot hatte das selbst schon getan, er wusste, dass es Jerry gefiel. Im Moment auf jeden Fall, denn er wölbte den Rücken und kniff die Augen zusammen.

Scot fragte sich, warum er nicht so verstört war, wie er sein sollte. Sein Freund – der Mann, mit dem er glaubte, eine Beziehung zu haben – hatte einen intimen, sexy Dreier und trotzdem konnte Scot nur daran denken, wie umwerfend sie zusammen aussahen. Zu seiner leichten Verwunderung spürte er, wie sich Erregung in seinem Schritt ausbreitete.

Lag es an Connor?

Der saß neben ihm auf der Decke. Er war fast vollkommen still, aber sein Atem strich über Scots Schulter, als er eine Frucht aus einem der anderen Körbe nahm. Er hatte die Szene vor ihnen betrachtet. Und trotzdem wusste Scot, dass er eigentlich *ihn* beobachtete.

~ *Natürlich tue ich das, Scot Salvatore* ~

Seit Langem hatte ihn niemand mehr mit seinem vollständigen Namen angesprochen und es rüttelte ihn auf. Niemand hatte ihn je als eigenständigen Mann wahrgenommen. Er war immer jemandes Kind, jemandes Laufbursche, jemandes Mitläufer gewesen. Der Zitrusduft um Connor war nun sehr stechend und reizte Scots Sinne.

»Du hast zu meinen Gedanken gesprochen, Connor.«

Connor lachte leise und in Scots Kopf klang es wie ein Windspiel. Seine Worte glitten sanft um Scots Gedanken.

~ *Du kannst mich ignorieren, Scot. Manchmal tust du es, nicht wahr?* ~

»Aber manchmal kann ich es nicht.« Scot seufzte.

Connor war verschwommen in seinem Augenwinkel, aber vielleicht lag es auch an der Hitze und dem Donnern seines Herzschlags, dass die Dinge verzerrt waren. Scot sah das Mondlicht auf Connors Oberkörper, das in die Schatten an seinen Rippen fiel. Connor trug ein lockeres Handtuch um die Hüfte, das sich mühelos teilte, als er sich bewegte.

Scot sah muskulöse Schenkel und leicht behaarte Hoden aufblitzen. Connors Haare fielen ihm lang und lockig über die Schultern. Manchmal waren sie nass vom Pool und manchmal trocken, aber sie schimmerten immer schwarz und braun, wie es Scot in diesem Halbdunkel nicht vermutet hätte. Während sie nebeneinander auf der Decke saßen, lagen Connors Fingerspitzen dicht neben Scots Bein. Schlanke, künstlerische, geschmeidige Finger. Scot spürte die lebendige Hitze, die von ihnen ausging, obwohl sie sich nicht wirklich berührten.

Die ganze Sache war ein einziges Chaos aus Emotionen, Verlangen und Instinkt. Diese ganze Sache namens Connor. Und doch...

Scot atmete tief ein und der stechende Geruch reizte ihn immer noch. Connor sog ihn ein wie niemand zuvor. Er wollte Connors Hand nehmen und seine Haut berühren.

~ *Tu es. Ich will, dass du es tust* ~

Trägheit breitete sich in ihm aus. Scot war noch nie so müde und gleichzeitig so entspannt gewesen. Gefiel ihm das Gefühl oder verabscheute er es? Oder, noch wahrscheinlicher, fürchtete er es?

»Manchmal...«, murmelte Connor. »Manchmal kannst du mich nicht ignorieren. Manchmal bist du mir gegenüber offener.«

Nach Connors Schweigen erschreckte sich Scot über die laut ausgesprochenen Worte. Connors Stimme war tief, voll und melodisch.

Und sehr, sehr verlockend. Sie wirkte auf Scot überraschend vertraut, obwohl er diesen Mann erst vor ein paar Tagen kennengelernt hatte. Samtweich und so behaglich wie ein frisches, sauberes Bett, so erregend wie der Tag, an dem Scot Jerry kennengelernt hatte und zum ersten Mal seinen Körper berühren durfte.

»Wann bin ich dir gegenüber offener?«, flüsterte Scot.

Connor schien auf der Decke zu ihm zu kommen, seine Haut war nur noch einen Hauch entfernt und seine Haare berührten Scots Wange. »Wenn du liebst, natürlich. Wenn du fickst. Wenn du dich kümmerst.«

»Was meinst du?« Sprach Connor über ihn und Jerry? Wie konnte er es wagen! »Bist du so eine Art Geist?« Scot riss der Geduldsfaden. »Du bist immer in meinem Kopf! Und diese Gerüche – diese Aromen, die nur ich riechen kann. Die Geräusche, die nur ich höre. Aber immer diese Stimme, von Anfang an.«

~ *Immer* ~

»Es warst immer du, nicht wahr? Scheiße, du *bist* es immer.«

Connor wirkte unbeeindruckt. »Ja. Es war immer ich.«

Er lehnte sich vor Scot und versperrte ihm die Sicht auf die drei Männer am Pool. Scot sah in seine großen, dunkelblauen Augen und sah gleichzeitig seine vollen Lippen, die sich zu einem Lächeln verzogen hatten. Ihm schwirrte der Kopf.

»Ich bin kein Geist, Scot. Das ist kein Geisterhaus. Jeder hier ist wirklich lebendig.« Connor hielt inne. Sein Blick war wie eine warme Hand, die über seinen Rücken streichelte. »*Sehr* lebendig. Wir haben darauf gewartet, dass du zu uns kommst.« Connor rutschte auf der Decke herum und war immer nur eine verlockende Handbreite entfernt. Es wirkte nicht offensichtlich und er berührte Scot nicht körperlich. Aber er war bei ihm und streichelte ihn die ganze Zeit.

Scot war immer noch misstrauisch. »Ich glaube, ich war auch interessiert, wie du leibhaftig aussiehst.« Fuck. Warum wünschte er sich, diese besondere Phrase nicht benutzt zu haben?

Connor hob eine Braue und sah ihn amüsiert an. »Also jetzt siehst du mich.« Lachfältchen bildeten sich an seinen Augen. »Und was willst du mit mir tun?«

Scot zog ein finsteres Gesicht. Er drehte den Kopf zur Seite, um Connors Blick zu meiden. *Du bist einfach hier, Connor Maxwell. Es ist nicht so, als müsste einer von uns etwas anderes tun!*

»Du hast auch eine Stimme! Ich hatte gehofft... aber das habe ich noch nie zuvor erlebt.« Connors Grinsen wurde breiter und drückte pure Freude aus. Etwas Grelles und Wildes leuchtete in seinen Augen. Er stand auf und reichte Scot die Hand. »Komm und setz dich mit mir unter die Bäume. Rede mit mir. Ich weiß, dass du mehr über mich erfahren willst. Genauso, wie ich etwas über dich erfahren will.«

Connor zog ihn zu einer der Bänke und Scot ließ sich ziemlich schwer darauf fallen. Diese ganze bizarre Situation machte ihn immer noch sprachlos.

Oliver löste sich von den anderen und kam zu ihnen auf die Bank. Er setzte sich nicht, Connor aber schon, nämlich direkt neben Scot, sodass dieser von zwei umwerfenden Männern flankiert wurde. Er wusste, dass sein Gesicht tiefrot war. Sein Körper tobte und verhöhnte ihn mit seiner Aufsässigkeit.

»Möchtest du Wein haben, Scot?«, fragte Oliver geübt unschuldig. »Oder möchtest du *mich* haben?« Er lachte über Scots schockierten Ausdruck. »Dann also erst mal Wein.«

»Nein.« Scot verzog erneut das Gesicht. »Ich – ich trinke nicht viel. Wasser?«

Oliver hob die Brauen und warf Connor schnell einen enttäuschten Blick zu. »Natürlich.«

Scot hatte am Pool keine Wasserflaschen gesehen, aber Oliver ging nicht zurück ins Motel. Er griff einfach neben die Bank. Sein nackter Hintern wippte und drückte sich leicht gegen Scots Bein. Seine Haut war kühl und feucht von seinem letzten Poolaufenthalt. Scot zitterte und wusste, dass Connor ihn beobachtete.

Als sich Oliver aufrichtete, hielt er ein Glas und einen Krug mit kaltem Wasser in den Händen. Die Seiten des Krugs waren mit Kondenswasser beschlagen. Dampf stieg davon auf und Eiswürfel klirrten an den Seiten.

Scot trank die Hälfte des Glases in einem Schluck aus. Connors Blick ruhte auf ihm. Scot konnte sich vorstellen, dass er beobachtete, wie sich Scots Kehle zusammenzog.

Auch Oliver betrachtete sie genau und stellte sich dann vor sie. Er stützte sich an der Wand hinter der Bank ab, beugte sich zwischen sie und senkte den Kopf. Seine blonden Haare streiften Scots Ohr, aber sein Blick ruhte auf Connor. Und Connor sah ihm direkt in die Augen.

Ein Lächeln umspielte Olivers Schmollmund. Hinter den Zähnen umspielte er mit der Zungenspitze einen Eiswürfel. Die feuchte Oberfläche fing das Mondlicht auf. Oliver stützte sich vollkommen auf seine Arme und drückte Connor seine Lippen auf.

Scot lehnte sich instinktiv zurück, konnte aber dem Drang nicht widerstehen, ihre feuchten, hungrigen Münder anzustarren. Olivers gierige Küsse machten ihn kurzatmig. Ihre Zungen umspielten einander.

»Mehr, Maxwell.« Oliver schob den schmelzenden Eiswürfel nach vorn und verteilte eine kühle Spur auf Connors Lippen. »Nimm ihn.« Seine Stimme klang gedämpft. »Leck ihn. Leck mich, Connor.« Sein Keuchen wurde heftiger und er stützte die freie Hand schwer auf Connors Schulter.

Plötzlich streckte Scot die Hand aus und packte Olivers Oberarm.

Oliver hielt überrascht inne. Er löste seinen Mund von Connors und starrte Scot an. »Hm?«

»Hör auf.« Scot war nicht sicher, was zur Hölle er da tat, aber er zog die Hand nicht zurück. Seine Stimme krächzte – er erkannte sie kaum wieder – und seine Atmung war sicher zu flach, um das Pochen in seiner Brust zu rechtfertigen? »Ich... will es selbst tun.«

***

Oliver hob die Brauen, verzog seine vollen Lippen und sog den Eiswürfel wieder in den Mund. Träge lächelnd richtete er sich auf und zog gelangweilt den Arm von der Wand weg. Währenddessen betrachtete er Connor, um seine Reaktion nicht zu verpassen.

Connor starrte nun Scot an. Sein Gesichtsausdruck war verzaubert – gierig. Seine Augen schimmerten wie die eines Falken, der seine Beute beobachtete.

»Maxwell? Du sahst *mich* an«, sagte Oliver zu laut. Die Abneigung in seinem Tonfall war nicht zu überhören. Er schluckte schnell und unbeholfen den restlichen Eiswürfel hinunter, aber niemand sah ihn mehr an.

»Geh«, befahl Connor leise und langsam.

Offensichtlich gekränkt zuckte Oliver mit den Schultern. Er drehte sich um und ging mit wiegenden Hüften zu den anderen. Als er zu den Poolstufen gehen wollte, hielt Vincent ihn auf.

»Komm her, Strahlender«, sagte er. In seinen Augen funkelte etwas Zärtliches und Verwegenes.

Olivers Gesichtsausdruck wurde zufriedener. »Redest du mit mir?« Sein strahlender Blick glitt zwischen Vincent und Jerry hin und her, die nebeneinanderstanden.

»Er befiehlt es dir«, erwiderte Jerry und lächelte den wunderschönen jungen Mann an. Vincent drehte Oliver in seinen Armen und küsste ihn. Hart. Besitzergreifend packte er Olivers schmale Hüften, ehe sich Jerry dazugesellte und Olivers Rücken massierte. Oliver wurde fest zwischen ihnen eingeklemmt. Als Jerry Olivers Hüften nach hinten zog, wölbte er sich wie eine zufriedene Katze, ehe er sich nach vorn beugte und vorfreudig die Beine spreizte. Jerry lächelte Vincent über Olivers Kopf hinweg an und Vincent erwiderte nickend sein Grinsen.

Jerry streichelte beinahe nachlässig seinen Schwanz und seine Erregung reagierte offenbar enthusiastisch auf den Anblick, Oliver vor sich zu haben. Dann spreizte er die Pobacken, die ihm so bereitwillig angeboten wurden, und drückte seinen Schwanz gegen Olivers Eingang.

Oliver stöhnte. »Bitte...«

Vincent streichelte seine Haare, zupfte spielerisch an einer Locke und hielt ihn dabei noch immer in seinen Armen. Von hinten drang Jerry langsam und verlockend in ihn ein.

Scot betrachtete die Szene von der Bank aus. Der Atem schmerzte in seiner Brust und er war sich lebhaft Connors heißem Körper neben sich bewusst, ebenso wie dem gleichmäßigen Atem, der ganz und gar nicht zu seinem eigenen passte. Trotzdem spürte er, wie sein Puls stockte und langsam demselben Rhythmus folgte.

Er stöhnte laut. Es war ein abgehackter Laut, als wäre er gegen seinen Willen entkommen. Connor legte seine Hand auf Scots und drückte die Finger sanft gegen seine Knöchel. Scot atmete erneut ein und spürte, wie sich die Hitze stärker in seinen Venen ausbreitete. Er verstand nicht, wie das nach nur einer Berührung passieren konnte, wusste aber instinktiv, dass es an Connor lag.

Weil er es ist.

»Scot«, sagte Connor. Nur dieses eine Wort.

Es reichte aus, um jeden Nerv in Scots Körper erschauern zu lassen.

Am Pool keuchte Jerry langsam im Rhythmus seiner Stöße. Er ließ eine Hand um ihn herumgleiten und streichelte den Schwanz des jungen Mannes, der steinhart, glänzend und geschwollen zwischen seinen Beinen aufragte und durch ihre Bewegungen wippte. Vincent beobachtete die beiden und sah in Jerrys vernebelte Augen.

Scot war noch immer von ihnen fasziniert, aber aus dem Augenwinkel sah er, wie Connor mit den Fingerspitzen achtlos an den Seiten eines Wasserglases spielte.

»Scot?«, flüsterte er erneut, doch Scot antwortete nicht. Ob Connor genervt war oder es als Necken verstand? Was das anging, war Scot selbst nicht sicher, was er damit ausdrücken wollte.

~ Sieh mich an ~

Scot konnte nicht anders. Er drehte sich zu Connor um.

Connor nahm einen halb geschmolzenen Eiswürfel aus dem Glas. Kleine, silberne Tropfen aus kaltem Wasser rannen zwischen seinen Fingern hindurch und er ließ das Glas auf die Decke unter der Bank fallen. Es landete mit einem schweren, aber gedämpften Schlag. Schweigend berührte Connor mit dem Eiswürfel Scots Wange.

Scots Brust verengte sich.

Connors tiefes Atmen, die erotische Szene vor ihm, voller Verspieltheit und Lust, und das berauschende Aroma von Connors spezieller Mischung aus Zitrus und lüsternen Körperdüften benebelten Scots Sinne. Das zusätzliche, brennende Gefühl des Eiswürfels auf seiner gespannten Haut war ein Schock für die Nerven, die schon zum Zerreißen gespannt waren. Und über allem lag das tiefe, nagende Verlangen in seinem Schritt, das sich nicht ignorieren ließ. Es mahnte ihn, es flehte nach seiner Aufmerksamkeit – oder nach der eines anderen.

Er stöhnte, konnte sich aber nicht zurückziehen.

Connor ließ den Eiswürfel weiter nach unten wandern und er rutschte zwischen seinen Fingern über Scots Hals, blieb davor jedoch kurz an seinen trockenen Lippen hängen. Dann ging es weiter zur Vertiefung an seinen Schultern und über seine Brust. Scot erschauerte und eine Gänsehaut breitete sich durch den Kontrast aus seinem Schweiß und der Kälte auf seiner Haut aus. Sein Blick huschte umher wie der eines Hasen – von den Spielen vor sich zu dem beinahe nackten Körper neben sich und dem glitzernden Mondlicht hoch oben.

~ So süß. Vertrau mir ~

Scot seufzte und in seinem Kopf entspannte sich etwas, etwas, das ihm erlauben würde, das hier anzunehmen. Etwas, das er sich endlich eingestand. Er saß da und keuchte leise, während Connors Hand weiter nach unten wanderte.

Mit zwei Fingern kniff er seinen rechten Nippel, während Connor mit der anderen Hand den Eiswürfel beinahe grausam gegen den linken drückte. Scot zuckte unter der Kombination aus Schmerz,

Kälte und Ekstase zusammen. Er kämpfte gegen die unglaublichen Gefühle an, die ihn erfassten – Lust und Sehnsucht und ein verzweifeltes Verlangen, alles verbunden mit Connor Maxwell und seiner neckenden Folter.

Er legte seine Hand auf Connors und hielt seine Streicheleinheiten abrupt auf.

Connors Augen weiteten sich.

Scot öffnete seine Finger und nahm das Eis selbst in die Hand. Es war nur noch wenig übrig. An seiner erhitzten Haut war es schnell geschmolzen. Scot spürte die nasse Spur, die es zwischen seinen Nippeln, an seinem Bauch und bis zu seinem Schritt hinterlassen hatte.

Endlich drehte er sich vollständig zu Connor um. Er wusste, dass das wahrscheinlich das Gefährlichste war, was er je getan hatte, aber jede Faser in ihm wollte es. Mit großen, juwelenhellen Augen sah er ihn an und fing seinen Blick auf.

~ Du wolltest es tun, mit mir ~

Ja. Keuchend drückte Scot den letzten glitzernden Rest des kühlen Eises an Connors Lippen. Ein leises, feuchtes Geräusch ertönte und dann öffneten sie sich plötzlich und das Eis glitt darüber. Connors Zunge zuckte und leckte die Feuchtigkeit auf.

~ Küss mich, Scot ~

Aber Scots Vernunft kämpfte noch immer mit seiner Sehnsucht. »Warum ich, Connor? Warum hat Jerry dich nicht gespürt? Dich nicht gehört? Warum hat er die Gerüche und Stimmen nicht wahrgenommen?«

Connor lachte leise. Für Scot hatte dieses Geräusch eine eigene, physische Präsenz, als würde eine von Connors Händen noch immer auf seiner Brust liegen, als würde sie immer noch mit einem seiner Nippel spielen. Scot zuckte zusammen. Seine Nippel waren beide schmerzhaft hart und fühlten sich wund an.

Dieses Mal sprach Connor nicht in Gedanken mit ihm. »Jerry Harrison ist ein ganz anderer Mensch als du, Scot, das weißt du bereits. Er reagiert auf seine eigene Art. Er hat eine Vergangenheit, die du nie kennen wirst... einen Grund für seine Dunkelheit und seine eigene Art von Entschlossenheit und Verlangen. Er hat sich mir schneller geöffnet und sich sehr erfolgreich mit Vincent verbunden. Und er *hat* mich gehört, auf seine Weise. Ich war die ganze Zeit bei ihm.«

»*Bei* ihm?« Scot konnte nicht aufhören, Connors Lippen anzustarren.

»Bei ihm. In ihm, Scot. Wie auch immer du das für dich erklären willst. Weil er es seit seiner Ankunft wollte. Vielleicht sogar schon davor.«

»Und ich nicht?«

Connors selbstbewusste Stimme schwankte leicht. »Du bist außergewöhnlich, Scot. Du hast die Blumen und Kräuter gerochen und meine Stimme und die der anderen gehört – das ist mehr, als Jerry gesehen und gehört hat, weil du stärker bist. Du hast auch deinen eigenen Weg. Ich wünschte nur... Aber du hast dich mir noch nicht vollständig geöffnet.«

Plötzlich fühlten sich Connors Finger kalt an. Die Kälte war wie ein Brandmal, das Scot in der Hitze um sie herum beinahe verbrannte. Er konnte nicht antworten.

»Du hast dich direkt mit mir verbunden«, fuhr Connor fort. »Und obwohl das mehr Freude verspricht – viel süßere, kostbarere Freude –, verarbeitest du es noch. Du bist *einzigartig*, Scot.«

Scot runzelte die Stirn. Klar, er wollte diese Verbindung, aber nicht so sehr, wie er Erklärungen brauchte. Er hielt daran fest, auch wenn seine Kehle schmerzhaft eng war. »Du kannst nicht direkt in mich eindringen, wie du es bei Jerry getan hast, richtig? Ist es... Bin ich irgendwie vor dir geschützt? Widerstehe ich dir?«

Unsicherheit flackerte in Connors Augen auf. Zum ersten Mal schien neben dem Verlangen auch Schmerz zu existieren.

»Ist es das, was du willst, Scot? Möchtest du *geschützt* sein?«

Leise, stöhnende Laute drangen vom Pool heran. Oliver hatte die Arme um Vincents Hals geschlungen, sodass dieser die Hände frei hatte, um mit seinem eigenen Schwanz zu spielen. Vincent legte den Kopf zurück und streichelte sich heftig. Oliver ließ den Kopf nach unten hängen und beobachtete Vincents Hände bei der Arbeit. Jerry stand noch immer hinter Oliver und stieß in ihn. Seine Hand lag fest um Olivers Schaft, sodass er bei Jerrys Stößen immer wieder vor und zurück gezogen wurde. Die drei bewegten sich, als wären sie miteinander verschmolzen.

Plötzlich zischte Vincent und kam erschauernd zum Höhepunkt. Sperma bedeckte seine eigene Hand und den Steinboden. Oliver stöhnte und sein Blick folgte den Tropfen. Er bäumte sich an Jerrys Hüften auf und schrie seinen eigenen Orgasmus heraus. Sein Schwanz zuckte in Jerrys Hand und sein Sperma verteilte sich glänzend und kontrastreich im Schatten zwischen ihren Körpern.

Der Hof war immer noch so spärlich beleuchtet, dass Scot immernoch hinterfragte, ob er wirklich sah, wie Jerry den Kopf von Olivers Körper hob, ob er wirklich sah, wie er ihm das Gesicht zuwandte, ob er wirklich sah, wie sich diese vertrauten grünen Augen vor Leidenschaft schlossen. Jerry öffnete stumm den Mund.

Jetzt war es nicht zu übersehen. Scot spürte, wie der Blick seines Liebhabers in ihn eindrang, den Abdruck von Jerrys Händen auf seinem eigenen Körper und dann spürte er – mit schockierender, entsetzlicher Faszination – die wunderbaren Schauer von Jerrys Höhepunkt in seinem eigenen Schritt, während er tief in Olivers engem, einladendem Körper seine Erlösung fand.

Scot war erneut hart, kam jedoch nicht. Er musste nicht. Die Schauer von Jerrys geteilter Sinnlichkeit waren schon spektakulär genug.

**

Scot fühlte sich desorientiert – sein Kopf war überall. Gesunder Menschenverstand war weit entfernt und schwach und sein Körper lachte über seine Versuche, die Kontrolle zu behalten. Er lehnte sich an die Wand und ergab sich seinen bebenden Gliedmaßen.

~ Wunderschön ~

»Wer zum Teufel bist du, Connor Maxwell?«

Connor zuckte mit den Schultern und Scot spürte den leichten Druck der Muskeln an seinen Schultern. Connor saß auf der Bank nun sehr nah neben ihm und stützte ihn praktisch. »Mir gehört dieser Ort, Scot. Du rufst nach ihm und ich muss bereitstellen, was du brauchst. Ich stelle gern bereit, was du brauchst. Es macht mir Freude. Es amüsiert mich. Es befriedigt mich.«

Scot schüttelte den Kopf. Connors Hand ruhte auf seinem Schenkel und Scots Hand darauf. Nichts hatte sich je so behaglich angefühlt, aber... »Ich meinte nicht, was du tust. Ich wollte wissen, wer du *bist*.«

Connors Stimme erklang wieder in seinem Kopf und war nicht länger ein hörbares, intensives Geräusch. Zog er sich dorthin zurück, wenn er herausgefordert wurde?

~ Wer soll ich denn für dich sein, Scot? ~

»Nein!«, fauchte Scot. »Verarsch mich nicht! Ich will natürlich, dass du der bist, der du wirklich bist.«

Und nun erwiderte Connor mit schneidender Stimme: »Nein, Scot, jetzt bist du niemandem gegenüber ehrlich. Niemand von uns will das, nicht wirklich. Wir alle haben Lebensgeschichten – Fabeln, die wir gern wahrhaben würden.«

»Das stimmt nicht.« Die Wahrheit war doch alles, oder?

Connors Tonfall war verführerisch und lockend. »Ihr beide seid hierhergekommen, aber nicht mit eurem wahren Ich. Ihr hattet eure eigenen Hintergedanken, eure eigenen Fähigkeiten. Ihr wolltet euch neu erfinden, nicht wahr? Wie wir alle.«

~ Beobachte meine Lippen. Küss mich, Scot ~

Der Kampf war beinahe körperlich, aber Scot hielt die Stimme zurück. »Was meinst du? Ich verstehe nicht.«

»Scot! Warum muss ich die Worte finden?« Connor drückte sein Bein, offensichtlich jedoch aus Frustration und nicht, um ihn zu verführen.

Scot beobachtete die Emotionen, die auf Connors ausdrucksstarkem Gesicht zu sehen waren, und das gefährliche Flackern in seinen Augen. In ihm wallte etwas auf, das sich überraschenderweise nach Autorität anfühlte. Plötzlich wusste Scot, dass er Connor Maxwell mehr durcheinanderbrachte als jeder andere zuvor.

»Hör zu.« Connor hatte Schwierigkeiten, sich auszudrücken, was ihm sonst offensichtlich immer leichtgefallen war. »Dein Leben war nicht richtig – deine Reise hierhin unvermeidbar. Ich weiß nicht, warum du dich so gegen mich wehrst. Du verstehst weitaus mehr, als du denkst. Du hast mehr Macht, als dir klar ist.«

Ja, dachte Scot und wurde plötzlich von einem Rausch aus Begeisterung, Mitgefühl und Hunger erfasst, der ihn überwältigte. *Langsam stelle ich genau das fest.*

Und dann beugte er sich einen Millimeter weiter nach vorn und küsste endlich Connor Maxwell.

Bis auf ihren Atem gab es kaum ein anderes Geräusch im Hof.

Scot lehnte sich an Connor und stützte die Schulter an dem Stein hinter ihnen ab. Connor streichelte sein Bein und stöhnte beinahe lautlos in Scots Mund. Seine Lippen waren weich und fest und unbeschreiblich sinnlich. Scot wusste das, denn er schmeckte nicht nur sie endlich, sondern auch das kühle Eiswasser, das heiße Verlangen und die Mischung aus Früchten und Zitronen und dem Wein von vorhin. Noch nie in seinem Leben hatte er sich so fantastisch gefühlt.

Außerdem war er schmerzhaft erregt. Nicht einmal bei Jerry war er so verzweifelt gewesen, nicht, als sie noch zu Hause gewesen waren, wo sie oft tagelang voneinander getrennt sein mussten. Dann waren sie in ihren beschämenden, kleinen Ecken übereinander hergefallen, hatten sich unbeholfen und so voller Lust gepackt, dass es jedes Wort erstickt hatte, das sie miteinander hätten wechseln können.

Connor schüttelte sanft den Kopf.

~ *So eine Verschwendung* ~

»Das hast du gehört?«, flüsterte Scot. »Es war nur eine Erinnerung.«
»Und sie ist nicht beschämend, Scot. Es ist wunderschön. Aber mit der richtigen Person, dem Richtigen so viel besser.«
»Dem *Wahren*«, unterbrach sie Oliver mit seltsam scharfer Stimme.
Er war zurück und saß nackt und mit Wassertropfen bedeckt auf der anderen Seite neben Scot. Wirklich eine Wasserratte. Er war Vincents und Jerrys Griff entschlüpft, um sich im Pool ihre heißen, versauten Spuren abzuwischen. Vermutlich, um sich für die nächste Runde zu säubern. Dann war er wieder wie ein Fisch herausgesprungen, hatte gelacht, sich die Haare trocken geschüttelt und war an Connors Seite zurückgekommen.
Connor sah ihn nun finster an, als hätte er nichts sagen sollen. Scot bemerkte den Blick und prägte ihn sich für später ein. Connor war zu seiner unermüdlichen Hartnäckigkeit zurückgekehrt, von den Worten in Scots Ohren zu den Berührungen und der Verlockung. »Wen willst du, Scot? Deinen Liebhaber? Hast du gesehen, wie er sich tief in Oliver versenkt hat? Es war ein umwerfender Anblick. Sein Selbstbewusstsein – seine Dominanz. Das Stöhnen meines Strahlenden und wie er sich unter Jerrys Händen gewunden hat.«
Olivers antwortendes Lachen war brüchig, wie die hohen Töne eines Klaviers.
~ Umwerfend! ~
Scot drückte sich die Hände auf die Schläfen. Sein Kopf schmerzte unter Connors Angriff. Es kribbelte in seinen Lippen, Connor noch einmal zu küssen, aber er schien sich nicht lange auf irgendetwas konzentrieren zu können. Connor wirkte zu schnell, um gefasst zu werden. Seine Lippen waren an Scots Mund, doch seine Stimme kam aus einer anderen Richtung und nur das Echo seiner Hände war noch auf Scots Körper zu spüren.
Oder saß er gar nicht mehr neben ihm?
~ Willst du von ihm genommen werden, von Jerry? Wie Oliver? ~
Oliver lächelte, als wüsste er genau, das über ihn geredet wurde.

»Oder willst du ihn nehmen? In ihn stoßen. Dich in ihm versenken und ihn unter dir spüren. Deiner Gnade ausgeliefert.«

Scot stöhnte. Der Gedanke daran brachte seinen Herzschlag aus dem Takt. Seine Haut schmerzte... die Finger waren überall. »Wir haben nie... Ich habe nie...«

Oliver lachte lustvoll. »Aber er ist so wunderschön, Scot, wenn er genommen wird! Er schmilzt förmlich – er bewegt sich mit dir, als würde er zu deinen Hüften gehören. Und wenn er kommt, schreit er so zart und klagend auf und fleht dich an, tiefer zu stoßen, ihn härter und härter zu ficken...«

Scot wirbelte zu Oliver herum und starrte ihn schockiert an. »Jerry sagt das? Scheiße.«

Connor lachte leise. »Glaub uns, es stimmt.«

Er rutschte auf der Bank von Scot weg und Scot stöhnte leise über den Verlust. Connors Abwesenheit war wie ein kalter, beißender Wind in der Hitze dieser Lust. Sie waren eins geworden: Connor und Scots Verlangen.

»Du kannst ihn beobachten.« Connor drehte sich zum Pool und rief: »Komm zu mir, Jerry.«

Jerry schlenderte zu ihnen. Sein Blick huschte mit der Vorfreude auf sein Vergnügen über Connors Gesicht. Und dann sah er Scot an. Sein Gesicht war gerötet und seine Augen beinahe unnatürlich hell.

»Jerry?« Scot konnte nicht weitermachen. Jerry antwortete nicht, aber seine Wangen wurden dunkler.

Connor sah über ihre plötzliche Verlegenheit amüsiert zwischen ihnen hin und her. »Fass dich an, Jerry«, sagte er. »Wie Vincent sich angefasst hat. Das gefällt dir, nicht wahr? Zu sehen, wie er sich selbst befriedigt. Lass uns sehen, wie du es auch tust.«

»Scot?«, flüsterte Jerry, obwohl sein Blick auf Connor ruhte.

Scot nickte einfach. Er wusste, dass Jerry die Geste sehen würde.

Jerry atmete erregt ein. Eine Hand ließ er in seinen Schritt gleiten, um seine Hoden zu massieren, während er die Finger der anderen in den Mund schob, um daran zu saugen. Seine Augen leuchteten unter seinem schlaffen Pony.

»Scot ist hier«, meldete sich eine andere Stimme und Vincent trat hinter Jerry und schob die Hände um seine Mitte. »Genau wie ich, Jerry. Ich will sehen, wie du dich anfasst. Zeig mir, wie gut du deinen Körper kennst. Zeig uns dein Wohlbefinden, deine Kontrolle. Zeig uns, was du magst.«

Er lehnte seinen Kopf sanft an Jerrys und Jerry lehnte sich zurück, um mit der Nase über Vincents breite Schulter zu reiben. Dann sah er wieder Scot in die Augen und massierte seinen Schwanz. Langsam und genussvoll.

Scot stockte schmerzhaft der Atem. Connor war natürlich auch da. Seine Stimme war in Scots Kopf und er hatte seinen Geruch in der Nase. »Sieh ihnen zu, Scot. Dir gefällt das Zusehen, nicht wahr? Jerry wusste das.«

Jerry keuchte animalisch und seine Laute waren sowohl leise als auch flach. Er rieb mit der Handfläche über seine Eichel und verteilte seine Lusttropfen, die in den Schatten schimmerten. Die Hüften stieß er einem imaginären Liebhaber entgegen und beugte leicht die Knie, um besseren Halt zu haben. Vincent hielt ihn fester und bewegte seinen Körper zu Jerrys sinnlichem Strecken. Während Scot weiter zusah, ließ Jerry die andere Hand zu seinem Hintern gleiten. Ein sanftes Zucken war das einzige Zeichen, dass er eine Fingerspitze in sich geschoben hatte. Dann wiederholte er die Bewegung und brummte lüstern.

Schock erfasste Scot. »Jerry! *Fuck*.«

»Ist er nicht gut?«, hallten Connors Worte. Er war ihm jetzt noch näher und sein Atem streichelte Scots nackte Haut. »Er liebt dich, Scot, auf seine Art. Aber er liebt sich auch selbst. Er will das für sich selbst. Verdient er das nicht? Tun wir das nicht alle?«

Vincent stöhnte hinter Jerry, als könnte er seine passive Rolle nicht länger ertragen. Er packte Jerrys Nacken und drehte seinen Kopf herum, sodass er ihn küssen konnte. Dabei hielt er Jerrys Kinn fest, schob ihm die Zunge in den Mund und die beiden stöhnten.

»Sie sind fantastisch zusammen, nicht wahr?« Connors Atem triefte vor Bewunderung. »Sie verstehen die Freude daran so gut. Die Jagd nach der Lust – der Befriedigung.«

»Dem Teilen«, platzte Scot heraus. Seine Stimme war fester, als er gedacht hätte.

Connor versteifte sich. Ein Schauer aus überraschendem Entzücken, der direkt von Connor zu kommen schien, rann über Scots Haut und dann wurde sein Kopf herumgedreht und er sah den tiefen Hunger in Connors Augen. Irgendetwas geschah zwischen ihnen, was Scot beinahe entgangen wäre. Er schlang den Arm um Connors Rücken, strich über die zuckenden Muskeln und tauchte in das Versprechen an seinem Steiß ein. Das Handtuch hing mittlerweile kaum noch an Connors Körper. Scot schob es mutig zur Seite.

Vincent drehte Jerry zur Wand neben der Bank. Er drückte ihn nach vorn und Jerry stützte sich mit den Händen ab.

Connor sprach jetzt laut und keuchte in Scots Mund. Er war sehr real in Scots Armen und seinen gekeuchten Worten haftete ein sehr reales Flehen an. »Das ist alles für dich, Scot... Was auch immer ich tue. Küss mich jetzt.«

Seine Zunge war heiß und wild in Scots Mund, erkundete ihn, drückte gegen seine Zähne und verlangte, gekostet zu werden. Obwohl Scot Connor fest packte, war dessen Stärke offensichtlich. Für Scot war das unbeschreiblich erregend. Connor zwang seine Arme in einem höhnischen, aber verbissenen Kampf um Dominanz nach oben. Innerhalb von Sekunden wusste Scot nicht mehr, wer wen festhielt.

»Ich schaffe das nicht, Connor. Ich...«

»Schh«, stöhnte Connor in seinen Mund. »Lass mich dir helfen. Du ziehst hier Stärke aus uns, Scot.«

~ *Du bist mehr, als du dir je vorgestellt hast* ~

»Ich ziehe Stärke?« Scots Beine zitterten und er wusste, dass er den Halt der Bank brauchte. Es reichte nicht aus, Connor zu packen, ihn zu küssen und die starken, muskulösen Gliedmaßen an sich zu spüren. »Von dir?«

»Noch nicht.« Connors Atem stockte. »Aber bald.«

Er glitt mit dem Mund über Scots, berührte ihn und zog sich zurück, reizte und folterte. Scot hörte sein eigenes Keuchen, denn es klang zu laut in der stillen Luft. Seine Brust bewegte sich abgehackt und sein Bauch verkrampfte sich. Er wollte mit den Händen über Connors Körper, seine Beine, seine Hüfte, seinen Schwanz streichen. Er wollte nach allem greifen.

Um dich zu besitzen.

Connor atmete scharf ein. Sein Blick war gierig und er eroberte Scots Mund, als würde er auch noch den letzten Tropfen Erregung verschlingen wollen, den er vergessen hatte, doch er schüttelte sanft den Kopf. »Warte, Scot. Sieh Jerry zu.« Er stand auf und zog Scot mit sich. »Seine Lust ruft nach dir.«

Und so drehte sich Scot in Connors Armen, um die Männer neben ihnen zu beobachten.

Kapitel 11

Vincent beugte sich erwartungsvoll über Jerrys Rücken und spreizte dessen lange, angespannte Beine. Scot beobachtete, wie Vincent seinen feuchten, steinharten Schwanz an Jerrys Hintern führte und gegen seinen Eingang drückte – während sich Jerry weiter bückte und selbst seine Pobacken spreizte, um ihn einzulassen. Jerry sah Scot an und als Vincent in ihn stieß, verzog sich sein Gesicht mit Lust und Bewunderung. Scot hatte noch nie gesehen, dass Jerry solch eine Bereitwilligkeit und Begierde zeigte. Noch nie hatte er gesehen, dass er seine Unterwerfung anbot, nicht einmal, als Scot genug Mut gesammelt hatte, um ihn zu fragen. Und er hatte noch nie einen so ekstatischen Ausdruck auf Jerry Harrisons Gesicht gesehen.

Scot schwirrte der Kopf. Die Lust um ihn herum war erdrückend, wie eine Schlinge, die ihn streichelte und gleichzeitig Schmerzen verursachte. Jerry war nur wenige Meter entfernt, stützte sich mit gespreizten Beinen an die Wand und bewegte sich heftig, zuckte unter Vincent im Takt seiner Stöße. Jerrys lustvolles Stöhnen ließ Scots Ohren klingeln. Und Connor Maxwell war immer da... Er bewegte sich um Scot, sein Atem war wie ein Nervengas und seine heiße Haut prickelte an seiner eigenen. Eine konstante, lebendige Präsenz – eine Aura, die viel zu körperlich war und mehr ein Teil von Scot wurde als sein eigenes Bewusstsein. Er hatte Connor Maxwell berührt, ihn geküsst. Er wollte mehr von ihm. Nein, das war eine Untertreibung. Er *brauchte* mehr!

Connors Brust drückte gegen seinen Rücken und seine Seite, ehe er zurücktrat. Sein Necken trieb ihn in den Wahnsinn! Scot wollte ihn festhalten, aber er entglitt ihm immer wieder. Wie zum Teufel? In der einen Minute lag seine Hand aufs Scots Taille und seine Lippen an seinem Schulterblatt. In der nächsten hatte er sich wieder bewegt, schmiegte seinen heißen Schwanz an Scots Bein und verteilte die Lusttropfen auf seiner Haut. Jedes Mal, wenn sich Scot umdrehte, um ihn zu fangen – um ihn stillzuhalten –, entwand sich Connor seinen zupackenden Händen. Scot stöhnte, als Connor erneut seinen Hals berührte, seinen Kiefer küsste und an seinem Ohrläppchen leckte. Glückseligkeit – aber nur ein paar verlockende Sekunden, ehe Connors Mund wieder verschwand. Die Spannung war eine Qual.

Oft glitt Connors Hand an Scots Schritt vorbei und sein Körper flehte ihn an, seinen Schwanz zu berühren – und die stetigen Versprechen einzulösen. Bei jedem anderen Mann hätte ihn dieser Schalk fuchsteufelswild werden lassen. Irgendwie wusste er, dass Connor nicht vorhatte, ihn unbefriedigt zu lassen, aber fürs Erste wurde er mit Vorfreude und Spannung gefoltert.

Connor flüsterte ihm heiß ins Ohr: »Genießt du die Show? Deinen umwerfenden, großzügigen Liebhaber? Wer willst du sein, Scot?«

»Ich? Was meinst du?«

Connors Lachen war geschmeidig, warm und süß wie Schokolade. »Ich habe dich schon mal gefragt, aber du hast nie geantwortet. Willst du, dass er dich fickt? Willst du derjenige an der Wand sein, der sich für einen Liebhaber öffnet und das tiefe Eindringen spürt?«

Im Hintergrund stöhnte Jerry und drückte Vincent seinen Hintern entgegen. Eine Hand löste er von der Wand, um seinen geschwollenen, tiefroten Schwanz zu umfassen, den er im perfekten Rhythmus ihrer vereinten Körper massierte.

»Oder willst du derjenige sein, der ihn nimmt, Scot? In ihn eindringt? Dein Schwanz, der diesen engen Muskel durchdringt – die schmerzende Spitze, die sich hindurchschiebt und dann fest umschlossen wird. Willst du derjenige sein, der seinen dicken, gierigen Schaft in diese Hitze eintauchen lässt und sich dann langsam zurückzieht, nur um hungrig wieder hineinzustoßen? Der deinen Liebhaber vor Lust aufschreien…«

»Hör auf! Ich hab das noch nie gemacht!« Scot hob instinktiv die Hand, als würde er Connors Worte abwehren.

»Du hast es nicht getan!«, rief Oliver freudig. »Bis jetzt.«

Scot hatte Oliver nicht bemerkt. Doch sein lebendiger kleiner Körper schlich sich näher und Olivers angeborene Sinnlichkeit reagierte auf Scots verzweifelte Frustration.

»Ruhe, Oliver.« Connor erlangte wieder die Kontrolle. »Ich hab es dir gesagt, Scot, dass ich dir geben würde, was du willst. Und das ist es, was du willst, oder nicht?«

Es war wundervoll und schrecklich zugleich, dass Scot wusste, dass er recht hatte. Verlangen breitete sich in ihm aus, die Erregung des Traumes, der ansteigende Rhythmus der Vorfreude in seinen Adern.

»Jerry«, stöhnte er. *Mit Vincent...*

»Es gibt keinen Grund, sich betrogen zu fühlen, Scot«, murmelte die Stimme, die ihn umgab. »Sei nicht wütend auf ihn, es ist nur eine körperliche Freude. Es ist nichts im Vergleich zu deinen Gefühlen für ihn. Oder seinen für dich. Es ist nur Spaß.«

»Für uns!« Oliver lachte.

»Für mich.« Connor seufzte. Er umfasste Scots Gesicht, als würde er seine Verwirrung in seinen tiefen Blick einsaugen. Er berührte Scots schmerzende Lippen. »Versteh es, Scot.«

Aber Scot wurde langsam klar, dass er weitaus mehr verstand, als Connor vermutete. Über Connors Schulter hinweg, während sich ihre Münder suchten, beobachtete er Jerrys Gesicht – die gequälte Freude darüber, ausgefüllt, gedehnt, erobert zu werden. Er sah den Ausdruck der Anbetung auf Vincents Gesicht, als er sich auf Jerrys Rücken legte; er hörte seinen Schauer und den Schrei, als er in ihm kam; er spürte Vincents sanfte, beruhigende Berührung an Jerrys Rücken, während sein Körper wieder runterkam. Es löste eine Sehnsucht in Scots Herz aus, und das nicht zum ersten Mal heute Nacht.

Ihm wurde klar, dass er nicht eifersüchtig auf Vincent und Jerry war und er seinem Freund auch keinen Vorwurf machte, dieses Vergnügen zu suchen. Er sah Jerrys Gesicht, das sich befriedigt verzog, während er kam und wusste, dass er diesen Ausdruck noch nie gesehen hatte. Noch nie hatte er so etwas in Jerry ausgelöst. *Das ist es. Das ist es, was ich will.*

»Ja«, flüsterte er und konnte sich kaum an Connors Fragen erinnern. »Wann?«

~ *Bald* ~ Die Stimme lächelte, wenn das überhaupt möglich war.

~ *Aber zuerst gibt es da noch mehr* ~

Scot verstand nicht, warum Connor nicht länger laut sprach, bis dieser sich wieder von ihm löste. Scot fiel beinahe um und musste eine Hand an die Wand legen, um sich abzustützen.

~ *Vincent, Jerry. Kommt zu uns* ~

Besagte Männer lösten sich voneinander, berührten sich aber noch und keuchten unter den wundervollen Nachbeben des Höhepunkts. Sie richteten sich auf, streckten ihre krampfenden Muskeln und lachten einander zu. Dann kamen sie mit einem begeisterten Gesichtsausdruck zu Connor.

***

Mit von Schock durchzogener Faszination beobachtete Scot, wie Connor eine Hand in Jerrys Nacken legte und ihn an sich zog. Connors Blick ruhte weiter auf Scot, als er seine Zunge in Jerrys Mund schob. Sie hielten einander eine Weile – Jerry glänzte schweißnass, nachdem er von Vincent gefickt worden war und Connors Haut war gerötet, weil er Scot gestreichelt hatte. Sie küssten sich, murmelten einander Worte zu, die nur sie verstehen konnten. Connor ließ sich auf der Decke auf die Knie sinken und zog Jerry neben sich. Sanft drehte er sie um, sodass er Scot über Jerrys Schulter ansehen und sodass Scot seine Hand sehen konnte, mit der er besitzergreifend über Jerrys glatten Hintern strich.

Jerry drehte den Kopf und zeigte sein Profil. Er sah in Connors dunkle Augen und zwischen ihnen fand eine Kommunikation statt, die Scot nicht verstand. Plötzlich war Scot irrational – und schmerzhaft – ausgeschlossen.

Connors Lachen kam tief aus seiner Kehle. Er streichelte Jerrys Pobacken, als würde er überlegen, was er als Nächstes tun sollte. Er breitete die Finger seiner tätowierten Hand auf der blassen Haut aus und schob die Fingerspitzen in Jerrys Spalte. Jerry gab einen frustrierten Laut von sich, wölbte den Rücken und spreizte die Beine weiter.

Scot war wie erstarrt. Er bestand nur noch aus Emotionen. Emotionen, die Jerry wegschlagen wollten – Emotionen, die ihm sagen, dass er selbst unter Connors Händen sein wollte. Und eine weitere, weniger vertraute Emotion, die ihm sagte, dass er zusehen und die beiden umwerfenden Körper gemeinsam beobachten wollte.

Und irgendwie wusste er, dass Connor all das verstand.

Er verspannte sich und ein stechender Schmerz fuhr ihm in den Kopf. Es fühlte sich an, als hätte er ein Echo der Verbindung zwischen den beiden gespürt. Er spürte Jerrys reine, einfache Freude und seinen schnellen Herzschlag. Und wenn er sich wirklich konzentrierte, konnte er Connors Atem und die Worte hören, die er Jerry zuflüsterte.

~ *Er gehört jetzt mir, Jerry. Ich habe dir nur erlaubt, seine Liebe zu borgen* ~

Scots Brust wurde eng. *Und Connor gehört mir!*

Connor riss die Augen auf und starrte ihn an.

~ *Du hast uns gehört?* ~ Ehrfurcht breitete sich auf seinem Gesicht aus. ~ *Du sprichst mit uns?* ~

Bevor Scot über eine Antwort nachdenken konnte, schlang Vincent die Arme um seine Mitte. Einen Moment lang hatte Scot die Anwesenheit aller anderen vergessen. Aber er ließ sich, ohne darüber nachzudenken, in Vincents Arme gleiten. Er musste berührt werden. Er brauchte selbst Aufmerksamkeit! Als sich ihre Münder trafen, war Vincent heiß und gierig und Scot glaubte, dass er weitaus mehr als nur ein Lippenpaar spürte. Die Empfindung war unvertraut und sehr erotisch und er schob Vincent die Zunge in den Mund, um seine zu umspielen und daran zu saugen.

Connor beobachtete nun *ihn*. Scot spürte den tiefblauen Blick wie ein Messer zwischen den Schulterblättern. Er wusste, dass Connor und er sich gegenseitig reizten und folterten. Scot fragte sich, wer zum Teufel dieses Spiel angefangen hatte, geschweige denn, wer es gewinnen würde.

»Ja.« Er seufzte. Vincent strich über seine Brust, neckte seine Nippel und als er einen davon fest drehte, verspürte Scot eine sofortige und energische Regung. Er hatte sich an dieser Stelle immer nach einer groben Berührung gesehnt und Vincent schien das instinktiv zu wissen. Seine freie Hand ließ er an Scots nacktem Bauch hinabwandern, um seinen schmerzenden Schaft zu streicheln. Seine Berührung war sicher und eindringlich. Scots Verlangen war nun ein brennendes, körperliches Bedürfnis und er sollte verdammt sein, wenn er der Linderung widerstand – egal, wer sie anbot. Er hätte nie gedacht, dass seine Ausdauer so gut war – seine Libido so gierig und belastbar. Er drückte sich gegen Vincents Hand und stieß abgehackt in seine geschlossene Faust.

Härter. Hörst du mich? So will ich es!

Plötzlich war der Schmerz in seinem Kopf wieder da. Er versuchte, ihn abzuschütteln, denn er wollte unbedingt kommen. Er war so nah dran...

Aber Vincent zog sich zurück. Gerade als sich die Ekstase in seinem Schritt sammelte, verharrte Vincents Hand, er öffnete die Finger und ließ Scots Schwanz wieder los. Scot stöhnte über den Verlust und er griff nutzlos nach Vincents Händen.

Vincent lächelte ihn immer noch an, doch sein Gesicht verblasste aus seinem Sichtfeld.

Unfair!

Dann spürte Scot andere Hände an seinem Hintern. Weich und feucht glitten sie durch seine Spalte, um seinen Eingang zu streicheln. Eine schmale, feuchte Fingerspitze drückte sich gierig in ihn, stieß sanft zu, dehnte ihn und bereitete ihn vor. Er hörte ein leises, melodisches Lachen. *Natürlich*, stöhnte er innerlich. Es war Oliver, der ihn berührte und ihn mit seinen Fingern vor Verlangen in den Wahnsinn trieb. Er hatte immer vermutet, dass das Olivers Spezialität war. Keine anderen schlanken Finger würden sich so verschmitzt anfühlen. Jede Berührung war selbstbewusst, eindringlich und unerträglich heiß. Oliver drückte seine Brust an

Scots Rücken und drängte ihn gegen die Wand. Seine vollen Lippen küssten Socts Schulter und saugten an seinem Nacken. Scot spürte Olivers Erektion heiß an seinem Hintern, die sich beinahe schonungslos an seinen Pobacken rieb.

»Will dich, Scot Salvatore«, flüsterte Oliver. »Will dich spüren.«

Er drehte Scot an der Schulter zu sich herum. Nun war es Oliver, der herumwirbelte und Scot leise keuchend seinen Rücken und Hintern anbot. Er wackelte hinreißend an Scots Schritt, sodass sich seine warmen Pobacken an Scots Haut rieben.

Scot stöhnte. Sein Schwanz wurde noch härter und schien förmlich in Oliver eindringen zu wollen. Geschockt von seiner lüsternen Reaktion, sah er zu Connor und Jerry.

Sie knieten noch immer auf der Decke, waren mittlerweile aber einander zugewandt. Connor hatte eine Hand an Jerrys Taille gelegt, während die andere tief zwischen seinen Pobacken vergraben war.

Der Handbewegung nach zu urteilen, fingerte er Jerry gerade. Jerry atmete abgehackt, während er sich an Connor klammerte und versuchte, das Gleichgewicht zu halten. Immer wieder küsste er Connor, dann ließ er jedoch den Kopf nach hinten fallen und stieß einen lautlosen Schrei der Freude und Zustimmung aus. Er hielt sich an Connors Hüften fest und versuchte, ihre Schwänze aneinander zu reiben und Erlösung zu finden. Die Anspannung in Jerrys Schulter verriet, dass er kurz vor dem Höhepunkt stand.

Dieselbe Anspannung breitete sich auch in Scots Schultern aus.

Connors Augen waren wild und geweitet, sahen aber immer noch Scot an. Sein Schwanz war hart. Scheinbar registrierte sein Körper die Berührungen mit Jerry, doch sein Verstand war noch immer bei Scot.

Scot kannte die wimmernden Laute, die Jerry kurz vor dem Höhepunkt von sich gab, aber hätte nicht sagen können, wie nah Connor war. Seine Haut glänzte in der Nacht und seine Muskeln spannten sich an, während er mit Jerry spielte. Jedes Mal, wenn Jerry an ihm knabberte und nach ihm flehte, war sein Mund willig, aber seine

Emotionen waren weiterhin ein dunkler, tiefer Ozean in seinen Augen. Seine Kontrolle schien nicht nachzulassen.

~ *Scot? Für mich ist es Spaß. Genieß ihn mit mir* ~

»Scot?«, flüsterte Oliver an seinem Schenkel, obwohl Scot nicht gesehen hatte, wie er vor ihm auf die Knie gegangen war. »Ich will dich, Scot«, wiederholte er ein wenig bockig. »Will dich schmecken!« Die letzten Worte waren gedämpft, denn er packte Scots Beine und nahm seinen Schwanz in den Mund.

Scot keuchte lustvoll und voller Vorfreude auf die Erlösung auf. Der Schmerz in seinem Kopf stupste ihn an, doch er ignorierte ihn. Er konzentrierte sich auf den blonden Schopf und lehnte sich mit zitternden Beinen an die Wand. *Endlich!* Er hatte Jerry bei ihrer Ankunft gesagt, dass dieses Motel für sie der Himmel sein könnte. Natürlich hatte er nur Witze gemacht und versucht, die leicht frustrierte Stimmung zu lockern.

Er erschauerte vor Furcht und fragte sich, ob es nicht das genaue Gegenteil sein könnte.

Dann spannte Oliver die Lippen an, leckte über die angespannte Haut unter seiner Eichel und Scot wurde von seinem Höhepunkt überwältigt. Er spritzte in Olivers wartenden Mund. Er schrie auf, brüllte einen undeutlichen Laut heraus und zog an Olivers Haaren, ohne sich darum zu kümmern, ob er ihm wehtat. Seine Hüften zuckten gegen Olivers Gesicht, damit er ihn vollständig aussaugte und verlangte dabei mehr und *mehr*!

Der Schmerz in seinem Kopf wurde zu einem tiefen Seufzen.

***

Scot sank zu Boden, als seine Beine unter ihm nachgaben. Er keuchte noch immer schwer und sein Schwanz war so überempfindlich, dass er es nicht wagte, ihn zu berühren. Beschämt murmelte er Oliver eine Entschuldigung zu, denn er fürchtete, dass er ihm vielleicht die Haare ausgerissen, sein Kinn verletzt oder sich allgemein zum Trottel gemacht hatte, weil er so schnell und verzweifelt gekommen war.

»Keine Entschuldigungen, keine Erklärungen«, erwiderte die helle Stimme leise lachend in seinem Ohr. Oliver kniete neben ihm und sein schweißnasser Oberkörper bebte leicht unter seinem Lachen. »Du bist umwerfend, Scot Salvatore.« Er saugte hungrig, dankbar und anerkennend an Scots Lippen. Scot schmeckte sein Sperma warm und würzig auf Olivers Zunge. Noch nie hatte er so etwas erlebt. Gemeinerweise fragte er sich, warum zum Teufel er nicht schon lange danach gebettelt hatte.

Oliver leckte sich seufzend die Lippen. »Du schmeckst süß, genau, wie er gesagt hat. Dein Sperma verdient es, genossen zu werden... und es war gut, es selbst zu schmecken, nicht wahr? Alles an dir verdient es, genossen zu werden, Scot. Das habe ich gewusst, seit du hier angekommen bist. Du bist ein köstlicher Happen. Ich wünschte...« Er hielt sich zurück und seufzte reumütig. »Nein, das ist nicht für mich, nicht wahr? Aber viele andere Dinge sind es. Und es ist immer Zeit, sie alle zu genießen.«

Leichtfüßig stand er auf, streckte seine jungen, geschmeidigen Glieder und spielte vor Scot mit seinem eigenen halb harten Schwanz. Nackt wie am Tag seiner Geburt, aber wesentlich reifer, sah er auf den erschöpften Scot hinab. Und grinste. In seinen großen blauen Augen funkelte die Freude darüber, dass sein Appetit so wunderbar angeregt worden war.

Eine Hand legte sich auf Olivers Schulter und er verspannte sich plötzlich.

~ *Scot gehört nicht dir. Nicht jetzt* ~

Kurz blitzten Frustration und Wut auf Olivers Gesicht auf, doch dann drehte er sich halb lächelnd in der Umarmung des Mannes um, der hinter ihn getreten war. »Connor. Ich glaube, jetzt bekommst du eine Kostprobe?«

~ *Genug Unfug!* ~

Oliver schmollte und trat zur Seite.

Scot war von seinem Orgasmus benebelt und hatte wieder die Orientierung verloren. Als sich Connors starke Arme um seinen Oberkörper legte, ließ er sich von ihm in eine sitzende Position ziehen. Eine Decke wurde unter ihm ausgebreitet und Connor bot ihm erneut ein Glas Wasser an. Während er durstig und unbeholfen trank, wischte Connor mit den Fingerspitzen die Tropfen weg, die von seinen Lippen fielen. »Scot, verstehst du es jetzt besser? Die Freude? Die Erleichterung?«

Die Zuneigung in Connors Stimme schien ihm allein zu gehören. Als Connor das Glas erneut an seine Lippen hielt, winkte Scot ungeduldig ab. Stattdessen legte er eine Hand in Connors Nacken und zog seinen Kopf nach unten. Sie küssten sich innig und langsam. Scot schmeckte wieder Zitronen, aber auch andere Früchte. Andere Flüssigkeiten, die er nicht beschreiben oder identifizieren konnte. *Alle süß... alle vollmundig.*

In seinem Kopf war kein Schmerz mehr. Kein Nagen, keine Warnung, keine Einmischung.

Das ist so richtig.

Connor sprach wieder laut, zumindest fand Scot keine Hinweise auf Stimmen in seinem Kopf. Seine gesamte Faszination war nun auf das Gesicht des Mannes vor ihm konzentriert, die festen, beweglichen Lippen, den sehr menschlichen Körper, der sich an seinen lehnte.

»Ich will dich, Scot.«

Connor streichelte an seinen Seiten hinab zu seinem Hintern und ließ ihn auf die Decke gleiten. Der geschmeidige Wollstoff war ein weiterer Eindruck an seinem nackten Rücken – eine weitere sinnliche Erfahrung. Connor legte sich auf ihn und ihre Gliedmaßen verschränkten sich, während sie sich weiter küssten und streichelten. Sie berührten sich überall, von den Mündern, über die Schultern, den Bauch, die Hüften und die Beine. *Ein fantastischer Körper*, dachte Scot in einem Nebel aus Hektik und Verlangen. *Und er wird allein mir gehören.*

»Lass mich dich haben, Scot. Du hast keine Ahnung, welche Lust ich dir schenken kann.«

Connor kniete sich zwischen Scots Beine und Scot sah in seine tiefen, ausdrucksstarken Augen. Vielleicht war etwas Nervosität in ihnen zu erkennen, aber Scot vermutete, dass es eine Reflexion seiner eigenen war. Connor drückte fest gegen die Innenseite seiner Oberschenkel, aber Scot spreizte mühelos die Beine. Anschließend winkelte er sie an und spürte Connors Hände, die sie packten und weiter gegen seine Brust drückten. Scot war entblößt – vollkommen hilflos. Sein erschöpfter Schwanz zeigte zuckend sein neu erwachtes Interesse.

Wie zur Hölle kann das sein? Ich bin erst vor ein paar Minuten gekommen.

Connor lachte leise.

Du lauschst, nicht wahr?

Aber Connor sprach zuerst. »Bitte mich, Scot.« Seine Stimme war sehr rau. So hatte er noch nie geklungen.

Scot war nicht überrascht, dass er sich ebenso anhörte. »Was meinst du?«

»Bitte mich um das, was du willst.«

Wir sind gleich, dachte Scot ein wenig erschrocken. Beide waren verängstigt, beide gierig. Sie waren gleich. Sie konnten sich auf Augenhöhe begegnen. Scot fragte sich, ob Connor Bitte sagen würde. Er wollte nicht warten, um es herauszufinden. »Nimm mich. Fick mich.«

Er bemerkte die warme Berührung von fremder Haut und gehauchtes Lachen. Oliver kam wieder an seine Seite, aber Scot war es egal, wer gerade da war. Er hatte nur Augen für Connor, für seinen dunklen Blick, seine Freude und seine Bereitwilligkeit. Nur Ohren für sein Stöhnen und sein lustvolles Murmeln, während er Scots Eingang streichelte und mit einem langen, schlanken Finger in ihn eindrang. Nur Nerven für Connors Finger, die ihn zwickten, für das Feuer in seinen Venen, für die Empfindlichkeit seines gesamten Körpers. Er hatte das Gefühl, er wäre bei lebendigem Leib ausgepeitscht worden und als würde sich die Haut gerade erst wieder beruhigen.

Oliver kniete neben ihm, streichelte seinen festen Bauch und hielt seine Beine fest. Dann senkte er seinen blonden Schopf über Scots Schwanz, der nun vor Begeisterung leicht pulsierte. Er leckte über die Spitze, sodass sie ein wenig wippte, ehe er langsam und enthusiastisch über die Seiten leckte. Scot seufzte unter diesem angenehmen Gefühl, aber sein Blick haftete weiter an Connor.

Sie sprachen ohne Worte.

~ Willst du, dass Oliver dich wieder kommen lässt, Scot? ~
Nein.
~ Er ist gut ~
»Nein!«

Oliver ließ den langsam anschwellenden Schaft aus seinem Mund gleiten und Lusttropfen glitzerten auf seinen Lippen. Er war verwirrt und sah zwischen Scot und Connor hin und her. Auf Anweisungen wartend.

Scot wusste, dass er all das nicht vernünftig erklären konnte. Wahrscheinlich musste er das auch nicht. »Nicht du, Oliver. Ich…«

~ Sag es, Scot ~

Connor… Nur du… Scot fiel es schwer, laut zu sprechen, aber er konnte seine Stimme ohnehin nicht zur Mitarbeit bewegen. Jeder Muskel, jeder Nerv pochte vor Verlangen. Er starrte Connor beinahe wütend an und zwang die Worte heraus: »Ich will, dass *du* mich kommen lässt. Hör auf, mich zu reizen!«

Connor stieß das sanfte Lachen aus, das ganz allein ihm gehörte – es hätte niemals mit dem eines anderen verwechselt werden können. Staunen und Freude schwangen darin mit und es war intensiv von Verlangen, Triumph und Lust durchzogen. In diesem Moment waren sie füreinander die einzigen lebenden Menschen.

~ Oh, mein Süßer. Ich habe darauf gewartet. Ich hätte nie gedacht, dass du kommst ~

»Niemand sonst«, keuchte Scot. Sein Geist öffnete sich für Connor, ebenso wie sein Körper. Seine Muskeln spannten sich an, um gestreichelt zu werden. Sie waren ungeduldig.

Nur du.

Connor nickte. Etwas anderes war nicht nötig. Mittlerweile hatte er zwei Finger in Scot, sie waren feucht und heiß und drückten gegen seine Prostata. Die Berührung war ganz anders als die von

Jerry oder Oliver, sodass Scot das Gefühl hatte, er wäre zum ersten Mal erregt. Er sah Farben und hörte einladendes Stöhnen um sich herum. Er brummte laut.

~ *Nur du, ja. Niemand ist so süß wie du, Scot Salvatore* ~

»Connor«, protestierte Oliver leise hinter ihnen.

Connor reagierte nicht darauf. »Du bist der Beste, Scot. Du bist süß, wie der meine es sein sollte. Du berührst mich wie niemand sonst. Ich gehöre dir. Du gehörst mir.«

Connor zog seine Finger zurück und rutschte zwischen Scots ausgestreckten Beinen auf den Knien herum.

~ *Jetzt* ~

Er beugte sich vor, drückte seinen Unterleib hart gegen Scot und drang in ihn ein. Sein Schwanz durchbrach den anfänglichen Widerstand. Scot verzog geschockt das Gesicht, griff aber nach Connor und hielt sich an ihm fest. Er konzentrierte sich darauf, seinen Hintern zu entspannen und Connors Schwanz in sich zu ziehen. Sie klammerten sich aneinander. Connor stieß zu und Scots Körper bewegte sich mit ihm. Connor stützte sich erst auf seinen Armen ab, sackte aber immer weiter nach unten, bis er Scots Bauch und Schritt berührte. Dann packte Scot ihn und hielt ihn in dieser Position.

Stöhnend und ungeschickt suchten sie nach dem Mund des jeweils anderen und küssten stattdessen jede Stelle, die sie erreichen konnten. Connors Schweiß tropfte auf Scots Körper und sein Herzschlag hämmerte an Scots Rippen. Scot bemerkte Connors nahenden Höhepunkt, bevor er auch nur in die Nähe seines Hinterns kam, weil er laut und wild in Connors Blut war und Scot hörte den verlangenden Schrei, noch bevor Connor den Laut von sich gab.

Der Druck an Scots Schläfen war heftig. Er sah strahlende Farben hinter seinen halb geschlossenen Lidern, als sein Höhepunkt versuchte, Connors zu überholen. Er sah hinauf und stellte fest, dass Connors Zurückhaltung zerschlagen wurde und seine Kontrolle in sich zusammenfiel. Überwältigende, ekstatische Emotionen fluteten seinen Kopf, sein Herz und seine Glieder, als würde Connor in seine Adern strömen.

Sie erschauerten zusammen, sie schrien zusammen.

Und erneut gab es bis auf sie keinen anderen Laut im Hof.

***

In den ersten wachen Sekunden war Scot einfach nur darüber verwirrt, wo er war. Sein Körper schmerzte und sein Kopf pochte. Er hatte diesen unangenehm trocken Morgengeschmack im Mund, als hätte er die ganze Nacht getrunken.

Aber er wusste, dass er das nicht getan hatte.

Nein, er hatte die Nacht mit Baden, Lächeln und dem Essen von süßen Dingen verbracht und sich von einem Mann namens Connor Maxwell in eine herrliche Besinnungslosigkeit ficken lassen. Er hatte mit Wassertropfen, Eiswürfeln und süßen Früchten gespielt. Er hatte sich auf den Bauch gedreht... auf den Rücken... die Arme ausgebreitet und dann die Beine gespreizt... und den Namen des Mannes geschrien. Er hatte geschluchzt, weil das Gefühl zu überwältigend gewesen war.

Er stöhnte. Ein Krampf schüttelte sein linkes Bein, das er unter seinen Körper gezogen hatte. Ein Zeichen, dass er tief geschlafen hatte. Langsam nahm er die zerknitterte Decke und das Glitzern der Fliesen an der Decke war. Er war wieder im Zimmer Nummer 6.

Sosehr er sich auch bemühte, er konnte sich nicht daran erinnern, wie er hierhergekommen war, wie spät es gewesen und in welcher Verfassung er gewesen war. Er nahm den sanften, moschusartigen Geruch der Haut eines anderen Mannes auf den Laken wahr – Jerrys. Scot war immer noch im Halbschlaf, aber der Gedanke, dass er immer noch in ihrem seltsamen kleinen Motelzimmer mit Jerry schlief, überraschte ihn. War das noch wichtig? Warum dachte er, dass es so wäre?

Halb im Traum gefangen, schien er sich nicht richtig fokussieren zu können. *Zu viel Sonne... zu viel Vergnügen... zu viele Berührungen... zu viel Connor.*

Das Geräusch des halbherzigen Ventilators summte in sein Bewusstsein. Er vermutete, dass er all diese Dinge schon vorher gedacht hatte.

Was genau hatte ihn geweckt? Er streckte sich und wusste sofort, dass er zwar allein im Bett, aber nicht im Zimmer war. Die stickige Luft strich wie warme Finger über seinen nackten Bauch. Er streckte sich erneut, stellte fest, dass er keine Decke hatte und vollkommen nackt war.

Jemand räusperte sich an der Tür.

Verschlafen entdeckte er Jerry in den Halbschatten, der zum Bett starrte. Jerry war oberkörperfrei und barfuß, trug die Hose locker an der Hüfte und hielt sein Hemd in der Hand.

»Jerry?«, murmelte Scot schläfrig. »Wie spät ist es? Kommst du ins Zimmer oder gehst du?«

»Es ist noch Nacht, aber ich gehe zu ihm. Zu Vincent.« Jerrys Stimme war kaum mehr als ein Flüstern.

»Hm?«

»Ich... muss zu ihm«, fuhr Jerry fort. Seine Stimme hatte einen seltsamen Tonfall – eine Mischung aus Entschuldigung, Kummer und Begierde. »Er braucht mich. Sie alle brauchen mich, sie rufen mich. Und ich werde von jetzt an bei ihnen schlafen. Scot... du verstehst das, nicht wahr?«

Scot wollte sich mühsam aufrichten, aber seine Gliedmaßen waren immer noch wie Marshmallows. Er spürte noch Connors Fingerspitzen wie ein Brandmal auf der Haut an seiner Hüfte und seine lustvollen Schreie hallten in seinen Ohren. Er fragte sich, wie er Jerry in dieser Besessenheit vernünftig seine Aufmerksamkeit hatte schenken können.

»Ja. Okay. Ich meine...« Er stolperte über die Worte. »Ich meine, ich weiß nicht genau, was hier vor sich geht. Um ehrlich zu sein, hatte ich dich hier nicht erwartet... Nach der Sache zwischen Vincent und dir und so.«

Jerry starrte ihn einen Augenblick lang schweigend an. Dann kam er zum Bett und setzte sich auf den Rand und drehte sich zu Scot um. Seine Augen schimmerten in der Dunkelheit. »Ich weiß. Es ist großartig, nicht wahr? Alles, was passiert, ist…« Er rutschte unbehaglich herum. Sein Blick richtete sich immer noch auf Scot.

Verschlafen und träge war sich Scot plötzlich deutlich bewusst, dass er nackt und Jerrys schlanker, glatter Oberkörper nur eine Berührung entfernt war.

»Ich will dich immer noch, Scot. Du bist fantastisch, weißt du? Himmel, und ich vergesse nicht, dass du alles für mich warst! Bevor wir hierher gekommen sind… Ich meine, wir sind zusammen geflohen, oder nicht? Es gab nur dich und mich, zusammen.«

»Richtig.« Ob Jerry bewusst war, dass er in der Vergangenheitsform sprach?

»Aber ich will nicht zurückgehen.«

»Was?« Mühsam stützte sich Scot auf den Ellbogen ab. »Wir haben nie gesagt, dass wir zurückgehen! Wir fahren nach Vegas, finden eine Wohnung, neue Jobs, was auch immer.«

Aber Jerry war abgelenkt. Er hörte nicht wirklich zu. »Dieser Ort ist unglaublich. So etwas habe ich noch nie gesehen. Und die Jungs wollen mich bei sich. Sie wollen, dass ich helfe und mich um diesen Ort kümmere. Und mich um *sie* kümmere…«

Scot starrte ihn leicht betäubt an. »Du meinst, dass du hierbleiben willst? Also – auf unbestimmte Zeit? Was ist mit deinen Plänen? Unseren Plänen?«

Jerry schüttelte langsam den Kopf, nur der Hauch einer Bewegung in dem schwülen Raum. »Ich glaube nicht, dass ich so vorbereitet war, wie ich dachte, Scot. Ich hab nie darüber hinausgedacht, aus dieser verdammten Stadt zu verschwinden. Ich – konnte dir das vorher nicht sagen. Du dachtest, ich hätte einen großen Plan. Du wärst so verdammt enttäuscht gewesen. Du hast in dieser Hinsicht zu mir aufgesehen.«

Scot starrte ihn an. Er würde nicht widersprechen. Mittlerweile verstand er weitaus mehr als früher und er wusste, dass es in ihrer

Beziehung mehr Enttäuschungen gegeben hatte, als ihnen beiden klar war. Es war nicht ausschließlich ihre Schuld... aber ein Teil davon schon.

Jerry fuhr fort. Sein Tonfall war locker und voller Begeisterung. »Aber ich bin hier glücklich. Ich kann hier *sehr* glücklich sein! Ich kann dieses Vergnügen und die Zufriedenheit nicht glauben... Ich spüre Dinge, die ich noch nie zuvor gespürt habe, und höre den Gedanken in meinem Kopf zu, die früher immer stumm waren.«

Scot war erschrocken. »Meine? Hörst du meine?«

»Nein, nicht deine. Ihre. Vincent, Oliver... wenn ich bei ihnen bin... wenn wir...«

Ficken. Richtig. Resigniert schnaubend ließ Scot sich wieder aufs Bett fallen. Diese Unterhaltung war einfach zu ermüdend. »Okay, ich verstehe. Ich dachte wohl nie, dass das mit uns langfristig ist.« Er sorgte dafür, dass Jerry sein verzogenes Gesicht nicht sah. »Aber was willst du hier machen?«

Jerry zuckte mit den Schultern. Offensichtlich hatte er sich bereits entschieden und die Einzelheiten waren nicht so wichtig. »Vincent in der Küche helfen. Oliver bei den Arbeiten im Motel helfen.«

»Und ficken«, fügte Scot ein wenig verschlagen hinzu. Er spürte, wie sich Jerry verspannte und erkannte sein Lächeln in der Dunkelheit.

»Ja. Und ficken. Er ist großartig, nicht wahr? Vincent... eigentlich beide. Und weißt du was? Ich kann es nicht erklären, aber es ist mehr als nur Sex. Es fühlt sich einfach... richtig an.« Er lachte nervös. »Ich dachte nie, dass es so sein könnte.« Er wirkte beinahe ehrfürchtig.

Scot antwortete nicht. Er hätte auch nie gedacht, dass es so sein könnte. Er war nicht sicher, wie er selbst damit zurechtkam.

Die Matratze senkte sich, als Jerry aufstand, um wieder zu gehen. Er sah zu Scot hinab. »Aber du wirst auch hier sein, oder nicht? Sie wollen dich auch – sie wollen alles teilen. Und da ist ja jetzt auch Connor, nicht wahr, Scot?«

Jerry wartete ein paar Sekunden, aber Scot antwortete nicht. Sollte Jerry doch glauben, dass er wieder eingeschlafen war. Er sah, wie Jerry den Kopf schief legte und lauschte. Wahrscheinlich drängten ihn die Stimmen, sich zu beeilen. Sie hatten lange genug auf einen neuen Liebhaber gewartet und brauchten seine Aufmerksamkeit. Im Gegenzug wollten sie ihm ihre schenken.

Jerry seufzte und verließ leise das Zimmer.

***

Als Scot das nächste Mal erwachte, war es Mittag. Das wusste er, weil die Sonne hoch am Himmel stand und ihre grellen, brennenden Strahlen durch die Vorhänge auf seinen Körper warf. Mittlerweile maß er die Tage ganz anders.

Er sah keinen Grund, aufzustehen. Er war immer noch etwas desorientiert und glaubte, sich an eine ziemlich angespannte Unterhaltung mit Jerry in der Nacht zu erinnern. War das alles nur ein Traum gewesen?

Er setzte sich auf und zuckte zusammen, als seine Muskeln protestierten. Nein, es war kein verdammter Traum gewesen. Nach einer Nacht mit großartigem Sex war er wund und allein, weil sein Liebhaber ihn verlassen hatte, um mit zwei anderen Typen zusammenzuleben. Scheinbar wurde auch dieser Tag wieder blendend und brütend heiß – und er war sicher, dass er in den letzten Tagen nicht genug Nahrung und Wasser zu sich genommen hatte, um irgendwelche Ausdauer aufzubauen. Seit vielen, vielen Tagen hatte er niemand anderen gesehen, es gab keine Transport- oder Kommunikationsmöglichkeiten mit der Außenwelt und er war im Grunde in einem zweitklassigen Motel gestrandet, wo erstaunlich seltsame Dinge passierten.

Und Sex. So viel Sex.

~ Scot ~

Und immer diese verdammte Erektion! Er knurrte seinen Schritt kläglich an. Es war nerviger als die schlimmste Morgenlatte. Er musste duschen und sich anziehen. Und dann...?

Die Erinnerungen kamen schlagartig zurück und erfassten ihn – ihm wurde klar, wem er dafür die Schuld geben musste. Er saß auf der Bettkante, das Gesicht in den Händen vergraben und versuchte, einen klaren Gedanken zu fassen. Die Szene mit Jerry war bizarr gewesen und trotzdem verspürte er nun keinen Kummer. Ihm war klar, dass er Jerry nicht bieten konnte, was er brauchte und bei ihm auch selbst nichts für sich fand. Aber bedeutete das das Ende all seiner Träume?

Seine Gedanken drifteten zu Emotionen – zu sinnlicheren Erinnerungen. Er erinnerte sich, wie Jerry im Mondlicht im Pool gesessen hatte. Wie er Vincents Gesicht und Olivers schlanke Hüften gehalten hatte.

Scot streichelte sanft seinen Schwanz und genoss das vertraute Gefühl. Nicht zum ersten Mal fragte er sich, ob hier etwas im Essen war, das ihn ständig in diesem hohen Erregungszustand hielt. Aber es fühlte sich verdammt gut an.

Er erinnerte sich an Jerry und Oliver, als er ihn gefickt hatte. Das lustvolle Keuchen des jungen Mannes – wie er Vincent gepackt und dieser ihn für Jerrys Vergnügen festgehalten hatte.

Scot zog etwas intensiver an seinem Schwanz.

Dann war da Jerry, der sich von Vincent ficken ließ. Ein erstaunlich erotischer Anblick. Diese vollkommene Hingabe und die doch einvernehmliche Freude.

Scot massierte sich nun gleichmäßig. Er kannte den perfekten Rhythmus für seinen eigenen Genuss. Er wusste, wie bald er kommen würde, zuckend und schaudernd und so, dass sein Sperma auf seinen warmen Bauch traf.

Jerrys helle Augen, Vincents dunkle, wissende. Die Begeisterung, die ständig in Oliver vibrierte. Lippen, die einen Eiswürfel in Connors willigen Mund schoben. Olivers sanfter Mund, der sich öffnete, um ihn zu kosten. Noch nie hatte er so was getan! Der erste Kuss von Connors vollen Lippen – die erste Berührung seines Schwanzes.

Scot stöhnte laut.

Und Connor..., hallte Jerrys sanfte Stimme in seinem Kopf. *Jetzt ist da Connor.*

Ahh, ja... Connor Maxwell. Scot konnte sich an ihn erinnern, als würde er direkt neben ihm stehen. Als würde er ihn mit diesen brennenden Fingern berühren, seine Haut mit festen, feuchten Lippen küssen. Als würde er noch immer in ihn stoßen und seine knochigen Hüften gegen Scots Schritt drücken. Brennende Blicke, Herzen, die lauter schlugen als ihre Schreie. Stechende, verlangende Stöße, langsamere, verführerische Penetration. Und da war immer diese Andeutung von etwas um Scots Herz, etwas Neckendes und Flehendes, das irgendwie verwundbarer war, als es sein wollte.

Connors Präsenz. Scot wusste, dass er sie gespürt hatte. Er hatte mehr als nur Sex geteilt. Er hatte Connor selbst geteilt.

Schreiend kam Scot zum Höhepunkt und spritzte auf seine Faust. Er drückte den Rücken durch und stemmte die Fersen in die Matratze. Erfüllung breitete sich in seinem Schritt aus, sein Herz hämmerte und sein Mund war trockener als zuvor. Seine Hüften bebten und seine Beine gaben unter ihm nach.

Die Erleichterung war körperlich, aber da gab es eine tiefere, verstörende Sehnsucht, die nicht befriedigt war. Ein Gesicht in seinen Gedanken, eine Stimme, die in seinem Kopf flüsterte.

~ Scot ~

Die Masturbation war nicht wie die Erinnerungen gewesen. *Überhaupt kein Vergleich.* Scot wollte weinen. Oder vor Wut schreien. Oder jemanden schlagen. Was zum Teufel war los?

Und was zum Teufel würde jetzt mit ihm passieren?

Kapitel 12

Scot öffnete die Tür von Zimmer Nummer 6, um die helle Frühnachmittagssonne hereinzulassen, und stellte fest, dass Connor Maxwell davor wartete.
Natürlich.
Einen Augenblick lang begutachtete er die körperliche Präsenz und das Aussehen dieses Mannes. Wie er roch. Wie er lächelte. Seine entspannte Haltung, als wäre er schon den ganzen Morgen dort gewesen und hätte darauf gewartet, dass Scot seinen faulen Hintern bewegte und nach draußen kam.
Scot wurde schwindlig. Die Luft schien elektrisch geladen zu sein und die Sonne schien heller als zuvor. Wie immer reizte ihn der Zitrusduft, auch wenn er nicht so beißend war.
Connor sah fantastisch aus und nicht wie jemand, der den Großteil der Nacht beschäftigt gewesen und wie Scot gerade erst aus dem Bett gefallen war. Seine Augen waren hell und wachsam und es gab keinen Hinweis auf Verneblung oder eine mysteriöse Geisterhaftigkeit.
Connor Maxwell war ein großer, gut gebauter junger Mann mit Selbstbewusstsein. Er lehnte seinen muskulösen Körper mit einem Arm an den Türrahmen. Die Innenseite des tätowierten Handgelenks war nur wenige Zentimeter von Scots Gesicht entfernt. Scot mochte das zarte, komplizierte Kunstwerk. Außerdem glaubte er, von hier aus Connors Puls zu spüren.
So verdammt attraktiv.
Heute trug Connor eine dünnen Leinenhose und ein ebenso leichtes, weißes Baumwollhemd, das von der Brust an abwärts zugeknöpft war. Die langen Ärmel waren lässig bis zu den Ellbogen nach oben gerollt, sodass seine glatte und leicht gebräunte Haut zu sehen war. Die Sonne brannte so heiß wie immer über ihnen

und Scot starrte den dünnen Schweißfilm in der Kuhle von Connors schlankem Hals an. Ihm wurde klar, dass er Connor bis jetzt kaum bei Tageslicht gesehen hatte. Himmel, gestern Nacht war das erste Mal gewesen, dass er anständig Zeit mit ihm verbracht hatte. Und er wusste, wie das geendet hatte.

Scot war lächerlich schüchtern. Er warf einen Blick auf seine Kleidung – zerknitterte Shorts und das letzte saubere T-Shirt aus seinem Koffer. Er hatte sich nicht die Mühe gemacht, seine Haare zu kämmen, sondern war einfach mit den Fingern hindurchgefahren, weil er zuerst etwas zu essen suchen wollte. Connor dachte wahrscheinlich, dass er zerstört aussah. »Sag mir, dass du es nicht tust.« Er lächelte und wurde rot.

»Dass ich was nicht tue?« Connors Blick glitt kurz über Scots Körper.

Scot spürte, wie sich daraufhin eine Gänsehaut auf seiner Haut ausbreitete.

»Ich... Hast du nicht gehört... was ich gedacht habe?« Scot fühlte sich wie ein Idiot.

Connors Gesichtsausdruck verzog sich unangenehm, obwohl er sich so schnell wieder fasste, dass sich Scot fragte, ob er es sich nur eingebildet hatte. Als er Scot wieder in die Augen sah, war sein Blick so ruhig wie immer.

»Geh ein Stück mit mir, Scot. Ich will bei dir sein. Ich will, dass du bei mir bist.«

»Gehen? Ja, sicher.« Scot schüttelte sich aus seinem traumartigen Zustand. Er musste sich in Bewegung setzen, sonst wäre der gesamte Tag verschwendet. Es war wichtig, dass er etwas aß und dann musste er sein Leben wieder auf die Reihe bekommen. Nicht wahr? Außerdem war es ja nicht so, als würde Connor ihn direkt wieder ins Zimmer schieben und auf der Stelle ficken wollen. Er seufzte reumütig und ein wenig enttäuscht.

Connor stieß sich vom Türrahmen ab und trat zur Seite, als Scot nach draußen kam und ging dann neben ihm. Scot wartete darauf, dass Connor eine Richtung vorschlug, stellte dann aber fest, dass er schon wusste, wohin sie gehen würden – in den Hof. Es war der einzige Ort, an dem man friedlich sitzen konnte, und dort hatte er ihre Verbindung immer am stärksten gespürt. Jetzt glaubte er, dass er immer Connor Maxwell dort gespürt hatte – seine Präsenz, seinen Einfluss.

Seine Macht.

Verstohlen warf er einen Blick auf ihn. Connor sah nach vorn, lächelte aber schmal. Seine Lippen waren feucht, als hätte er ein paar Mal darüber geleckt und seine Finger streiften hin und wieder Scots.

Scot war lächerlich aufgeregt. Seine Haut prickelte, als würde sie gestreichelt werden, und er war leicht außer Atem. *Wie bei einem Date.* So hatte er noch für niemanden empfunden. Und er wusste, dass es bei Jerry definitiv nicht der Fall gewesen war.

Gemeinsam setzten sie sich auf eine der Bänke. Nach dem Aufstehen war Scot ohne Socken in seine Schuhe geschlüpft. Jetzt zog er sie aus und strich mit den nackten Füßen über die hellen, blassen Steine. Die Schatten der Palmen fielen auf seine Waden und Knie. Connor streckte die Beine vor sich aus und auch seine Füße waren nackt. Scot konnte sich nicht erinnern, ob er Stiefel oder Schuhe getragen hatte, als er an der Tür gewesen war. Verspielt streckte er einen Fuß nach Connors aus. Er wollte seine Zehen gegen den langen, schmalen Fuß drücken, wollte sie sanft unter den Saum der Hose schieben und seine nackte Haut wieder berühren. Es fühlte sich nicht richtig an, dass Connor bekleidet war und wieder so nah neben Scot saß.

Was ist los?

Irgendetwas hatte sich über Nacht verändert. Die Spannung zwischen ihnen war nicht zu übersehen.

Connor lehnte sich an die Wand und streckte die Arme über den Kopf. Träge drehte er sich und bemerkte Scots Blick auf sich. Er lächelte sofort, breit und voller Freude. »Du warst fantastisch letzte Nacht. Ich wollte, dass du die ganze Nacht bei mir bleibst und mit mir schläfst. Jede Nacht.«

Scot riss seinen Fuß zurück. *Hatte er...?* Verdammt, er konnte sich immer noch nicht an das Ende der Nacht erinnern.

Connor lachte leise. »Du hast mich abgewiesen, schon vergessen? Du wolltest mit Jerry auf euer Zimmer gehen, um die Dinge zu besprechen. Obwohl ich nicht glaube, dass einer von euch in der Stimmung für eine Unterhaltung war.«

»Tut mir leid.«

»Nein«, sagte Connor. »Das muss es nicht.« Er legte seine warme Hand auf Scots Arm. »Was auch immer du willst, kannst du haben. Es war akzeptabel für mich. Ich werde genug Zeit allein mit dir haben. Und jetzt ist Jerry bei den anderen, ja? Also kannst du dich mir richtig anschließen.«

Eine seltsame Emotion zupfte an Scot. Connors Berührung löste Begeisterung aus, aber auch einen Hauch von Angst, etwas, was er noch nicht vollständig verstand. »Hey. Wir haben uns erst kennengelernt, Connor. Du kennst mich kaum.«

Connor umfasste Scots Kinn und drehte seinen Kopf, um ihn zu küssen. Seine Lippen waren fest und besitzergreifend.

~ Doch, das tue ich ~

Scot stöhnte und schob seine Zunge willig Connors entgegen. Er hatte von diesem Kuss geträumt – diesem Geschmack! Es war doch sicher erst ein paar Stunden her? Aber er fragte sich, wie er ein Leben ohne ihn ertragen sollte. Sein T-Shirt war fast augenblicklich schweißnass und sein Schwanz drückte ungeduldig gegen seine Shorts. Gierig schlang er die Arme um Connor und vertiefte den Kuss. »Himmel, Connor.«

~ Still, still ~, flüsterte die Stimme, die sprach und in seinen Mund stieß. Connors Hände schlüpften unter sein T-Shirt und Scot wurde auf die Bank gedrückt, sodass seine Füße den Boden unter sich verloren.

~ Ich kenne dich schon sehr lange ~

Connor wechselte zwischen verbaler und mentaler Kommunikation. »Ich war in deinem Kopf. Ich weiß, wie du dich gefühlt hast, als du angekommen bist und warum du entkommen wolltest. Was du wirklich über Jerry und Oliver und Vincent gedacht hast. Ich weiß, wovon du träumst, Scot. Was du begehrst.«

Nein! Scot keuchte in die wilden Küsse und wölbte sich ekstatisch Connors Liebkosungen entgegen. Er versuchte, den Kopf zu drehen, um den Mund frei zu bekommen, aber die Sonne schien ihm in die Augen und er musste sich zurückdrehen. Connor eroberte seinen Mund wieder.

Ich hab dich noch nie zuvor getroffen!

Connor schnalzte mit der Zunge, aber seine Antwort war stumm, da sein Mund noch mit dem Kuss beschäftigt war.

~ *Nein, ich habe nicht in deiner Stadt gelebt, dein Haus besucht oder dein Leben gelebt. Aber ich kenne dich besser, weil ich mit dir in deinem Kopf war. Du hast nach mir gegriffen, du hast mich gespürt, du hast mich gerufen* ~ Der Tonfall wurde schärfer. ~ *Tu nicht so, als wüsstest du es nicht. Du erkennst es auch* ~

»Ich bin nicht sicher, ob ich will, dass du alles über mich weißt«, murmelte Scot halb im Scherz. Anspannung in seinem Körper war Connors Antwort. »Wie zum Teufel kannst du all das sehen? Bist du eine Art Medium?«

Connor lachte und zog sich zurück, obwohl sein Atem noch über Scots Gesicht strich. »Ich kann durch ihre Augen sehen, Scot. Durch ihre Hände, durch ihre Körper. Du und Jerry – ihr wart beide bereit für diesen Ort. Bereit für uns. Aber du… du bist mehr als ein Flüchtling. Du trägst eine Stärke in dir, die ich bewundere und die meiner gleichkommt. Manchmal… manchmal kann ich nicht mal alles sehen.«

»Das ist ein Trick…«

»Nein!« Connor wandte sich wütend an ihn. Plötzlich spürte Scot die Spannung in seinem Körper und seinen heißen, ungeduldigen Atem. »Es ist kein Trick und das weißt du, nicht wahr? Weil du dieselben Gefühle hast wie ich. Weil du diese Stärke in dir selbst gespürt und sie auch benutzt hast, seit du hierhergekommen bist. Sei jetzt nicht dumm! Etwas an diesem Ort entwickelt uns, gibt uns ein erhöhtes Bewusstsein für unsere Gäste…«

»Du hast keine anderen Gäste!«

Connor zog sich ruckartig von ihm zurück. In seinen dunkelblauen Augen blitzte Wut auf, seine Pupillen schienen bodenlos zu sein und die Iris ein Brunnen aus saphirblauem Kummer. »Es hat viele gegeben! Denkst du, wir drei wären an einem staubigen Tag zusammen angekommen? Nein, wir sind getrennt gekommen. Wie andere. Wir konnten Leute herführen, die von unserer Aufmerksamkeit profitiert haben. Die nach jemandem suchen – so wie wir selbst.«

»Ich suche nach jemandem?« Die Intensität in Connors Augen machte Scot Angst. Seine Haut kühlte sich an den Stellen, an denen Connor auf ihm gelegen hatte, bereits ab. »Ich…«

»Natürlich tust du das! Du suchst schon so viele Jahre nach jemandem. Deine Leidenschaft… du brauchst jemanden, mit dem du sie teilen kannst.«

Scot wurde klar, dass Connor immer verzweifelter wurde. Seine Hand bebte auf Scots Brust. War Scot grausam, weil er Connor so herausforderte? Aber es gab immer noch so viele unerklärte Dinge.

Scot löste sich aus Connors Berührung und setzte sich auf. »Ich hatte Jerry. Ich bin mit Jerry hergekommen.« Er hörte seine Stimme und klang nicht so verzweifelt, wie er es wahrscheinlich sollte. Es war schwierig, sich an die Emotionen zu erinnern, die er in die naive kleine Liebesaffäre mit dem anderen Ausreißer investiert hatte.

»Das bist du. Aber er wäre nie genug gewesen, oder? Nicht, als du festgestellt hast, dass dein Verlangen wuchs. Und das tut es, nicht wahr, Scot Salvatore? Du kannst es in dir spüren. Die Ruhelosigkeit. Das Verlangen. Die Qual, nicht du selbst sein zu können!«

Scot starrte ihn an. Was zum Teufel? Er wusste nicht, ob er über Connors Arroganz wütend sein oder die Wahrheit in seinen Worten bewundern sollte. »Jerry war mein Ausweg, Connor. Ich habe die Entscheidung getroffen, mit ihm zu gehen. Alles hinter mir zu lassen.«

Connor zuckte, als würden ihn die Worte verstören. »Aber so ist er jetzt nicht, Scot. Er hat entschieden, dass er hierhergehört. Dass er hierbleiben will.«

Fick dich! Plötzlich kochte Scots Wut hoch. »Du solltest ihn nicht behalten!«

Connor wirkte verwirrt und misstrauisch. »Es geht nicht darum, ob wir ihn behalten, Scot. Es ist seine eigene Entscheidung. Es muss so sein, weil niemand jemanden zwingen kann, hierzubleiben. Aber wenn wir bieten, was er will...«

»Und das ist sein *Wahrer*, diese Phrase, diese Bezeichnung, die du so oft benutzt?«, erwiderte Scot höhnisch. »Meinst du Vincent? Oder euch alle? Er hat ja die große Auswahl. Ich vermute, dass ihr alle an seinen Hintern ran dürft!«

»Vielleicht.« Connor blieb von Scots vulgärer Aggression unbeeindruckt. »Vielleicht will er nur einen. Oder mehr als einen – eine Gruppe, zu der er gehören kann. Was auch immer er will, ist seine Entscheidung. Seine Interpretation der Sache, nach der wir alle suchen. Die Sache, die uns von unserer Last befreit.«

Erneut streckte er die Hand nach Scots Gesicht aus, aber Scot drehte den Kopf weg. Die verdammte Sonne stach ihm in die Augen, sodass sie tränten.

»Befreiung von Lasten. Klingt für mich nach dem Gegenteil. Als wärst du hier ein Gefangener.«

Connor hatte angefangen, ihn wieder mit seiner schweißnassen Hand zu streicheln und seine Fingerspitzen streiften Scots Nippel. Der war schmerzhaft hart und die Berührung war eine Qual und gleichzeitig eine Freude.

Scot fühlte sich schlaff, als würde sein Körper in der Sonne schmelzen, unter Connor, sodass sie zu einem einzigen Körper wurden. Es war wie ein Gemälde von Dalì, das er einmal auf einem Zeitschriftencover gesehen hatte.

Es erinnerte ihn daran, dass er eines Tages eine Kunstgalerie besuchen wollte. Außerdem hatte er Zeit in der Bibliothek verbringen wollen. Er hatte sein eigenes Geld und ein Zimmer gewollt, in dem er seine Sachen lassen konnte, ohne dass sie kaputt gemacht oder für Alkohol verkauft wurden. Er hatte seine eigene Firma gewollt und Freunde, die er sich selbst aussuchte. Außerdem wollte er morgens aufwachen, ohne das übelkeiterregende Gefühl der Depression zu spüren oder wegen einer neuen Prellung zusammenzuzucken.

Auf einmal fühlte er sich schrecklich allein.

»Scot, denk nicht so.« Connors Stimme schmeichelte ihm. Er leckte über Scots Hals und schob die Hände in seine Shorts, um die wachsende Erektion zu streicheln. »Ein Gefangener... Nun, ich verstehe, wieso das so auf dich wirkt. Aber es ist mein eigenes Bedürfnis, Scot. Meine Wahl. Dieser Ort ist eine Zuflucht.«

~ *Und das ist es, was du willst, nicht wahr?* ~

Als Connor dieses Mal nach seinem Gesicht griff, ließ sich Scot berühren. Er öffnete den Mund für Connors Zunge, packte dessen Schultern und zog ihn grob auf sich. Connor keuchte in seinen Mund, seine Zähne kratzten über Scots Lippe und ließen sie leicht bluten.

Ja, dachte Scot heftig – genau das wollte er! Und vielleicht glaubte er, dass Connor ihn aus seinem Verstand kannte und vielleicht auch nicht, aber das war alles nur theoretisch, wenn er mit diesem Mann zusammen war. Sein Herz raste, sein Mund war trocken und er wollte jede Minute bei ihm sein...

Küss mich, Connor. Fick mich!

Ihre Zungen umspielten einander, bis sich Scot in frustrierter Verzweiflung unter Connor aufbäumte. Er wollte diesen Mann – jetzt! Hier auf der harten Steinbank. Jetzt, auf dem staubroten Boden. Wo, war ihm egal! Er wollte die Beine spreizen und die Arme ausbreiten und Connor geben, was immer er wollte. Weil es auch das wäre, was *er* wollte.

Lass mich alles andere vergessen.

»Warte.« Connor lächelte und Scot spürte die Vibration seines rasenden Herzens an seiner Brust. »Du musst erst etwas essen.

Wir holen was und du kannst mit in mein Zimmer kommen. Ich will dich dort. Du kannst dort bei mir sein.«

»Zimmer?« Scot war so schmerzhaft erregt, dass er glaubte, explodieren zu müssen. Nur ein winziger Sonnenstrahl würde ausreichen. »Welches Zimmer? Wo schläfst du, Connor?« Gott, er hatte nie darüber nachgedacht. Hatte er geglaubt, dass der Kerl in der Küche schlief. Wie ein himmlisches Wesen irgendwo auf einer Wolke?

Connor lachte. Seine Augen waren fiebrig, aber nun hatte er sich unter Kontrolle. »Du weißt, dass das albern ist, Scot. Ich schlafe nicht viel, aber ich bin auch ein Mann und habe ein Zimmer, in das ich zurückkehren kann. Ich habe Zimmer Nummer 4...«

Scot war es vollkommen egal. Es war ihm egal, was oder wo. Er packte Connors Hand und zog ihn lachend aus dem Hof.

***

Einige Stunden später lag Scot allein und nackt in Connors Bett in Zimmer Nummer 4. Der Schweiß auf seiner Haut kühlte ab und sein Herzschlag normalisierte sich langsam.

Leere, mit Krümeln bedeckte Teller standen auf dem Boden, eine Gabel lag an einem Bettpfosten und etwas Butter klebte an einem weggeworfenen Handtuch. Auf einem der Teller lag ein Apfelgehäuse, das in der Luft allmählich braun wurde. Ein halb leerer Wasserkrug stand auf der Kommode und daneben zwei Gläser, die mit Lippenabdrücken und den Spuren lachender Zungen verschmiert waren.

Scot wusste, dass er sich noch nie so gut wie jetzt gefühlt hatte. *Zu viel Sex!* Er grinste in sich hinein. Hatte er das nicht schon vorher gesagt? Aber es war mehr als das. Etwas war in ihm zum Vorschein gebracht worden – etwas, das ihn in jedem wachen Moment wärmte und begeisterte. Sein Leben erwachte.

Er krallte die Finger in das Laken neben sich. Das war dasselbe Bett, das er sich mit Jerry in Zimmer Nummer 6 geteilt hatte. Wo sie beide weggerannt waren, wo er sich vor seinem elenden Leben versteckt hatte. Ja, das hatte er getan – sich versteckt.

Aber nicht mehr!

Als sie den Hof verlassen hatten, waren sie praktisch in Connors Zimmer gestolpert. Scot hatte vor Verlangen gekeucht und Connor hatte ihn spielerisch geneckt. Connor trat die Tür hinter ihnen zu und zog Scot aufs Bett und schälte sie für sein Empfinden viel zu langsam aus der Kleidung.

Ja. Scot seufzte innerlich und genoss die Erinnerung. Er wackelte mit den Zehen auf den zerknitterten Laken. *Neckend!*

Sie hatten gelacht und geknurrt und waren sich in ihrer Leidenschaft ebenbürtig gewesen. Connor zog ihn aus, streichelte ihn und leckte über seinen Körper, bis Scot beinahe in Tränen ausbrach. Er flehte nach mehr, flehte, ihn ebenfalls berühren zu können.

Anschließend schob er Scot vom Bett und auf die Knie. Er drückte Scots Kopf gegen seinen nackten Schritt und Scot hatte ihm mit einem Hunger, den er bisher nicht gekannt hatte, einen geblasen. Er hörte Connors lustvolle Schreie und sein gequältes Stöhnen, während sein Schwanz in Scots Mund anschwoll und sich seine Oberschenkel vor dem Höhepunkt verkrampften.

Scot spürte das entzückende Pulsieren in Connors Gliedmaßen, das Beben der Venen und schmeckte das Sperma, das auf seine Zunge spritzte. Es war sowohl süß als auch sauer und köstlicher als jedes Essen.

Er schluckte jeden einzelnen herrlichen, klebrigen Tropfen, bis Connor nichts mehr zu geben hatte und er unter Scots Zunge empfindlich zuckte. Und trotzdem sehnte sich Scot nach mehr.

»Scot«, stöhnte Connor. »Zeig mir, was du noch kannst. Was willst du noch mit mir tun? Du kannst mich nicht enttäuschen... du kannst mich nicht schockieren.«

Also leckte Scot über Connors Hodensack, benetzte ihn mit seinem Speichel und hauchte explizite, sexy Worte gegen die dünne, empfindliche Haut vor Connors Hintern. Er leckte den Schweiß ab und hinterließ sein Mal auf der Innenseite von Connors Schenkel. Er war ungeduldig und aggressiv, aber auch beruhigend und verführerisch, bis sich Connor entspannte und etwas Leben in seinen Schwanz zurückkehrte – eine sich regende Erektion, die durch Scots feuchten Mund weiter angestachelt werden konnte. Dann drehte Connor ihn auf den Rücken, spreizte seine Beine und drang in ihn ein.

Es war genauso großartig wie beim ersten Mal gewesen. Und dem zweiten und den anderen Malen. Scot spürte noch die Erinnerung an die Daumenabdrücke auf seiner Haut und das warme Klatschen von Connors Hoden an seinem Hintern. Der Schweiß, der noch immer auf seiner sich schwer hebenden Brust klebte, ebenso wie die getrockneten Überreste von Connors Sperma auf seinen Beinen, wo er ihn nicht gründlich genug gesäubert hatte.

Er rutschte auf der Matratze herum und sein Herzschlag beschleunigte sich. Sein Schwanz war wieder halb hart, obwohl er zu faul war, um irgendetwas dagegen zu unternehmen. Nach einem tiefen, beruhigenden Atemzug hielt er inne und starrte einfach an die Decke. Die Spiegelfliesen waren in besserem Zustand als in seinem Zimmer. Seine eigenen, hellblauen Augen starrten ihn durch die Rotorblätter des Ventilators an. Er hatte die Arme sorglos über den Kopf gelegt und die Beine weit gespreizt. Die dunklen Haare in seinem Schritt hoben sich deutlich hervor. Er konnte den schweren Abdruck auf der Matratze neben sich erkennen, wo Connor nach dem Höhepunkt neben ihn gefallen war und keuchend eine Weile gelegen hatte.

Träge fragte sich Scot, wie spät es in der realen Welt war. Da Licht durch die Vorhänge fiel, vermutete er, dass es noch Tag war. Aber natürlich war Zeit nicht wichtig, nicht hier im Motel. Er hatte lange gebraucht, um das zu erkennen. Warum sollte ihn die Zeit beschäftigen, wenn er auf einem Bett liegen und Connor Maxwell berühren konnte? Wenn er ohne Zurückhaltung küssen, saugen und ficken konnte?

Die Tür zum Badezimmer öffnete sich und Connor kam herein. Er war immer noch nackt. Das schien Connors natürlicher Zustand zu sein. Angezogen sorgte er für Überraschung und Interesse. In einer Hand hielt er eine Flasche Sekt oder vielleicht Champagner, obwohl Scot in der Motelküche oder dem Speiseraum nie welchen gesehen hatte.

Durch das grüne Glas der Flasche wirkte er blass und sie war bereits geöffnet und die Bläschen zischten leise. Scot hatte noch nie zuvor Champagner getrunken. Vielleicht war das eine weitere Erfahrung, die er schon immer hatte machen wollen.

In der anderen Hand hielt Connor zwei saubere Gläser und eine Schachtel, in der scheinbar weiche Früchte waren. Rote Johannisbeeren... Das Wiedererkennen flimmerte in Scots Gedanken auf. Weiche, reife Beeren voller Geschmack. Seine Geschmacksknospen reagierten und sein Schwanz regte sich in Spiellaune.

»Hey«, rief er sanft und setzte sich auf. »Da ist also dein Weinkeller?«

Connor lächelte. »Im Waschbecken ist Eis, dadurch bleibt die Flasche kalt. Aber wir sollten schnell trinken, bevor er warm wird.« Er blieb an der Kommode stehen und füllte die beiden Gläser.

Wie dekadent war das denn, am Nachmittag Champagner zu trinken? Die verbleibende Hitze des Nachmittags sickerte durch die Vorhänge, sodass die Laken an seinem Körper klebten.

Connor drückte eine Handvoll Johannisbeeren in die Gläser. Die Flüssigkeit wurde leicht rosa. Scot lief das Wasser noch mehr im Mund zusammen, wenn er an die Süße und den stechenden, trockenen Geschmack des Alkohols dachte. Connor brachte die Gläser zum Bett und setzte sich neben Scot. Er stieß nicht mit ihm an, hob das Glas aber zum Toast. »Auf uns, Scot. Auf alles, was wir wollen – auf unser wahres Ich. Auf jeden von uns, unseren Wahren.«

»Ja.« Die Rührseligkeit machte Scot verlegen, obwohl Connor es offensichtlich nicht war. Vermutlich sprach Connor immer aus, was ihm durch den Kopf ging, und andere würden natürlich zuhören. Scot nippte an dem Drink. Er war umwerfend, vollmundig und erlesen für ihn.

Vielleicht entwickle ich einen Geschmack dafür.

Er lachte über sich selbst. Wie viele Jahre würde es dauern, bis er genug verdiente, um sich das zu gönnen? Er hatte die Highschool mit wenig Verdienst abgeschlossen und war von zu Hause abgehauen, ohne wirklich darüber nachzudenken, welchen Job er in der Stadt annehmen könnte. Es war ein großes Risiko, aber gleichzeitig auch ein Abenteuer. Seine ganze Zukunft stand ihm offen – jede Möglichkeit!

Oder keine.

»Connor.« Vorsichtig stellte er sein Glas wieder auf die Kommode. »Warst du der Erste hier? Wie bist du hierhergekommen? Warum?«

Die Frage beunruhigte Connor und er rutschte unbehaglich umher.

Scot ließ seine Stimme instinktiv sanfter werden. »Bitte erzähl mir von dir. Du hast gesagt, dass du es tun würdest.«

Connor schwieg noch einen Moment. Er nippte an seinem Sekt, den Blick fest auf das Glas gerichtet. Anschließend ließ er die Hand sinken und rollte eine der Früchte zwischen den Fingern. Die roten Tropfen wirkten auf seiner Haut wie Blut. Seine Stimme war sehr leise. »Das musst du nicht wissen, Scot.«

Mit der freien Hand drückte er Scot nach hinten. Scot verlor überrascht das Gleichgewicht und fiel schwer auf den Kissenhaufen hinter sich. Er wollte etwas sagen, aber Connor drückte ihm eine Frucht gegen den Bauch und zog sie nach unten zu seinem Nabel. Das seltsame Gefühl ließ Scot scharf einatmen. Die Johannisbeere war feucht und hinterließ leichte, rubinrote Spuren auf den Härchen, die zu seinem Schritt führten. Sein gesamter Körper zitterte und das Sprechen fiel ihm schwer.

»Aber ich *will* es wissen. Du weißt alles über mich, aber ich nicht genug über dich.«

Connors Hand ging nicht weiter. Die Beere klebte an Scots Haut und fühlte sich eher unangenehm als sinnlich an. Auf Connors Gesicht breitete sich ein seltsamer, erstaunter Gesichtsausdruck aus, obwohl er ihn schnell verbarg. Vielleicht hatte er sich in der Vergangenheit an dieses Manöver gewöhnt. »Ich kann mich nicht erinnern, Scot.«

»Hm?«

Er fühlte sich offensichtlich zu ihm hingezogen – sein Blick lag hungrig auf Scots Gesicht und Körper –, aber er wandte gleichzeitig den Kopf ab, als hätte er Schmerzen. Als läge da etwas in Scots suchendem Blick, das ihn verstörte. »Ich erinnere mich nicht an meine Vergangenheit. Ich erinnere mich nicht an mich selbst.«

Scot runzelte die Stirn. »Deine Familie...«

»Ich habe niemanden. So viel weiß ich – davor bin ich weggelaufen. Ich erinnere mich an Schmerz und eine schreckliche Einsamkeit und das Wissen, dass niemand mehr für mich da war.«

»Was ist passiert? Gibt es nicht jemanden, den du fragen kannst?«

»Da ist niemand!« Connors scharfer Tonfall ließ keine Diskussion zu. Irgendwie akzeptierte er seinen Verlust und war nicht bereit, tiefer zu suchen. »Es gibt niemanden da draußen, der mich kennt. Selbst meinen Namen habe ich selbst erschaffen.«

»Bitte was?«

»Das Motel war verlassen, als ich angekommen bin, aber es hieß *Maxwell's*, also habe ich den Namen als Spaß angenommen. Dann bin ich geblieben. Damals war ich der Einzige hier, also war ich in gewisser Weise wohl der Erste. Ich habe ein paar Vorräte mitgebracht und habe mit wenig überlebt. Dann kamen die anderen, einer nach dem anderen. Wir haben uns hier ein Leben geschaffen. Unsere eigene Ordnung.«

»Und... das war's?« Scot spürte nun Connors Schmerz, etwas Erstaunliches, das er nie mit diesem scheinbar selbstbewussten Mann in Verbindung gebracht hätte. Wie wäre es, keine Erinnerungen und keine Geschichte zu haben? Keinen Anker im Leben, selbst wenn er in seinem Fall versuchte, ihn unter Wasser zu ziehen.

»Ja.« Connors Stimme war ruhig und er sagte nichts weiter. Aber Scot hörte andere Worte, als würden sie laut ausgesprochen werden.

~ *Frag nicht weiter nach. Ich habe dir nichts mehr zu geben. Niemand hat mich je danach gefragt* ~

War Connor in einen Unfall verwickelt gewesen? Hatte er seine Familie verloren oder etwas ähnlich Schreckliches? Und vielleicht auch seine Erinnerungen? Oder hatte es eine Art von Missbrauch gegeben, den er bewusst ausblendete? Scot setzte sich neben ihm auf und schlang einen Arm um Connors Schultern. »Ich will alles mit dir teilen, Connor. Vielleicht kann ich helfen.«

»Ich hab dir schon gesagt, dass ich mich nicht erinnere…«

»Versuch es noch mal«, erwiderte Scot sanft. Er verschränkte die Finger seiner freien Hand mit Connors und hielt sie fest. Es war die tätowierte Hand und zuerst versuchte Connor, sie zurückzuziehen. Dann hielt er plötzlich still.

»Fuck«, hauchte er leise.

Scot wusste nicht, ob er aus Schmerz, Wut oder Verwirrung fluchte. Das einzelne Wort hätte alles bedeuten können. »Connor? Es tut mir leid, geht es dir gut…?«

»Tut weh«, sagte Connor plötzlich, klammerte sich aber trotzdem an Scots Hand. Seine Stimme klang seltsam.

»Was denn? Das Reden? Ich weiß…«

Auf einmal sah Scot die lange, gezackte Narbe an Connors Unterarm, die von seinem Handgelenk bis nach oben führte. Scot war sie noch nie zuvor aufgefallen. Wie hatte das passieren können? Er war mit diesem Typ nackt gewesen, hatte ihn geküsst und ihn gefickt! Scots Kopf tat wieder weh und passte zu Connors schmerzverzogenem Gesicht. Die Narbe war brutal, als wäre Connors Arm in einem Metallschraubstock geraten und dann herausgerissen worden.

»Was zum Teufel ist mit dir passiert? War es ein Unfall?«

»Sie sind tot«, sagte Connor abgehackt und simpel. Sein Blick war unfokussiert. »Sie brennen. Ich kann es riechen. Ich kann es sehen.« Seine Stimme wurde lauter und war von Panik durchsetzt. »Muss raus! Es ist auf meiner Kleidung! Mein Arm – mein Arm!«

»Connor!« Woran erinnerte er sich? Es klang, als wäre er in einem schlimmen Brand gewesen. Scots Gedanken rasten und er war nun selbst panisch über die Reaktion, die er ausgelöst hatte.

Allerdings beruhigte sich Connors Stimme genauso schnell wieder. »Ich will nicht mit ihr gehen«, fuhr er fort. Er saß stocksteif auf dem Bett und sprach wie ein trotziges Kind. »Will meine Mom.«

Scot drehte sich der Magen um. »Connor, wo ist deine Mom?«

»Tot«, antwortete er scharf. »Weg. Werde sie nie wiedersehen. Sie sind alle weg. Nur ich bin übrig. Das Kind, mit dem sich niemand abgeben will. Der Seltsame, der nicht schlafen kann, der nicht isst, der es hasst, berührt zu werden.« Seine Stimme klang nun älter und viel schroffer. »Also bin ich jetzt hier. Die Mistkerle nennen diesen Ort ein Zuhause. Aber er ist genau wie all die anderen, nicht wahr? Ich hatte diesen Mist jahrelang. Verdreckte Räume, nicht genug Essen, voller Tyrannen und Arschlöcher und Typen, die versuchten, mich allein auf der Toilette zu erwischen.«

»Himmel, Connor!«

»Nicht mehr.« Und nun sprach Connor sanft, beinahe als würde er versuchen, Scots Entsetzen zu beruhigen statt seines eigenem. »Werde jetzt meinen eigenen Weg finden, richtig? Bin alt genug, um auf mich selbst aufzupassen, egal, was die Mistkerle sagen.«

Oh Gott.

»Der Geruch«, sagte Connor beinahe nachdenklich. »Ich kann es – sie – manchmal immer noch riechen. Weißt du? Das Einzige, was es abhält, ist der Duft von Zitrus.«

Verdammt. Connor versteckte sich hier, genau wie Vincent und Oliver. Scheiße, genau wie Jerry und Scot. Und machte Scot ihm einen Vorwurf?

Es hörte sich an, als wäre dieses Kind durch die Hölle gegangen. Dieser Ort war eine Zuflucht gewesen. Irgendetwas an diesem Motel hatte Connor erlaubt, wieder Frieden zu finden, auch wenn es ihn seine Erinnerung kostete. Aber war das so schlimm?

Es schützte ihn vor der Qual seiner Vergangenheit, brachte ihm Freunde in der Gegenwart und milde, unvoreingenommene Leidenschaft für die Zukunft.

Zum vielleicht ersten Mal verstand Scot, was Weglaufen wirklich sein konnte. Er löste seine Hand von Connor, um ihn richtig zu umarmen. »Connor...«

Die Narbe auf seinem Arm verblasste.

Verstohlen drehte Scot Connors Arm und warf einen Blick auf die Unterseite, aber die eben noch deutliche Wunde war nicht mehr zu erkennen. Wie zum Teufel...? Aber warum sollte Scot so erstaunt sein? Dieser ganze Ort war merkwürdig und voller Dinge, die nicht möglich sein sollten.

Connor wirkte nun verwirrt. Er sah auf Scots Hand hinab. »Es gefällt mir«, sagte er. »Einfach nur Händchen zu halten. Das hatte ich noch nie, außer beim Sex.«

»Du meinst, du kannst dich nicht daran erinnern«, murmelte Scot.

»Nein.« Connor schüttelte den Kopf. »Ich glaube nicht, dass mich jemand so gehalten hat. Dadurch fühle ich mich dir nahe...«

Wir hatten Sex, Connor...

»Auf eine ganz andere Art.« Connor sah ihn mit großen Augen und gerunzelter Stirn an.

Hatte Scots Hand die Erinnerungen ausgelöst? Wie konnte das sein?

»Ich bin müde.« Connor gähnte. »Aber nicht so müde. Nie *so* müde.« Er grinste. Der übliche Hunger war in seinen Gesichtsausdruck zurückgekehrt und seine Finger spielten mit Scots Nippel. »Keine Fragen mehr über die Vergangenheit, ja?«

»Einverstanden«, stimmte Scot bereitwillig zu. »Aber was ist mit der Zukunft?«

Connors Blick ruhte auf Scots Lippen, die noch immer feucht vom Champagner waren, ehe er zu dem kleinen Fleck der süßen, weichen Frucht über Scots zuckendem Schwanz huschte. »Was meinst du?«

Scot rutschte vorsichtig auf der Matratze herum, den Blick noch immer auf Connor gerichtet. »Ich meine, wenn du hier weggehst... du weißt schon. Du wirst doch sicher nicht für immer hierbleiben. Du bist jung und klug.«

»Ich bin *geil*.« Connor senkte den Kopf zu Scots Bauch. Er leckte die zerdrückte Johannisbeere weg und glitt hauchzart über Scots feuchte Haut. *Ablenkung*? Aber Scot hörte nun so viel mehr von ihm als nur Worte. Unter Connors Lust spürte er einen ängstlichen Schauer. Ein warnendes Knurren.

~ *Hör auf mich. Lass es gut sein* ~

»Ja, sicher, aber du willst doch bestimmt etwas anderes mit deinem Leben anfangen, oder nicht? Abgesehen davon, dieses Motel zu leiten und vorbeikommende Streuner zu ficken...«

Zu spät erkannte er, dass sein schnippischer Tonfall Connor entweder verletzt oder verärgert hatte. Schmerz breitete sich hinter seiner Stirn aus, als hätte man ihm ins Gesicht geschlagen.

»Nicht!«, schrie er eher wütend als schmerzerfüllt. Er schob Connor von sich und rutschte auf dem Bett zurück. »Das kannst du nicht machen, du Mistkerl!«

»Scot...!«

»Du kannst mich nicht so behandeln! Die Dinge waren schwer für dich, okay? Aber auch nicht schlimmer als für den Rest von uns. Pfusch nicht weiter in meinem Kopf rum, sonst bin ich schneller von hier verschwunden, als du deine verfluchten roten Johannisbeeren pflücken kannst!«

Connor starrte erschreckt von Scots wütendem Rückzug seine Hand an, mit der er sich so fest ins Laken krallte, dass seine Knöchel weiß wurden. Connor öffnete seine vollen Lippen und nichts kam heraus. Der Druck an Scots Schläfen ließ nach. Das Eindringen schmolz dahin.

»Scot, es tut mir leid!«

»Tja. Es ist schon okay«, erwiderte Scot schroff. *Scheiße*. Connors Pupillen waren geweitet und erfüllten seine Augen mit

Dunkelheit. Scots Herz schlug wie wild. »Den Teil mit den Streunern habe ich auch nicht so gemeint. Es war nur schlecht getimtes Bettgeflüster.«

Es war ein dürftiger Witz und Connors Sinn für Humor schien in vielerlei Hinsicht anders zu sein. Er rutschte zurück zu Connor, aber dieser saß immer noch stocksteif da, als wäre er versteinert worden.

»Du verstehst es doch nicht«, flüsterte er. »Ich muss hierbleiben, Scot. Ich kann nicht gehen. Die anderen brauchen mich. Du bist der erste Mann, mit dem ich je darüber gesprochen habe. Es ist nicht... leicht.«

»Aber das meine ich, weißt du?«, protestierte Scot. »Was ist mit dir? Brauchst du nicht auch etwas? Dinge in deinem Leben und mehr, als du hier bekommst?«

Connor schüttelte langsam den Kopf. Er sah Scot wieder an und seine Augen waren nun klarer, aber voller Kummer. »Als ich sagte, dass ich mich nicht an meine Vergangenheit erinnere... Ich habe das Gefühl, zwischen zwei Orten zu sein. Da sind manchmal Verwirrung und Schmerz. Aber dieser Ort schenkt mir Frieden. Hier habe ich lange Zeit hingehört. Ich hatte immer das Gefühl, dass mein Leben irgendwie verzögert ist... als würde ich darauf warten, dass eine Entscheidung getroffen wird. Und ich habe immer angenommen, dass ich hier sicher bin und auf den Wahren warte. Den Einen, den ich vollständig lieben kann, damit er mir dabei hilft.«

Scot verstand davon nicht viel, bis auf die nagende Sehnsucht in seinem Körper und das Verlangen, Connor wieder in seine tröstenden Arme zu ziehen. Zögernd zog er an Connor und war mehr als zufrieden, als sich sein schlanker Körper seinem Willen beugte. Er küsste Connor und drückte seinen Kopf mit den wunderschönen Locken anschließend an seine Brust zu der dünnen Spur aus Fruchtsaft, die sich langsam an den Seiten verzweigte. Connors Zunge war warm und vertraut, als er über Scots rote Haut leckte.

»Es ist okay. Ich verstehe, dass es für dich so war.« Scot seufzte lustvoll und entspannte sich wieder. »Jerry und ich waren auf dem Weg nach Las Vegas, weißt du? Es gibt dort viele Möglichkeiten. Viele andere Dinge, die man sehen und tun kann.«

Was will ich denn sagen? Er vermutete – fürchtete –, dass diese Unterhaltung mit Connor immer ein Minenfeld sein würde.

Connors Erwiderung war gedämpft, da er gerade ein Mal an Scots nackter Hüfte hinterließ. »Hier ist es am besten. Jerry weiß jetzt, wo er sein will.«

Scot wusste nicht, was ihn so beharrlich weitersprechen ließ. Connor leckte bereits ein Samenkorn von Scots Bauch und spielte mit der Zunge mit den gekräuselten Haaren in seinem Schritt. Sein Kinn blieb an Scots Schwanz hängen und das verlockende Gefühl entlockte Scot ein Keuchen. Ihm schwirrte der Kopf.

»Verdammt, das ist gut… aber hör zu, die Sache mit dem Wahren… oooh…« Connor glitt mit den Lippen über Scots Eichel und die Vorfreude fühlte sich wie Nadeln in seiner gespannten Haut an. Scot fiel es schwer, fortzufahren. »Hör zu, ich glaube, ich weiß, was du meinst. Jemand Besonderes zu finden…«

Zu lieben. In seinem ganzen Leben hatte er das noch nie zu jemandem gesagt, nicht einmal seinen Eltern. Jerry und er hatten nur selten etwas ausgedrückt, was über Lust und Abhängigkeit hinausging. Vielleicht hatten sie etwas Tieferes füreinander empfunden oder hätten es vielleicht getan – aber von Liebe war nie laut gesprochen worden. Sie hatten es nicht gewagt. Scot glaubte nicht, dass er überhaupt das Vokabular dafür hatte, aber er konnte es sich von Connor borgen, oder nicht?

Ich empfinde dasselbe für dich.

Er keuchte und lachte, packte Connors Haare und versuchte, halb im Ernst, halb nervös, dessen Aufmerksamkeit zu erregen. Alles in ihm sehnte sich so sehr nach ihm. »Connor, hör mir zu. Kommst du mit mir, wenn ich gehe?«

Connor leckte und saugte weniger, hob aber nicht den Kopf. »Was meinst du?«

»Wenn ich von hier verschwinde. Wenn ich in die Stadt gehe.« Scot verzog das Gesicht. Die Unterhaltung fühlte sich seltsam an, als würden ihre Sprachen irgendwie aneinander vorbeigleiten.

Connor sprach angespannt. »Das wird nicht passieren, Scot. Du hast gerade erst gesehen, wie es hier sein kann. Du hast gehört, was ich für dich empfinde. Ich will dich hier bei mir.« Sein Atem strich über Scots Schwanz und er leckte über die Spitze.

Scot stöhnte, griff hilflos nach Connor und flehte ihn an, weiterzumachen, während sein Verlangen die Mischung aus Verwirrung und Angst überschattete. »Und ich will dich bei mir. Aber doch nicht immer hier... oder?«

Er bekam keine Antwort.

Stattdessen veränderte sich plötzlich die Luft – ein Zischen, das draußen im Flur flüsterte. Connor rutschte herum, bis er neben Scot auf dem Bett kniete. Als Scot fragend zu ihm aufsah, streichelte Connor sein Gesicht und sah ihm tief in die Augen.

~ Du willst mich, Scot? Nimm mich hier. Fick mich. Ich will es. Ich will dich in mir. Ich gehöre dir! ~

Kapitel 13

»Was?« Scot war schockiert, obwohl er versuchte, es nicht zu zeigen. Was würde Connor von ihm denken? Wahrscheinlich, dass er ein dämlicher, jungfräulicher Liebhaber war.

~ *Es ist okay* ~

»Ich hab noch nie... Ich meine, ich will dich, wirklich.« Ihm versagten die Worte, obwohl die Emotionen nicht nachließen. *Aber ich will es nicht falsch machen... dir nicht wehtun. Das kann ich nicht.*

Connors Stimme war nun stärker und zuversichtlicher. Sie schlängelte sich um seinen Hals und seinen Mund und murmelte ihm verführerisch ins Ohr.

~ *Willst du, dass es Jerry ist? Willst du, dass er dein Erster ist? Oder Oliver? Er wollte dich schon die ganze Zeit* ~

»Himmel, nein! Ich meine... nein.« Gott, wurde er rot? »Ich will, dass du mein Erster bist.« *Es ist nur...*

»Gut.« Connor krabbelte auf allen vieren auf die Mitte der Matratze. »Ich würde dich gern mit ihnen sehen, Scot. Ich würde es genießen, wie sich dein süßer Körper wölbt und windet und gegen sie kämpft. Es wäre eine Freude für mich. Aber was auch immer du tust, letztendlich will ich dich in meinem Bett und dass dein Körper und dein Herz mir gehören.«

~ *Nur mir* ~

Er drehte sich, sodass sein nackter Hintern an Scots Schoß ruhte und sah ihn über die Schulter an. »Und ich will, dass nur dein Schwanz mich nimmt.«

»Hm?«

»Du bist auch mein Erster, Scot.«

Scot hatte in ein paar Groschenromanen die Phrase *plötzlich stand die Zeit still* gelesen. Aber in diesem Moment fühlte es sich genauso an.

Zitternd vor Bewunderung und Verlangen strich er langsam und zögerlich über die festen Muskeln von Connors Hintern. »Ich... weiß nicht, was ich tun muss, Connor.«

Connor drehte sich wieder zu ihm um. »Dann gehen wir es langsam an.« Mit einem warmen Lächeln schob er sie beide auf das Bett. Langsam streichelte er Scots Körper und strich von seiner Schulter über seine Hüfte bis zu seinem Bauch. Scot ergab sich den sanften, beruhigenden Bewegungen und war vollkommen fasziniert. Er konnte jede federleichte Berührung und jeden Reiz an seinen Nerven spüren.

»Leg dich hin, Scot. Lass mich alles für uns vorbereiten.«

Die Ruhe floss zusammen mit seinem wärmer werdenden Blut durch seine Adern. Er schloss halb die Augen. Alles, was er spüren oder wahrnehmen konnte, war Connor. Connor küsste ihn. Connors Haare fielen ihm ins Gesicht und streiften seinen Hals. Connor streichelte seinen Bauch und seinen Schwanz, sanft, fest, um die Qual zu steigern.

Am Ende der Decke lag eine kleine Tube, nach der Connor träge griff. Scot nahm wieder den Zitrusgeruch war, aber dieses Mal wusste er, dass er vom Gleitgel stammte. Connor öffnete die Tube und bedeckte seine Finger und Handflächen.

»Connor?«

»Still«, war seine einzige Antwort, als er erneut Scots Schwanz streichelte. Allerdings waren seine Hände dieses Mal kühl vom Gel und unglaublich geschmeidig und seine Finger glitten schnell und mühelos über die Spitze.

»Ich komme gleich«, stöhnte Scot. Es war eine wunderbare Tortur. *Ich kann das nicht!*

Er konnte die beruhigenden Laute überall um sich herum hören und die gequälte Spannung klang ab. Connor drehte sich auf die Seite, sodass sein Rücken gegen Scots Vorderseite drückte. Seine weichen, dichten, süß duftenden Haare strichen über Scots Brust und sein Hintern schmiegte sich warm an Scots Schritt.

Scots Erektion drängte sich verzweifelt in die Spalte zwischen Connors Pobacken und glitt über seinen Eingang. Sein Schwanz zuckte frustriert, Lusttropfen quollen aus der Spitze und die Vene pulsierte heftig.

~ Kein Grund zur Eile ~

Connor wiegte die Hüften, griff zwischen seine Beine und schob sich die mit Gel bedeckten Finger in den Hintern. Um sich für Scot vorzubereiten, den ersten Mann, der ihn so ficken würde.

»Ich mach das!« Scot nahm selbst die Flasche. Vor Ungeduld und Nervosität ließ er den Deckel fallen. Selbst als er sich das Gel auf die Mittelfinger rieb, zitterten seine Hände.

»Leg dich hinter mich«, murmelte Connor. »Küss mich, küss meine Schultern. Halt meine Hüften mit deinen starken Händen. Heb mein Bein an und lass deine nassen Finger in mich gleiten.«

Scot rutschte näher und packte Connor wie angewiesen an der Hüfte. Connor wölbte sich ihm entgegen und schob sein Bein nach vorn.

Nun konnte Scot seine Hand mit Leichtigkeit zwischen Connors Pobacken schieben und seinen Eingang finden. Er war unglaublich klein und eng. Obwohl seine Hand mit Gel eingeschmiert war, musste er seinen Finger fest gegen den Widerstand drücken, aber Connor zischte ermutigend. Die Muskeln verkrampften sich und Scot bewunderte, wie anders es sich anfühlte, als selbst einen Finger in sich zu haben. Wie es bei ihm immer der Fall gewesen war.

Er schob einen weiteren Finger hinzu und drehte sie, um den Eingang zu dehnen. Aber jedes Mal, wenn er seine Hand zurückzog, spürte er, wie sich der Eingang hinter ihm schloss.

Zu eng.

~ Nein! ~

Connor keuchte schwer und seine Worte waren belegt und guttural. »Ich will nicht länger warten, Scot. Ich bin bereit. Um Himmels willen, das ist es, was ich will. Ich will dich in mir, du sollst mich besitzen. Sei so grob, wie du willst und so gierig, wie du kannst.«

~ Fick mich, Scot! ~

Kondome? Scot war es gewohnt, selbst in der Hitze des Gefechts mit Jerry vorsichtig zu sein.

~ Brauchen wir nicht ~

Scot glaube ihm – dass er noch nie so gefickt worden war. Und Scot hatte auch noch nie den Hintern eines anderen Mannes berührt.

~ Du bist geschützt, Scot. Wir beide sind es. Das ist etwas Besonderes ~

Scot schob Connors Beine weiter auseinander und platzierte seinen geschwollenen Schwanz an den dunklen Haaren über seinem Eingang. Connor stöhnte.

Scot konnte nichts gegen diesen ungebetenen Gedanken tun: Connors rosiger Eingang erinnerte ihn an die roten Johannisbeeren aus ihrem Liebesspiel. Er lächelte und entspannte sich ein wenig. Er hätte schwören können, dass er gerade gesehen hatte, wie sich Connors Eingang kurz geöffnet hatte, um einen winzigen Tropfen von Scots Lusttropfen aufzunehmen. Er atmete tief ein, packte Connors Hüften fester und drängte seine breite Eichel hinein.

~ Fuck! ~

Connor keuchte und schob die Hüften nach hinten, sodass der Rest von Scots Schwanz geschmeidig eindrang.

Scot schluchzte laut. Der Laut machte ihn unglaublich verlegen, aber ihm war nie klar gewesen, dass es sich so gut anfühlte! Tief in einem engen, heißen Kanal zu stecken und dass sich Hüften in seinem Rhythmus bewegten. Sein Schwanz wurde gedrückt, aber er fühlte sich auch sicher und unglaublich stimuliert. Connors Körper schmiegte sich perfekt an ihn, ließ sich manipulieren und war in seiner Akzeptanz beinahe passiv. Scots unbeholfenen Stößen kam er anmutig entgegen. Mit jedem Stoß stöhnte Connor ermutigend. Es war erstaunlich erotisch.

Connor schob die Hand über seine Hüfte nach hinten und legte sie auf Scots Pobacke, sodass sie weiter miteinander verbunden waren. Scot wollte Connors Schwanz für ihn streicheln, aber er glaubte nicht, dass er sich im Moment auf noch etwas anderes konzentrieren konnte.

Seine Bewegungen waren so langsam, wie er es wagte und er genoss das unglaubliche Gefühl, wie sein Schwanz immer wieder in die Enge eindrang. Wie sein Schwanz herausglitt, von den engen Muskeln gehalten wurde und dann gierig wieder in die Tiefe eindrang, bis er das Gefühl hatte, bis zu Connors Kern vorzustoßen.

Dann, angespornt von Connors Begeisterung, stieß er schneller zu. Während die unglaublichen Gefühle und die enge, feuchte Hitze an ihm zogen, verlor er alle Sinne und seine Stöße wurden noch wilder.

~ Scot! ~

Connor stöhnte, wiegte sich an Scots Körper, gezwungen, seinem Tempo zu folgen, aber er genoss es auch. »Gott... so gut...«

~ Kannst du mich nicht härter ficken? Kommst du nicht tiefer? ~

Scot rammte so hart gegen Connors Hintern, dass das Bett gegen die Wand schlug. Seine Pobacken klatschen gegen Scots Schritt. Connor schrie auf und ließ Scots Hintern los. Er schob die Hand zwischen seine Beine und massierte seinen Schwanz, um zum Höhepunkt zu kommen. Scot klammerte sich an seine Taille und hielt sich verzweifelt fest.

Die Ekstase pulsierte in seinen Venen, schoss in seinen geschwollenen Schwanz und entlud sich in den sich windenden Mann unter ihm. Er schrie Connors Namen, obwohl das Geräusch von dem rauschenden Blut in seinen Ohren gedämpft wurde. Alles bestand aus grellen, intensiven Farben und Vergnügen füllte seinen Geist. Er wollte es hektisch in die Länge ziehen. Connors heiße Haut unter seinen Fingern war unglaublich... Und dann konnte er keinen klaren Gedanken mehr fassen und sich auf nichts anderes als reine, umwerfende Empfindungen konzentrieren.

~ Scot. So gut! ~

In seinem Kopf waren mehr Stimmen als nur die von Connor, laut und eindringlich schrien sie freudig unter dem Orgasmus. Sie heulten, sie keuchten, sie brüllten vulgäre, lobende, erregende Worte. Überall waren Hände, Lippen auf seinem Körper, die saugten und knabberten. Einen so kraftvollen Höhepunkt hatte er noch nie erlebt. Es war, als würden sich mehrere Körper treffen – als würden sich viele Orgasmen vermischen und ihn erfassen.

Connor!

Er stöhnte und sein Körper erschauerte unter den Nachbeben. Er klammerte sich an Connor wie ein Haltetau an die Erde und nahm kaum wahr, wie Connors Höhepunkt ihre Körper schüttelte und Connor erbeben ließ.

»Was passiert hier?« Scot wusste, dass er verstört klingen sollte, aber er konnte seine Stimme nicht mehr kontrollieren. »Du bist in meinem Kopf! Sie sind alle in meinem Kopf!«

Connor stöhnte noch einmal und erschlaffte unter ihm. Seine Haare waren schweißnass und einige Strähnen klebten zerzaust zwischen ihnen an Scots Hals. Sie beide keuchten laut. Scot versuchte verzweifelt, hart und in seinem Liebhaber zu bleiben, aber die natürliche Erschöpfung raubte ihm jegliche Energie. Innerhalb von Sekunden wurde sein Schwanz weich und er glitt mit einem schmatzenden Geräusch aus Connor.

Connors Eingang war gerötet und feucht und immer noch wunderschön erotisch, obwohl sich Schuldgefühle in Scot breitmachten, für den Fall, dass er ihn verletzt hatte. Dann breitete sich die Sehnsucht nach dem Verlangen in ihm aus, ihn wieder zu nehmen. Er sehnte sich einfach danach, verdammt.

Connors Seufzen drückte pure Befriedigung aus. Er drehte den Kopf zurück und zeigte Scot sein Profil und das Schimmern in seinen Augen. Die Muskeln in seinen Armen bebten immer noch vor Anspannung und seine Beine waren teilweise unter Scot eingeklemmt. Als Scot ihm half, sich zu befreien, spürte er, wie warmes, zähflüssiges Sperma zwischen Connors Pobacken heraus und auf sein ausgestrecktes Bein lief.

Himmel. So, so perfekt.

Aber... »Die Stimmen...?«

»Du hörst sie, weil wir beide unseren Wahren gefunden haben, Scot. Sie feiern das! Es ist das Einzige, wonach man streben kann – die einzig wahre Freude, die es zu finden gibt.«

~ Nichts wird je besser sein als das! ~

Und in diesem Moment, zermürbt von erschöpfter Resignation, musste Scot zustimmen.

***

Scot hörte die Stimmen in seinem Kopf wieder. Sie riefen, aber nicht ihn. Sie riefen Connor.

Scot gähnte und regte sich verschlafen aus seinem Nickerchen. Warum antwortete Connor nicht? Er konnte den langgliedrigen, drahtigen Körper neben sich spüren und wie sein eigener Schwanz bei der Erinnerung an ihre Vereinigung sanft zuckte. Ihm gefiel das Gefühl. Dieses Gefühl, mit Connor Maxwell zu schlafen. Soweit er es hören konnte, war Connors Atmung schwer und gleichmäßig.

Ich schlafe nicht viel, hatte er Scot gesagt. Und Scot hatte bis heute ganz sicher keinen Hinweis darauf gesehen, dass er in einem der anderen Schlafzimmer gewesen war. Aber der schlafende Körper neben ihm erzählte eine andere Geschichte. Dieser Mann war erschöpft – zufrieden und selig. Er schlief mit Scot Salvatore.

Scot döste erneut weg, bis die Stimmen wirklich zu eindringlich wurden, um sie zu ignorieren. Dann drehte er sich auf die Seite, um Connor zu wecken.

Aber Connor war schon aufgestanden. Er hatte sich eine Leinenhose angezogen. Die Haare hatte er sich locker hinter die Ohren geschoben. Scot sah, wie ihm einige Strähnen ins Gesicht fielen, als er sich im Zimmer bewegte.

»Geht's dir gut?«, fragte Scot und gähnte erneut. »Was ist los?«

»Jerry ruft«, erwiderte Connor leise. »Ich muss zu ihnen gehen. Sie wollen, dass wir heute Nacht alle zusammen sind und feiern, dass Jerry bleibt. Komm mit mir, Scot. Wir wollen dich bei uns.«

»Gott.« Scot stöhnte. »Kann ich nicht wann anders mitfeiern? Ich brauche Schlaf.« *Vor allem nach der verdammt guten Nummer, die wir gerade hatten.*

Connor lächelte und seine Zähne strahlten im trüben Licht.

Scot wurde rot und analysierte seine wahren Gefühle. Seine Müdigkeit und Nervosität im Vergleich zu seiner Neugier und Aufregung. Er wusste, welches Paar gewinnen würde.

Er schwang die Beine aus dem Bett und hob die Arme, um Connor zu greifen. Sie küssten sich eine Weile, bis sich Scot widerwillig zurückzog.

»Dann gib mir meine Shorts«, knurrte er.

Die anderen waren wie erwartet im Hof. Die Nacht war genauso warm und ruhig wie die vergangene und die Teilnehmer ebenso nackt. Nackt und umwerfend! Oliver eilte zu Connor und ihm, als sie durch das Tor traten. Er sah Scots Shorts verächtlich an, ehe er Scot kitzelte und streichelte, bis dieser sich lachend ergab und Oliver erlaubte, ihm die Hose auszuziehen. Dann führte ihn Oliver am Arm zum Pool. Scot sah entschuldigend über die Schulter zu Connor und ließ Oliver seinen Willen.

Vincent lag in der Nähe auf einer Decke und hatte sich auf einen Arm abgestützt. Jerry saß vor ihm, lehnte sich aber mit dem Rücken an Vincents starke, breite Hüfte. Sie waren von Essen und dem vertrauten süßen Rotwein umgeben. Während Scot zusah, zerteilte Vincent ein Gebäckstück und reichte Jerry etwas davon. Jerry öffnete die Lippen und ließ sich von Vincent füttern, ehe er sich lächelnd über die Lippen leckte.

Dann öffnete er den Mund weiter und saugte Vincents Finger hinein. Vincent atmete scharf und lustvoll ein, ließ den Kopf ein Stück nach hinten fallen und zog Jerrys Unterlippe hinunter. Jerry hielt den Finger mit seinen geraden, weißen Zähnen fest und seine Atmung beschleunigte sich. Langsam schob Vincent seine Finger in Jerrys Mund hinein und Jerry keuchte rhythmisch. Er ließ eine Hand in seinen Schritt wandern und spielte mit sich selbst. Vincent beobachtete seine Hand in Jerrys Mund und dessen gerötetes, begeistertes Gesicht, während er immer erregter wurde. Als sie den Blick des anderen auffingen, lächelten sie mit aufrichtigem Vergnügen.

Scot bewunderte diese ungezwungene Intimität zwischen den beiden. Er hatte bei Jerry nie so ein Lächeln ausgelöst, nicht einmal beim Sex. Jerry erstaunte ihn immer wieder. Dann zog Oliver ihn in den Pool und eine Weile musste er sich um nichts Gedanken machen, außer in dem warmen Wasser zu toben und Oliver davon abzuhalten, ihn zu oft unterzutauchen.

Connor setzte sich auf die niedrige Poolmauer. Er war nun ebenfalls nackt und seine Leinenhose hatte denselben Weg genommen wie jedes andere Kleidungsstück, mit dem Scot hier in Berührung gekommen war. Scot lehnte sich zurück, stützte die Arme auf den Rand und ließ die kleinen Wellen gegen seinen Körper schlagen.

»Siehst du, wie gut es ist, Scot?« Connors Stimme hatte einen leicht scharfen Unterton, als würde er Scot herausfordern, es zu verstehen und zu akzeptieren. Ob die anderen ihn auch gehört hatten? »Es ist ein Festtag für dich. Für uns alle. Ein Festtag für die besten Dinge im Leben. Du kannst haben, was immer du willst... wen immer du willst.«

»Ich will nur *dich*«, erwiderte Scot und umfasste Connors Nacken. Ihre Lippen fanden einander und das Wasser rann über Connors Arme, als Scot ihn umarmte und nach unten zog. Lachend rutschte Connor über die Mauer und neben Scot in den Pool.

»Mir geht es genauso, Scot. Ich will dich auch.«

»Nur dich!«, fügte Scot beinahe wild hinzu. Es stimmte. Sein sexuelles Verlangen für Connor war erstaunlich und er wusste, dass da so viel mehr zwischen ihnen sein könnte. Er konnte die verführerische Atmosphäre des Motels nicht leugnen – es war, als würde es sie versorgen, sie ohne Hindernisse leben lassen und sie vor ihrer Schuld beschützen –, aber es war nur ein Ort, oder nicht? Ein Ort, eine Zeit, selbst wenn Scot der Einzige zu sein schien, der das sehen konnte. Aber da draußen gab es noch eine ganze Welt zu erkunden. Seit sie in Connors Zimmer geredet hatten, wollte er sie mit Connor entdecken. Er wollte Connor in seinem Leben. Er wollte mehr über ihn erfahren, bei ihm sein... und nur bei ihm.

Connor hielt für den Bruchteil einer Sekunde inne, sodass es kaum auffiel. Als er antwortete, war seine Stimme sehr sanft und er klang leicht verblüfft. »Nur *dich*...«

~ Ja ~

Ein lautes Platschen ertönte, als Oliver neben ihnen in den Pool sprang, wieder untertauchte und sich zwischen ihre Beine schob. Scot wollte protestieren, aber dann schlossen sich Olivers weiche, volle Lippen um seinen wippenden Schwanz. Keuchend packte er Connors Arm, um aufrecht sitzen zu bleiben.

Unter Wasser saugte und zog Oliver mit dem Mund an ihm und umspielte seine Hoden. Connor erwiderte sein Lächeln und die leichte Orientierungslosigkeit in seinen Augen ließ Scot vermuten, dass Oliver auch mit seinem Körper beschäftigt war. Connor schlang die Arme um Scots Oberkörper und zog ihn zu einem weiteren Kuss heran.

Als Scot für Connor den Mund öffnete, spürte er, wie der sich windende Unterwasser-Tunichtgut seinen Schwanz losließ. Doch dann übernahm Connors Hand seinen Platz. Eine Hand, die ihn packte und dort hielt, wo er am empfindlichsten war, die von der Wurzel bis zur Spitze streichelte, wo die Wellen gegen seinen Schlitz schlugen. Eine Hand, die seinen Körper noch näher zog und ein Mund, der sich bei jedem Kuss mehr nahm.

»Connor«, seufzte er.

Sie umschlangen einander und Scot bemühte sich, um Connors Hintern zu greifen, damit er ihn auch streicheln konnte. Sein Schwanz schwoll unter Wasser schmerzhaft an. Er senkte den Kopf, um an Connors Hals zu saugen und schob eine Hand zwischen dessen Beine. Wenn er sich ein wenig streckte, konnte er Connors Damm erreichen und rieb mit den Fingern dazwischen, um Connors Pobacken zu erreichen. *Ja.* Er schob einen Finger in ihn.

Connor keuchte und Scot steckte ihm die Zunge tiefer in den Mund.

Mit einem weiteren Platschen tauchte Oliver wieder auf und das Wasser strömte wie bei einem Fisch von ihm. »Connor! Scot!«, rief er trotzig, als wäre er genervt, dass sie ohne ihn Spaß hatten. »Kein Teil von mir passt zwischen euch und ich bin sehr stolz auf meine Figur.«

Als sie ihn kaum beachteten, blitzte sehr erwachsene Wut auf Olivers Gesicht auf. Mühelos erhob er sich aus dem Wasser, schüttelte den Rest ab und streckte sich, um die krampfenden Muskeln zu lockern. Er hatte tatsächlich einen wunderschönen Körper, jung und doch mit Muskeln, die seinem Oberkörper eine Form verliehen, die noch mehr Stärke und Beweglichkeit versprach. Und sein Profil war am deutlichsten, denn sein Schwanz ragte fröhlich zwischen den nassen, dunkelblonden Haaren an seinem Schritt hervor.

»Darauf solltest du sehr stolz sein«, murmelte Jerry ihm ins Ohr. Er und Vincent hatten sich von der Decke erhoben und waren zum Pool gekommen. Jerry legte eine Hand auf Olivers Taille und schob sie herum, um seinen nassen Schaft zu streicheln.

Oliver stöhnte leise und ließ die Berührung zu. Er spreizte leicht die Beine und drehte den Kopf, um Jerrys hungrigem Kuss entgegenzukommen. Aber während er das tat, rief er leise nach Connor, der im Pool stand und von Scot umarmt wurde. »Du bist unser Meister, Connor, nicht wahr? Das ist alles für dich.«

Jerry saugte sanft an seinen Nippeln und Vincent legte eine Hand auf seinen Hintern. Vincent trocknete ihn mit einem flauschigen Handtuch ab und massierte ein süß riechendes Öl in seine Haut.

»Du wirst uns nicht verlassen, oder, Connor?« Oliver wandte sich mit einem leisen Schrei ab und schmolz in die Arme der anderen. »Oder?«

Connor antwortete ihm nicht.

Stattdessen schwappte das Wasser um sie herum, als Connor Scot an den Hüften packte, grob umdrehte und ihn mit dem Gesicht voran an die Seite des Pools drückte. Scot hielt sich am Rand fest. Connors harter Schwanz presste sich an seine Pobacken und er schob ein Bein zwischen Scots, um sie weiter zu spreizen. Unter Wasser fühlte sich alles kühl und geschmeidig an und Connors Gliedmaßen schienen seine eigenen zu sein. Ihre Körper waren leicht und der sanfte Druck des Wassers zog ihre Körper vor und zurück.

Scot reagierte sofort auf Connors Finger an seinem Eingang, entspannte sich und beugte sich vor, um sich seinem neuen Liebhaber anzubieten. Connor lehnte sich an ihn, sodass das Wasser um seine Beine wirbelte und Scot spürte einen Biss an seiner Schulter. Dann schob Connor seinen dicken Schwanz in ihn und Scot schrie auf.

»Connor! Himmel, das ist...«

Connor packte ihn wieder an der Taille und zog ihn von der Wand weg. Noch immer auf seinem Schwanz lehnte sich Scot auf Connors Schoß und beugte die Beine, um das Gleichgewicht zu halten. Connor wirbelte sie erneut herum, sodass er stattdessen den Rücken an die Wand drückte und Scot auf seinem Schritt saß. Er stieß in Scot und in diesem Winkel traf er jedes Mal seine Prostata. Scot schrie vor Vergnügen auf. Er streichelte seinen Schwanz, wobei seine Ellbogen auf die Wasseroberfläche klatschten und sie beide nass spritzten.

Plötzlich tauchte Connor in den Pool, ohne Scot loszulassen und sie beide verschwanden unter der Oberfläche. Geschockt und unvorbereitet prustete Scot panisch. Connor stieß noch immer in ihn und eine Sekunde dachte Scot darüber nach, sich zu entspannen und das Wasser in seinen Körper zu lassen, damit er diesen unglaublichen Moment weiter erleben konnte.

Aber Connor hatte nicht vor, sie zu ertränken. Innerhalb von Sekunden brachte er sie wieder an die frische Luft. Er keuchte noch und rammte sich weiter in Scot, jetzt jedoch mit wachsender Intensität und Verzweiflung. Die Haare klebten an seinem Hals und das Wasser lief in Strömen von seinem Gesicht. Scot dachte, dass Connor noch nie so manisch, so umwerfend ausgesehen hatte. Als Connor ihn ein letztes Mal drehte, sodass er wieder an der Wand lehnte, stützte Scot sich ab, damit Connor ihn mit immer härter und flacher werdenden Stößen ficken konnte.

~ *Scot, ich komme* ~

Connor keuchte und legte sein ganzes Gewicht auf Scots gebeugten Rücken. Scot spürte, wie sich der Höhepunkt tief in ihm aufbaute und der Druck in seinem Hintern wuchs. Die beiden klammerten sich aneinander, als wären sie eins, bis sie stöhnten, pumpten und abspritzten – Connor in Scots Hintern und Scot in das aufgewühlte Wasser um sie herum.

Es war der erste Höhepunkt von vielen in dieser Nacht.

***

Im Hof war es jetzt dunkel und nur ein paar Kerzen unter den Bäumen spendeten Licht, um zu sehen, was sie taten. Stattdessen benutzten die Männer ihre Hände und Münder und sie wurden nie in die Irre geführt.

Scot saß allein auf einer Bank. Seine Haare waren noch nass und seine Lippen feucht von Wasser und Eiswürfeln. Er war mit frischen Früchten gefüttert worden, die noch nie so intensiv geschmeckt hatten; er hatte Gebäck und kaltes Fleisch gegessen, dessen Fülle er noch nie zuvor genossen hatte. Er wusste, dass er sich ausruhen musste, da sein Körper erschöpft war, nachdem Connor Maxwell ihn so grob benutzt hatte. Wahrscheinlich brauchte er auch etwas Zeit, um wieder zu Verstand zu kommen, da der genauso verdreht und mit Connors verschmolzen war.

Wann wird das alles real?

Währenddessen spielte sich vor ihm eine Szene ab. Oliver, der Kleinste unter ihnen, beugte sich über eine andere Bank und stützte sich mit den Händen an der Wand ab. Er hatte die Beine weit gespreizt und den Kopf gesenkt, während er schnell und flach atmete. Hinter ihm hatte Jerry die Hände an seine Taille gelegt und bearbeite mit den Lippen seinen Nacken. Jerry stand zwischen Olivers gespreizten Beinen, seinen Schritt fest an Olivers glatten, blassen Hintern gedrückt. Sie wanden sich und rieben aneinander und es war offensichtlich, dass Jerry ihn fickte. Langsam und stetig zog er sich zurück, ehe er wieder zustieß, woraufhin Oliver lustvoll stöhnte.

Vincent trat hinter Jerry, streichelte seinen Rücken und seine Pobacken und spielte mit seinem Hintern. Scot beobachtete, wie Vincent seine Pobacken spreizte und zwei glänzende Finger in ihn schob. Jerry wölbte sich ihm entgegen, sodass sich Oliver auf die Zehenspitzen stellen musste. Dann beugte er sich wieder vor und versenkte sich tief in Oliver. Er schlug einen langsamen, wiegenden Rhythmus an, sodass er abwechseld Oliver fickte und seinen Hintern auf Vincents verführerische Finger drückte.

»Fick mich.«

Diese Bitte hatte Scot noch nie von Jerry gehört – zumindest nicht an ihn – und auch nicht mit einem solchen Verlangen.

Vincent trat näher. Sein Schwanz war steinhart und er streichelte Jerrys Hintern besitzergreifend. Einen Augenblick hielt er inne, als würde er warten, um bei dem wiegenden, erotischen Tanz des Paares mitzumachen. Als würde er darauf achten, ihren Rhythmus nicht zu stören.

Auch Connor trat an ihre Seite, groß und schlank und mit einer selbstbewussten Haltung, die Scots Blick anzog, als wäre er nicht auch so schon von jeder Bewegung dieses Mannes fasziniert. Connor murmelte anspornende Worte an Vincents Hals und leckte sanft und zärtlich über sein Ohrläppchen.

Connor umfasste Vincents Schwanz mit einer Hand, ehe er Jerrys Pobacken mit der anderen spreizte. Vincent ließ den Kopf nach hinten sinken und genoss Connors sinnliche Attacke auf seinen

Hals, während er gleichzeitig, von Connors Hand geführt, die Hüften nach vorn schob. Er drang in Jerry ein, als dieser sich gerade nach einem langen, trägen Stoß in Oliver zurücklehnte.

Gott.

Connor beobachtete die drei genau und seine Augen flackerten, als würde er den Bewegungen folgen – dem Stoß, als Vincent in Jerrys engen Muskel eindrang. Connor nahm die Hände nicht von Vincent, während sich die drei wieder nach vorn bewegten. Der Rhythmus hielt an, doch nun waren alle drei miteinander verbunden. Vincent keuchte, als er von Jerrys engem Hintern gehalten wurde; Jerry stöhnte unter dem Eindringen und der Freude, seinen Liebhaber in sich zu haben; und Oliver stöhnte unter dem Vergnügen, den beiden gefällig zu sein.

Und Connor wandte sich langsam von Vincent ab und sah voller Lust direkt zu Scot.

~ Die Leidenschaft ist eine starke Kreatur, Scot, nicht immer ein Diener. Sie lässt sich nicht leicht bezähmen ~

Scot erstarrte auf der Bank, denn er wusste, was er gerade beobachte – er wusste, was dieser Abend bringen könnte. Die Männer waren fantastisch, natürlich wusste er das. Jeder Einzelne von ihnen. Nein, sie alle.

Sie könnten alle mir gehören.

Er war Jerrys Liebhaber gewesen und er wusste, dass sich Oliver nach ihm sehnte. Auch Vincent war sicher ein spektakulärer Liebhaber. Und er hatte Connor Maxwell auf eine Art und Weise kennengelernt, die er außerhalb seiner Träume nie für möglich gehalten hätte. Er spürte Connors Spuren immer noch überall auf seinem Körper: das wunde Gefühl in seinem Hintern, der Nachgeschmack seines Spermas im Mund, nachdem er ihm einen geblasen hatte. Instinktiv strich er sich über die Lippen. Die Feuchtigkeit könnte von Wasser, Fruchtsaft oder Connors Sperma stammen. Er leckte ab, was auch immer es war und genoss den Geschmack.

Als er wieder zu Connor blickte, spürte er, wie ihn seine Liebe rief. Die anderen fügten ihre Hingabe ebenfalls hinzu. Heute

Nacht spürte er sie alle, ihre tobenden Schreie, ihr verzweifeltes Verlangen und ihre Leidenschaften.

In ihm waren sie alle vereint.

Er wusste, wie er sich fühlte. *Was* er fühlte.

~ *Du kannst das alles haben. Wir können das alles haben* ~

Und was er fühlte, war Schmerz.

»Connor!« Seine Stimme hallte laut in dem stillen Hof, wo für mehrere Minuten nur Wimmern und Stöhnen zu hören gewesen war. »Ich will dich nicht teilen! Verstehst du das nicht?«

Das Keuchen und Stöhnen verstummte. Die Körper wurden langsamer. Anspannung sammelte sich in der Luft und selbst das Wasser schwappte nicht mehr gegen den Rand des Pools.

»Ist das alles, was es hier gibt?« Selbst in seinen eigenen Ohren klang seine Stimme verzweifelt. Abrupt stand er auf, obwohl seine Beine schwach waren und er Angst hatte, zu fallen.

Ist das alles, was es gibt?

Kapitel 14

Scot stand in der heißen, trockenen Morgenluft neben der Fahrertür des Mietwagens vor *Maxwell's Motel*.

Es war noch sehr früh. Er hatte sich ein einfaches Hemd und die Hose angezogen, die er bei seiner Ankunft getragen hatte. Seine Tasche stand neben ihm auf dem Boden. Er riss quietschend die Autotür auf und warf seine Tasche auf den Rücksitz. Die Tür knallte zu und das alte Auto erbebte.

Scot starrte es an.

So ist es also.

Der Lieferant war nie gekommen. Der Lieferant *würde* nie kommen, oder? Vielleicht war er auch schon hier gewesen und sein Besuch war verborgen geblieben. Viele Dinge hier wurden Scot klarer. Und trotzdem waren so viele andere noch verwirrender.

Ihm war klar, dass er nichts über Autos wusste, außer wie man eins fuhr.

Erinnerungen zupften an seinem Verstand und verlangten, dass er an den Mann dachte, den er gerade in Zimmer Nummer 4 zurückgelassen hatte. Der Mann, der ihn gestern nach seinem plötzlichen Ausbruch vom Hof geführt hatte. Der Mann, der ihn zum Schweigen gebracht und beruhigt hatte und in dessen Augen er eine Wärme und zögerliche Hingabe zu sehen geglaubt hatte. Passend zu seiner eigenen, überwältigenden Leidenschaft. Das Zusammentreffen zweier Geister und vielleicht der Beginn einer Zusage. Dann hatte Connor Maxwell ihn umfasst und geküsst und erneut mit den Gedanken und den körperlichen ekstatischen Gefühlen an Sex umgeben.

Und der Moment war vergangen.

Sie hatten wiederholt geschrien und schienen nie zufrieden zu sein. Sie hatten sich aneinander geklammert und Scot wusste, dass er wieder vor Lust geweint hatte. Dann lachte Connor zufrieden und freudig, wischte mit einem sauberen Handtuch den Schweiß von ihren Körpern und schlief erneut erschöpft neben Scot. Die ganze Nacht.

Es reicht nicht. Es hat nie gereicht.

Sie hatten nicht noch einmal über Scots Ideen und Wünsche gesprochen.

Scot wurde klar, dass er vielleicht nie wieder die Chance dazu bekommen würde. Er war effektiv, wenn auch hinreißend, abgelenkt worden. In seinem Ausbruch hatte er die Wahrheit ausgesprochen: Das war alles, was es hier gab. Diese sinnliche, sexuelle Chemie. Das Lieben – die Qual und die Ekstase. Wunderbar, verführerisch, vereinnahmend.

Aber mehr gab es hier für ihn und Connor nicht.

Das ist alles, was es je geben wird.

Selbst jetzt wollte er Connor. Scot würde ihn wahrscheinlich immer wollen, oder zumindest die Vorfreude auf eine Zukunft mit ihm. Er kannte ihn erst seit ein paar Tagen, aber wusste, dass es niemand anderen wie Connor Maxwell gab. Zumindest nicht für Scot Salvatore.

Nun war die Zeit für eine weitere Flucht gekommen. Eine bittere, bereits bereute, aber unausweichliche.

Was zum Teufel soll ich sonst tun?

Er hörte leise Schritte hinter sich an der Moteltür, ehe die Person etwas sagte. »Scot?«

Scot stieß den angehaltenen Atem aus und sein Körper entspannte sich ein wenig. Gleichzeitig schlich sich Schmerz in sein Herz. Aber als er sich umdrehte, um zu antworten, sorgte er dafür, dass ihm nichts davon anzusehen war. »Oliver.«

Der blonde junge Mann kam auf ihn zu und blieb ein paar Meter entfernt auf dem staubigen Boden stehen. Er trug dieselbe Jeansshorts, mit der er Scot und Jerry bei ihrer Ankunft begrüßt hatte, und sein Hemd war ebenso offen. Er wirkte kühl und erfrischt und trotzdem sündhaft bereit für jeden Spaß, den er anbieten konnte.

Natürlich war das sein natürlicher Zustand. Scots Blick huschte über Olivers Körper und er verzog die Lippen.

Oliver hob eine Braue. »Ja, tut mir leid. Ich bin's nur. Nicht Connor Maxwell. Ziemlich enttäuschend, was? Du hast ihn erwartet.«

Erschrocken stellte Scot fest, dass Oliver in seinem Kopf war. Er konnte sein Sticheln, seine Provokation spüren. Versuchte er, ihn wie immer zu verführen? Indem er heiße, lüsterne Gedanken schickte, die durch Scots Venen schossen und seine Hose ausbeulten? Aber von Oliver kamen nun andere Dinge, Dinge, die vorher unsichtbar gewesen waren. Da war eine Reife, die er von dem leichtsinnigen jungen Mann nicht erwartet hatte.

Was zum Teufel?

Vielleicht steckte mehr hinter Oliver. Vielleicht lag es auch daran, dass Scot jetzt so viel mehr sehen konnte.

»Wie ich sehe, hast du ihn schlafen lassen«, murmelte Oliver. Seine Stimme war sinnlich, hatte aber einen angespannten Unterton, der nicht dazu passte, als wäre er über seine Rolle kurz verwirrt. »Er hat nicht gehört, wie du aufgestanden bist. Er hat nie gehört, wie du deine Pläne endgültig festgelegt hast.«

»Pläne?«

»Lass den Scheiß, Scot!«, fauchte Oliver und verblüffte Scot erneut. In seinen Augen blitzte etwas anderes als seine gewohnte, sorgenfreie Lust auf. »Ich kann dich *sehen*, oder nicht? Ich weiß, warum du heute Morgen hier bist und diesen Schrotthaufen anstarrst. Ich weiß, was du willst und was du *nicht* willst. Deine Szene letzte Nacht im Hof – glaubst du wirklich, nur Connor hätte dich gehört? Dass nur Connor zuhören würde?«

Scot leugnete es nicht. Stattdessen fragte er: »Wie kannst du mich *sehen*, Oliver? Connor hat es nie zufriedenstellend erklärt.«

Oliver zuckte mit den Schultern, doch es war eine schlechte Zurschaustellung von Unbekümmertheit. »Ich bin sicher, dass er sich bemüht hat, aber Tatsache ist, dass es einfach ist, wie es ist. Es liegt an diesem Ort. Obwohl ich denke, dass wir alle eine

Fähigkeit innehaben – eine Empfänglichkeit gegenüber anderen. Vielleicht sind wir deshalb geblieben, im Gegensatz zu den vielen anderen, die gekommen und... gegangen sind. Dieser Ort verstärkt unsere Fähigkeiten. Wenn wir hier sind, können wir andere hören, ihre Gefühle spüren und ihre Gedanken verstehen. Wir können mit einem Maß an Illusion kommen und gehen. Und das bedeutet natürlich vollkommene Freiheit.«

»Freiheit?«

Oliver antwortete nicht direkt. Seine Augen verdüsterten sich, als könnte er Scot nicht länger klar sehen. »Es liegt daran, dass wir Schmerz in uns haben, Scot. Die Freiheit ist der Ausgleich für das Leben, vor dem wir alle weggelaufen sind. Leben voller Frustration und Leid. Missbrauch, in vielen Fällen.«

»Mir ist klar...« Scot verstummte, unsicher, wie er diesen Satz beenden wollte.

Oliver lächelte, jedoch weniger verschmitzt als sonst. Heute Morgen wirkte er seltsam anders und irgendwie älter. »Du hast dieselbe Gabe, Scot Salvatore. Aber weitaus stärker als jeder von uns. Du bist ein seltener Schatz. Jerry hat ein Talent, ja, aber du bist etwas anderes. Zum ersten Mal hat jemand Einfluss auf uns. Und deutlich mehr, als du dir je vorstellen kannst.«

»Ich?« Scot lachte ungläubig auf. »Das glaube ich nicht.«

Olivers Stimme war tiefer, als Scot sie je gehört hatte. Nicht einmal in seiner Leidenschaft. »Du hast Einfluss auf Connor Maxwell. Du willst ihn mitnehmen.«

Scot verzog das Gesicht. Von dem jungen Mann ging ein Schmerz aus, den er nie für möglich gehalten hätte. Er ließ sich nicht mit der Verbindung vergleichen, die er mit Connor hatte, ebenso wenig wie mit den stechenden Kopfschmerzen, wenn Connor und er uneins waren. Es war die überwältigende Aggression, die ihn verängstigte. »Wer bist du?«, keuchte er. »*Was* bist du?«

Oliver zog einen Schmollmund. »Er hätte *mein* Wahrer sein können, Scot. Aber du hast ihn geschwächt. Du hast ihn abgelenkt. Und jetzt wirst du gehen!«

Die Luft war schneidend, klar und sehr still. Voller Worte, die ausgesprochen werden würden, auch wenn sie einen Pfad vorgaben, von dem es kein Zurück gab. Scot wusste nicht, ob er Schutz suchen oder die Stellung halten sollte. Er wusste, was er tun musste – er war nur nicht sicher, ob er stark genug dafür war.

»Gehen?«, erwiderte er leise. »Aber ich habe nie zugestimmt, zu bleiben, Oliver.«

Nun war es Oliver, der das Gesicht verzog. Er ließ eine Hand an seiner Brust hinabgleiten, berührte sich, kniff einen seiner kleinen, braunen Nippel und sah dann unter seinen blassen Wimpern zu Scot auf. Aber Scot ließ sich nicht täuschen. Diese Technik kannte er mittlerweile. Er spürte die leichten, unwillkürlichen Regungen in seinem Schritt, ignorierte sie aber.

»Maxwell glaubt, dass du bleibst. Du kannst ihn nicht verlassen.«

»Schwachsinn! Ich werde das nicht akzeptieren.« Die Fänge von Olivers Berührung lösten sich von seinen Gliedmaßen und Scot nahm den schwachen Nachgeschmack der Enttäuschung einer anderen Person wahr. Die Sonne schien heiß auf ihn herab, aber er löste sich nicht vom Auto. Es schien wichtig zu sein, die Position zu halten. Feuchtigkeit rann zwischen seinen Schulterblättern hinab – die Atmosphäre erinnerte ihn sehr an den Tag seiner Ankunft. Aber jetzt war er ganz anders. Jetzt hatte er eine Last in seinem Herzen, die beinahe zu schwer war.

»Das Auto, Oliver...?«

»Himmel, du weißt vom Auto, nicht wahr?« Oliver stöhnte trotzig. Seine nackten Zehen wackelten auf dem Boden und sein Körper verspannte sich vor Wut. »Also spiel keine Spielchen mit mir! Es war die ganze Zeit in Ordnung. Zumindest fahrtüchtig. Es ist keine Luxuslimo, oder? Aber es musste nie wirklich repariert werden. Es brauchte nie die Fähigkeiten eines Mechanikers. Und du weißt das. Ich kann es spüren. Es war alles nur...«

»Eine Illusion«, flüsterte Scot und erinnerte sich an Olivers Worte.

Oliver nickte widerwillig.

»Deine?«

Oliver lachte. »Nein! Du siehst also doch nicht alles, hm? Es war nicht mein oder Connors Werk. Wer denkst du denn, wollte es so? Wer wollte es so sehr, dass die Illusion entstanden ist? Wer wollte Vincents Aufmerksamkeit für sich? Wenn auch in anderer Hinsicht...«

»Jerry?« Schon während er die Frage aussprach, wusste Scot, dass es stimmte. Jerry hatte den Zustand des Autos festgestellt, er hatte festgestellt, dass sie fürs Erste hier gestrandet waren. Ihm war angeboten worden, hier zu arbeiten und den Bewohnern näherzukommen. Und er hatte das Angebot angenommen.

Jerry hatte sie hierhergebracht und sie auch hier gehalten. Bis er seinen eigenen Ort gefunden hatte. Ironischerweise war das auch hier gewesen.

Scot fragte sich, wie viel davon unterbewusst gewesen war.

»Illusion.« Oliver zuckte mit den Schultern. »Wie, wann und wo wir auftauchen. Manchmal, wie wir uns schmücken.«

Zum ersten Mal stellte Scot fest, dass Oliver heute Morgen kein Tattoo hatte.

Oliver kam direkt zu ihm und streichelte seine Schulter. Scot spürte die sanften Finger auf seinen Muskeln und wie das Verlangen langsam und klebrig wie Sirup in ihn floss. »Es ist wie viele Dinge hier. Obwohl auch viele Dinge real sind, nicht wahr? Ich wollte dich in mir spüren, Scot Salvatore. Das will ich immer noch. Du musst dich einfach entspannen, weißt du? Mehr von uns genießen. Von mir aus kannst du Connor haben, aber probier auch den Rest von uns. Du kannst es tage- und nächtelang haben – deine Haut, die verschwitzt an meiner klebt. Deine Finger in meinen Haaren, die meinen Kopf an deinem Schwanz bewegen. Meine Beine um dich, während ich dir meinen Hintern anbiete. Dein Schwanz, der hart, tief und wild in mich stößt, heiß und eng, auf der Jagd nach einer Ekstase, die dir nie vorenthalten wird.«

Scot wurde schwindlig. Sein Körper wollte all das... er wäre verrückt, wenn er es nicht täte! Und trotzdem...

Nein.

»Ich will gehen, Oliver. Ich will ein Leben außerhalb dieses Motels. Und ich will, dass Connor mit mir kommt.«

Olivers Atem stockte, ein rauer, schmerzhafter Laut wie das Surren einer Klinge in der Hitze der Sonne. Er antwortete nicht.

Okay.

Scot versuchte, seine schmerzhaft enge Kehle zu räuspern. »Du… wirst auf Jerry aufpassen?«

Oliver fauchte ungeduldig zurück: »Jerry wird es bei uns gut gehen! Das war immer so. Vincent kümmert sich um ihn. Wir alle kümmern uns umeinander, so war es schon immer.«

»Danke«, erwiderte Scot.

Oliver warf frustriert die Hände in die Luft. »Geh, Scot! Geh, geh, schnell, aber nur du.«

»Noch nicht.« Scot kämpfte mit den Worten und seine Stimme war rau. »Ich muss ihn fragen. Ich muss Connor fragen. Gib ihm die Chance…«

»Aber das ist nur das, was *du* willst, oder nicht, Scot?« Olivers Blick war hart und wütend. »Du willst etwas tun, worüber du nur sehr wenig weißt. Du bist gleichermaßen naiv und ignorant! Es ist eine Welt voller zu teurer Wohnungen, beschissener Autos und langweiliger Jobs, mit wütenden, verwirrten Leuten um dich herum und einem Hintergrund aus Sirenen, Streitereien und endlos klingelnden Telefonen. Lärm und Schmerz, Verantwortung und Gier. Materialismus und körperliche Selbstsucht und das Elend anderer Leute…«

Scot legte eine Hand auf seinen Arm, um ihn aufzuhalten. »Eine Welt mit dem Leben anderer Leute, Oliver! Andere Ideen, andere Meinungen. Ja, ich vermute, dass es Risiken, Enttäuschungen, Grausamkeit und Verlust gibt. Aber es ist auch eine Welt voller Möglichkeiten. Mit Kunst und Büchern, Shows und Unterhaltungen, Schönheit und Zuneigung. Dinge, die man erschaffen, Probleme, die man lösen, und Herausforderungen, denen man sich stellen kann…« Er seufzte. »Es ist real.«

»Himmel«, stöhnte Oliver, doch seine Stimme war schwächer. Er schüttelte Scots Hand ab. »Wenn es das ist, was du willst, dann verpiss dich einfach von hier, okay?«

»Noch nicht«, wiederholte Scot.

»Sag mir nicht, dass du es seinetwegen tust«, schrie Oliver plötzlich hoch und leidenschaftlich. »Dass du nur seinetwegen zögerst!«

Scot erstarrte. Er konnte den Schatten in der Tür hinter ihnen leichter spüren als sehen. Die Morgensonne hüllte die gesamte Veranda in Schatten.

»Ich kann ihn nicht halten«, seufzte Oliver. Es klang beinahe wie ein Schluchzen. »Nicht, wenn du ihn willst. Nicht, wenn er dich ebenfalls will. Und niemand kann gezwungen werden, gegen seinen Willen hierzubleiben.« Herausfordernd sah er Scot an. »Aber es muss seine Wahl sein, Scot. Und wie kannst du ihm anbieten, was wir hier haben? Die Sicherheit, die Freude, die Behaglichkeit? Das hat er gebraucht, als er hierherkam. Es ist das, was er immer braucht.«

»Ich würde ihm etwas anderes anbieten«, erwiderte Scot leise. »Genauso bereichernd, genauso sicher, aber auch voller Abenteuer. Mit mir.« Er brauchte keine starken Worte, weil sein Geist für ihn sprach. Seine Emotionen sprachen für ihn. Er war nur nicht sicher, wer zuhörte. »Connor will Frieden und Sicherheit und das Wissen, dass er dazugehört. Ich könnte ihm das geben. Vielleicht nicht am Anfang, da ich in diesen Dingen nicht besser bin als er. Aber wir könnten es zusammen schaffen.«

Das ist es, was ich will. Mehr als alles andere.

»Er glaubt, du wärst der Wahre für ihn«, sagte Oliver traurig. »Das ist die stärkste Zeit, wenn sich zwei Wahre treffen. Wenn es echte *Liebe* ist. Wenn das der Fall ist, ist es auch seine verletzlichste Zeit.«

»Ich will ihm nicht wehtun, Oliver.«

»Aber das hast du! Er ist schon *weniger*.« Olivers blassblaue Augen blitzten auf und seine weißblonden Haare fingen das Morgenlicht auf, sodass sie wie Eis glitzerten. »Hast du es nicht gesehen? Er ist uns nicht mehr so nah – er spürt uns nicht mehr so tief. Du hast ihn geschwächt, Scot Salvatore. Hast ihn seiner Kontrolle über uns beraubt, dem Schutz und des Vergnügens seiner Liebhaber. Er wäre dumm, wenn er mit dir irgendwohin gehen würde! Verschwinde einfach.«

Scot blieb beharrlich. Er versuchte, in den Geist des jungen Mannes einzudringen, hatte aber keine Kontrolle über die Gabe, die er angeblich hatte. Und er vermutete, dass Oliver weniger naiv war, als er ihn je hatte glauben lassen. »Du hast gesagt, dass er gehen kann. Nicht wahr? Du hast gesagt, dass niemand gegen seinen Willen hier gehalten wird.«

Oliver schmollte. »Bist du nicht der Beweis? Du bist hier und bereit zu gehen.« Ein Flehen schlich sich in seine Stimme. »Er braucht mich, Scot, kannst du das nicht sehen? Er glaubt, ich wäre nur ein Kind, das von ihm abhängig ist – aber es ist das Gegenteil. Er braucht mich. Ich schenke ihm die Bewunderung, nach der er sich sehnt. Ich liebe ihn.«

Scot schüttelte den Kopf.

»Liebst du ihn auch?«, jammerte Oliver beinahe. »Liebst du ihn so sehr, dass du ihm jeden Tag dienen würdest – mit allem, was er will?«

Ja!

Und dann trat Connor selbst aus der Tür und kam zu ihnen.

Einige Sekunden lang starrten sie sich an. Scot dachte an seine letzte Berührung, die lustvollen Schreie und die Sinnlichkeit in den frühen Morgenstunden. Er sah, wie Connor errötete. Wahrscheinlich teilten sie dieselbe Erinnerung.

»Ich muss gehen, Connor.«

»So scheint es.« Connors Stimme war sehr ruhig. Erschreckend ruhig.

»Komm mit mir!« Scot spürte Connors Starre wie eine Decke aus kaltem, undurchdringlichem Nebel. Er glaubte, dass Connor sich irgendwie vor ihm abschirmte. »Ich verstehe, was dir dieser Ort bedeutet. Und ich weiß nicht genau, was ich dir stattdessen anbieten kann.« Seine Stimme bebte und er verfluchte seine Schwäche. »Aber da draußen gibt es noch andere Dinge. Andere Wege. Andere Ziele, andere Träume. Ich hab viele davon, Connor. Ich habe mehr, als ich hier benutzen kann, mehr, als ich hier zurückhalten kann. Du hast es gesagt... Es muss eine Entscheidung getroffen werden.«

»Du kannst nicht gehen«, erwiderte Connor langsam, als würde man die Worte aus ihm herausziehen.

»Du hast gesagt, dass du zwischen zwei Orten bist«, argumentierte Scot. Er wollte Connor umarmen. Er wollte seinen Körper umarmen, den er unter dem dünnen Hemd und der Hose verbarg. Als Scot ihn das letzte Mal gesehen hatte, hatte er ausgestreckt auf ihrem Bett gelegen – ein zerzauster, köstlicher Mix aus nackten Gliedmaßen und Haut, die vom Schlaf und den Nachwehen des Sex gerötet war. Aber jetzt? Jetzt schien er sich in seiner Kleidung nicht wohlzufühlen. Scot wollte mehr als alles andere, dass er sich wohlfühlte.

Komm zu mir! Komm und probier diesen Weg mit mir aus!

Er sah das Zittern in Connors Augenlidern, das Zögern in seinem Körper. Konnte Connor seine Gedanken nicht länger hören? Aber zwischen ihnen hatte es genügend Worte und Berührungen gegeben. Manchmal hatte Scot geglaubt, ihn erreicht zu haben. Ihn gelockt zu haben... ihn überredet zu haben. Er wünschte, er könnte sicherer sein, wünschte, ihn besser zu kennen. Wünschte, dass sie mehr Zeit hätten.

»Connor, ich will nicht länger bleiben. Ich kann es nicht gut erklären, aber ich habe das Gefühl, wenn ich jetzt nicht gehe...« Er wagte es nicht, den Satz zu beenden. »Hör zu – komm mit mir und vielleicht finden wir mehr über dich heraus. Wir können dir helfen, dich zu erinnern, wenn du das willst. Wir können helfen, dass du Frieden und Zuflucht in dir selbst findest, wo immer du auch bist. Bei mir kannst du dein wahres Ich sein, wohin auch immer wir gehen! Wo auch immer wir bleiben.«

»Mein wahres Ich?«

Das ist, was ich will.

Scot schluckte schwer. »Selbstverständlich.«

Connor schüttelte den Kopf. »Du kannst nicht gehen.«

Scot spürte, wie verzweifelter, schrecklicher Ärger in ihm wuchs. Seine Stimme wurde lauter. »Du hast gesagt, dass du dich selbst entschieden hast, hier zu sein. Tja, ich entscheide mich auch! Und ich entscheide mich, zu gehen. Wenn du nicht über dein persönliches sexuelles Imperium hinaussehen kannst, ist das dein Pech, okay? Ich will reisen und Dinge lernen und all das tun, was mir immer verweigert wurde. Ich will mein eigenes Leben kontrollieren! Und das will ich für dich auch. Verdammt, Connor, ich will dich so sehr, dass mein ganzer Körper schmerzt, wenn du in der Nähe bist. Ich will alles über dich erfahren – ich will die Abenteuer mit dir bestreiten. Ich will alles *mit dir* tun!«

Dann berührte er ihn. Er konnte nicht länger widerstehen. Er trat nach vorn und umfasste Connors Arm. Empfindungen rasten wie Elektrizität durch seinen Körper: Schmerz und Freude in einer erstaunlichen Intensität explodierten wie Feuerwerk in seinem Kopf.

»Ich habe noch nie einen Mann wie dich getroffen, Connor. Ich wollte noch nie jemanden so sehr wie dich. Noch nie wollte ich alles auf diese Art teilen und ich hätte nie gedacht, dass ich jemanden finde, den ich in mir aufnehmen will. Und nicht nur im Bett!«

Er sah die plötzliche Flamme in Connors Augen und wusste, dass er ihm zuhörte. Aber er bekam keine positive Antwort.

Connors Stimme war tief und trug ein Zittern mit sich, das so viel mehr als nur Verführung war. »Bleib bei mir, Scot.«

»Ich kann nicht.«

»Schlaf mit mir. Sei bei mir. Du darfst nicht gehen, Scot...«

»Nein.« Scot schüttelte den Kopf und sein Gesicht verzog sich in purer Qual. »Du verstehst es einfach nicht, oder? *Ich* werde gehen, aber du – *du*, Connor Maxwell – scheinst es nie zu können. Und das belastet mich so viel mehr.« Seine Hand rutschte von Connors Arm.

»Scot?« Connor klang beinahe verwirrt. »Bleib bei mir, Scot.« Es war wie bei einer kaputten Schallplatte.

Aber Scot zog sich zurück und wusste, dass sein Gesichtsausdruck seine Gefühle besser ausdrückte, als Worte es je könnten – Gefühle von wachsender Trostlosigkeit und Schock. Er krallte sich an den Griff der Fahrertür wie ein Ertrinkender an Treibholz. Er wusste, dass er gerade wie jemand aussehen musste, der in eintausend Lotterien verloren hatte. Und der persönlich den Schein zerrissen hatte. »Ich kann nicht, Connor. Da draußen gibt es so viel, was ich mit dir teilen und erleben will, aber es kann nicht sein. Heilige Scheiße...«

Das Geräusch in seiner Kehle war nichts mehr als ein Schluchzen. Er riss die Tür auf und ließ sich hineinfallen.

Connor bewegte sich nicht. »Nichts wird je wieder so gut sein, Scot!«, schrie er plötzlich. »In deinem ganzen Leben! Nicht ohne mich – nicht getrennt. Du weißt, dass es stimmt!«

Und wie ich das weiß! »Und wie ich das weiß!«, brüllte Scot aus dem Fenster, das ständig halb offen war. Er drehte den Schlüssel und der Motor hustete und spuckte. Erneut drehte er den Schlüssel, wütend über die Verzögerung, und endlich sprang er an. Scot legte den Gang ein und drehte heftig am Lenkrad, um direkt herumzufahren und mit Höchstgeschwindigkeit zu verschwinden.

Die Staubwolke, die seiner erbärmlichen Geste folgte, war nicht groß genug, um die beiden Männer zu verdecken, die ihm nachsahen. Er sah sie durch die Windschutzscheibe, als er das Auto wendete. Er erkannte sie im Rückspiegel, als er davonfuhr und sie immer kleiner wurden. Er sah Connor überall, wo er hinblickte.

Wahrscheinlich würde er das immer tun.

***

Oliver trat neben Connor. Gemeinsam sahen sie dem Auto nach. Als sie sprachen, führten sie eine seltsame, halb fertige Unterhaltung. Sie verstanden die Gedanken des anderen zu gut.

»Oliver?«

Oliver schüttelte ungeduldig den Kopf. »Ja. Ich weiß. Ich fühle es auch. Ich fühle *dich*.«

»Kann es wirklich sein?«

»Dass du mit ihm gehen willst? Ich bin sicher, dass es stimmt. Ob du verstehst, was es bedeutet, ist eine andere Sache.«

Connors Blick hing an der Straße, die vom Motel wegführte. »Ich verstehe.«

Oliver wippte mit dem Fuß. »Alles wird sich verändern, Connor. *Du* wirst dich verändern. Der Schmerz wird zurückkommen.« Oliver sah ihn schräg an. »*Könnte* zurückkommen.«

Connor nickte. »Aber du...«

»Um Himmels willen! Ich komme klar.« Oliver seufzte. »Natürlich.«

»Und die anderen?«

»Sie werden noch mich haben. Zusammen sind wir genug. Und es wird andere geben, die zu uns kommen. Jetzt und dann. Wie Jerry Harrison.«

»Es tut mir leid.« Connors Stimme war so leise, dass sie kaum hörbar war.

»Dir muss nichts leidtun, verdammt!« Oliver beruhigte seine Stimme und schenkte ihm sein süßes, reuiges Lächeln. Mit einer Hand fuhr er sich durch die kurzen blonden Locken, während die andere gedankenverloren zu seinem Schritt wanderte. Jerry regte sich. Er konnte sein schläfriges Verlangen spüren. Er konnte es ganz tief zwischen seinen Schenkeln spüren. Und Vincent würde es auch tun...

Das Verlangen musste gestillt werden. Er streckte sich ein wenig, wobei er sich unbewusst zur Schau stellte. »Es ist Schicksal, Maxwell. Ein Wahrer findet den anderen. Richtig? Dem kann man sich nicht in den Weg stellen. Nur...« Er hielt inne, vermutlich, um die richtigen Worte für den Abschied zu finden. »Du wirst schnell erwachsen werden müssen. Tu dein Bestes, okay?«

»Das werde ich. Das will ich.«

Connor berührte seinen Arm und Oliver erschauerte. Er würde sie schrecklich vermissen. Die Aufmerksamkeit dieses Mannes...

»Was ist mit Scots Erinnerungen an das Motel?«, fragte Connor.

Oliver zuckte mit den Schultern. »Scot ist ein starker Mann, aber wahrscheinlich wird er sich nur an das erinnern, was du willst. Was ihr beide wollt. Sein Bewusstsein wird schwinden, je weiter er sich von hier entfernt. Aber du...? Bei dir weiß ich es nicht, Connor. Vielleicht erinnerst du dich an das, was du vergessen hast, vielleicht auch nicht. Du warst schon immer anders und hier gut geschützt. Ich kann dich nicht so gut einschätzen wie die anderen. Aber es wird deine Entscheidung sein. Und das ist es, was ihr beide wollt, richtig?«

Langsam nickte Connor. Er wirkte ein wenig erstaunt. »Wie weit wird er jetzt weg sein? Das Auto...«

»Beschissenes Auto!« Oliver grinste und erschauderte gespielt verzweifelt. »Der Schrotthaufen wird es wahrscheinlich nicht bis zur nächsten Kreuzung schaffen, ohne ins Stocken zu geraten. Ich schätze, dass er ungefähr eine Stunde oder länger festhängt, bis der Motor wieder abgekühlt ist. Zu Fuß schafft man es in 20 Minuten zu ihm.« Er sah in Connors dunkle, gequälte und aufgeregte Augen. »Nun, es wird eine lange und langsame Reise, bis der gute Scot Salvatore wieder auf dem Highway ist.«

Epilog

Die Temperaturen kletterten immer weiter und im Auto war die Sommerhitze fast unerträglich. Die Klimaanlage hustete und keuchte, spendete aber nur sehr wenig Luft. In gleichmäßigen Abständen wurde eine Wolke aus heißer Motorluft in den Innenraum gepustet und drohte, die beiden Insassen zu ersticken. Das Auto rumpelte über die holprige Straße und spuckte Gift aus dem Auspuff. Alle 15 Minuten drohte es, den Geist aufzugeben und sie stranden zu lassen. Es war nicht schwer, sich vorzustellen, dass es ein lebendes, bösartiges Wesen war.

»Hier ist meilenweit nichts zu sehen«, murmelte Scot zusammengekauert hinter dem Lenkrad. Er rutschte auf dem unbequemen Sitz herum, sein Hemd und seine Shorts klebten an den Vinylbezügen und er warf seinem Beifahrer eine zerknitterte, halb zerrissene Karte zu. »Wir werden bald anhalten müssen, ich bin erschöpft. Diese Straße fühlt sich an, als würde man durch Molasse fahren. Mein Kopf ist bleischwer und ich kann mich bei diesem grellen Licht nicht richtig konzentrieren.«

»Halt noch ein bisschen durch«, erwiderte Connor sanft. Er trug ein langärmliges Shirt und drückte seinen Arm an die Seite, als würde die Bewegung manchmal schmerzen, aber überraschenderweise schien ihm nicht so heiß zu sein wie Scot. »Wir hatten in den letzten Tagen wirklich eine Glückssträhne und ich schätze, dass wir es morgen nach Vegas schaffen, wenn wir weiterfahren. Am Stadtrand wird es günstige Motels geben.«

Scot war immer noch mürrisch. »Wo hätten wir abbiegen müssen? Haben wir die Abfahrt schon verpasst?«

»Nein.« Connor lachte. »Vertrau mir, sie kommt da vorn. Eine halbe Meile, dann musst du rechts Ausschau halten. Du kannst doch rechts von links unterscheiden, Scot Salvatore?«

Scot sah hastig zu ihm. Und grinste, obwohl ihm heiß war und ihn die Genervtheit müde machte. Wie immer löste Connors Anblick neben ihm eine schwindelerregende Mischung aus Ruhe und Begeisterung in ihm aus.

Scot dankte seinem Glücksstern stündlich, dass er letztendlich doch mit Connor reiste, dass er mit dem Mann floh, mit dem er jede Minute verbringen wollte. Den er über alle Maßen vergötterte. Dass er es nicht erwarten konnte, in der Stadt ein Zimmer zu mieten und mit ihm ins Bett zu fallen. Sie würden nur in ihrer Unterwäsche daliegen, ein Bier trinken und durch das Fenster die hellen, flackernden Lichter betrachten. Dem Lärm und den Rufen auf der Straße lauschen, das Kleingeld in ihren Taschen zählen und mögliche Jobs in der Zeitung markieren. Bis einer oder sie beide die Verzögerung satthatten und gierig eine Hand in besagte Unterwäsche schob. Sie würden sich aneinander klammern, berühren und keuchen und ficken, ohne Angst vor...

Was?

Dem realen Leben zu haben?

Manchmal vergaß Scot, wovor genau er flüchtete. Es war ein seltsames Gefühl. Aber dann berührte er Connor, küsste ihn und strich vielleicht über die aufreizende Beule in seiner Hose und das Gefühl ebbte ab.

Diese Reise...

Er hatte sie mit Jerry begonnen. Ein anderer Mann neben ihm im Auto – ein anderer dunkler Schoß und schlanker Körper. Eigentlich bildete Connors und sein Fortschritt gerade ein seltsames Echo der anfänglichen Reise, als er mit Jerry im Motel angekommen war.

Connor erwähnte diese Zeit nur selten, als würde er glauben, dass Scot alles vergessen hatte und Jerry das *Maxwell's* eher zu seinem Ziel als zum Teil der Reise gemacht hatte. Connor sprach auch nie über seine Narbe oder die Tatsache, dass er jetzt nicht mehr mit Scots Verstand kommunizierte. Das Reisen schien ihn müde zu machen und er wirkte nicht mehr so selbstsicher wie zuvor.

Aber nichts davon war wichtig. Scot würde warten, bevor er dem Mann, den er liebte, seine Vergangenheit entlockte und würde all seine Zeit darauf verwenden, etwas Neues aufzubauen. Die Erinnerungen waren genau das – vergangene Zeiten. Wie Eis in dieser unglaublichen Hitze rannen sie ihm durch die Finger und das Unbehagen, das sie immer auslösten, verblasste, wenn er seinen Begleiter ansah.

Egal, wie die Vergangenheit aussah, Scot verspürte ein Zugehörigkeitsgefühl und Wohlbehagen, wenn er mit Connor zusammen war. Wenn sie scheinbar zur selben Zeit das Gleiche dachten, wenn er sich ihm näher fühlte als jedem zuvor. Wenn er glücklicher war, als er es sich je hätte vorstellen können.

Nichts ist je so richtig gewesen. Nichts wird es je sein.

»Dann haben wir uns also nicht verfahren?« Er grinste.

»Auf keinen Fall!« Connor erwiderte sein Grinsen und Vertrauen und begeisterte Vorfreude schimmerten in seinen Augen. »Wir haben uns auf keinen Fall verfahren. Bieg einfach rechts ab, Scot. Wir sind so gut wie da!«

Über den:die Autor:in

Clare London hat ihren Künstlernamen von der Stadt abgeleitet, in der sie lebt, liebt und arbeitet. Als einsame, tapfere Frau in einem hektischen, testosterongeschwängerten Haushalt jongliert sie zwischen Schreiben und ihrer Arbeit als Buchhalterin.

Sie hat in vielen Genres und vielen verschiedenen Settings geschrieben, unter anderem preisgekrönte Romane und Kurzgeschichten, die sowohl online wie auch in gedruckter Form veröffentlicht wurden. Sie sagt, sie mag die Abwechslung beim Schreiben, während Freunde meinen, sie wäre nur flatterhaft, aber solange aus beiden Theorien gute Romane entstehen, ist sie glücklich. Die meisten ihrer Werke sind schwule Romanzen und Dramen mit einer gesunden Portion körperlicher Leidenschaft, da sie es genießt über starke, sympathische und attraktive Charaktere zu lesen und zu schreiben.

Clare arbeitet derzeit an mehreren Romanen, die in dieser tückischen Kapitel-Drei-Phase festhängen und hat jede Menge anderer Projekte im Kopf… Sie muss nur noch herausfinden, wo in ihrem hektischen, testosterongeschwängerten Haushalt sie sie gelassen hat.

Clare liebt es, von ihren Lesern zu hören und man kann auf diesen Wegen Kontakt zu ihr aufnehmen:
Website: www.clarelondon.com
Newsletter: bit.ly/clarelondonNews
Facebook: www.facebook.com/clarelondon
Twitter: @clare_london
Goodreads: www.goodreads.com/clarelondon
Amazon: www.amazon.com/author/clarelondon
Bookbub: https://www.bookbub.com/authors/clare-london
Instagram: www.instagram.com/clarelondon11

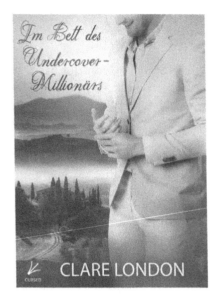

Autor: Clare London
Titel: Im Bett des Undercover-Millionärs

Als Print und eBook erhältlich!

Um den seltsamen Vorkommnissen in einem Lagerhaus des Weinhandels seiner Familie auf den Grund zu gehen, schleicht sich Alex als Praktikant im eigenen Unternehmen ein. Für den Sohn eines reichen Geschäftsmannes gar keine so leichte Aufgabe, denn harte Arbeit war Alex bisher eher fremd. Das merkt auch Manager Tate recht schnell, der dem Neuling ordentlich Feuer unterm Hintern machen muss. Allerdings sprühen bald schon Funken ganz anderer Art zwischen den beiden unterschiedlichen Männern und sie kommen sich auf der Suche nach dem Saboteur in den eigenen Reihen langsam näher. Doch was geschieht, wenn Alex' Täuschung irgendwann auffliegt? Wird Tate ihm verzeihen können oder war ihre Liebe von Anfang an zum Scheitern verurteilt?

Autor: Clare London
Titel: Im Bett des ungeschliffenen Diamanten

Als Print und eBook erhältlich!

Als Joel mit seinem Juwelierunternehmen *Starsmith Stones* den Auftrag erhält, die Ringe für die erste schwule Hochzeit im englischen Königshaus zu entwerfen, kann er sein Glück kaum fassen. Allerdings braucht er für diese gewaltige Aufgabe Unterstützung für sein Team und einer der besten Schmuckdesigner des Landes ist Matthew Barth – der Joel immer noch nicht vergeben hat, dass er mit *Starsmith* das Barth-Familienunternehmen aufgekauft hat. Nach ein bisschen Überzeugungsarbeit will sich aber auch Matt diese Chance nicht entgehen lassen und willigt ein, mit Joel zusammenzuarbeiten. Die beiden Männer merken schnell, dass sie sich trotz der unglücklichen Ereignisse in der Vergangenheit zueinander hingezogen fühlen, und bald fliegen zwischen ihnen nicht nur im Streit die Funken. Doch dann sickern geheime Details über die Hochzeitsringe nach außen und in Joel keimt ein hässlicher Verdacht auf, der seine und Matts Beziehung auf eine harte Probe stellt…